名 家 散 文 典 藏

彩插版

# 屠格涅夫散文精选

田国彬　曾思艺　译

长江出版传媒　长江文艺出版社

图书在版编目（ＣＩＰ）数据

屠格涅夫散文精选 / （俄罗斯）屠格涅夫著；田国彬，曾思艺译.-- 武汉：长江文艺出版社，2017.12
（名家散文典藏：彩插版）
ISBN 978-7-5354-9902-8

Ⅰ.①屠… Ⅱ.①屠… ②田… ③曾… Ⅲ.①散文集－俄罗斯－近代 Ⅳ.①I512.64

中国版本图书馆 CIP 数据核字(2017)第 191322 号


责任编辑：张远林　梅若冰　　　　　　　　责任校对：陈　琪
封面设计：龙　梅　　　　　　　　　　　　责任印制：邱　莉　王光兴
——————————————————————————————————————

出版：　长江出版传媒　　长江文艺出版社

地址：武汉市雄楚大街 268 号　　　　邮编：430070
发行：长江文艺出版社
电话：027—87679360
http://www.cjlap.com
印刷：武汉市首壹印务有限公司
——————————————————————————————————————

开本：640 毫米×970 毫米　　　1/16　　印张：16.5　　插页：6 页
版次：2017 年 12 月第 1 版　　　　2017 年 12 月第 1 次印刷
字数：213 千字
——————————————————————————————————————

定价：30.00 元

名家散文典藏

屠格涅夫

散文精选

# 目录

## ◆ 辑一　猎人笔记 ◆

## ◆ 辑二 散文诗 ◆

辑一　猎人笔记

……他对故地重游还有些心驰神往：

向往那幽静的花园，向往那美丽的村庄，

那儿有高大挺拔的菩提树擎着巨大的绿荫，

一朵朵铃兰花盛开怒放，散发着阵阵馨香，

一株株撑着圆顶的爆竹柳排着整齐的队列，

翠枝倒垂在水面之上，犹如美女披散的长发一样，

膏腴的田野挺立着一株株繁枝密叶的橡树，

还有大麻和荨麻飘散着迷人的芬芳……

回去吧，快快回到那片辽阔无垠的田野，

那儿的泥土像天鹅绒一样的绵软，油黑发亮，

再看一看那一望无际的黑麦，

在微风的吹拂下，泛起轻柔如水的波浪，

天空中舒卷着一朵朵洁白透明云彩，

太阳倾泻下来**孕育生命**①的金色光芒，

回去吧，快快回去吧，

---

① 译者加的黑体字。此处原文为 тяжёлый，在过去的所有的译文中都译成"沉重的"或"重重的"（阳光），译者认为有些不妥，难道说阳光还有重量吗？因此译者译为"孕育生命"……因为阳光乃是生命之源，这样才能揭示这个词在诗中的真正含义。

回到那心驰神往的好地方……

　　　　　　　　　　——摘自欲焚的诗稿

　　亲爱的读者，我这些游猎随笔大概已经让诸君感到厌烦了。诸君大可放心，除去已经公之于世的几篇片断之外，保证不再多加赘述。但是在与读者分手之际，不得不再稍谈几句有关打猎的话题。

　　背着枪带着猎犬去游猎，就其本身而论就是一件妙趣横生之事。即或您生来就不迷恋打猎，但是您总该热爱大自然和向往自由吧，因而，您也就不能不羡慕我们这些酷爱打猎之人了……那就请您再听我说几句吧。

　　比如说吧，您是否知道，春天，在黎明之前，乘车出去游猎该有多么舒心快意吗？穿戴齐整以后，您迈步走到台阶上……举目仰望，幽暗的天空中，有些地方星星还眨着眼睛，潮湿温润的轻风犹如轻波细浪般地飘游过来。时而还传来夜晚那隐隐约约的低声絮语，一株株影影绰绰的树木轻轻地摇曳着枝叶，发出低微的喧响。仆人忙碌着铺好车毯，把装茶炊的小箱子放了脚边。两匹拉帮套的马还未舒展开身躯，打着响鼻，气宇轩昂地倒换着四蹄。一对还有些睡意朦胧的白鹅，不声不响地迈着四方步一扭一扭地穿过道路走了过去。在用篱笆围起来的花园里，更夫还在熟睡，而且还打着鼾声。空气仿佛是凝滞不动的，就连那些轻微的声音也好像凝结于空气之中。

　　于是，您登车入座，几匹马便一齐扬蹄起步，马车立刻发出震耳的隆隆声……马车经过教堂下了坡，然后向右拐弯，登上堤坝继续远行……池塘上笼罩着刚刚升起的薄雾。您忽然感到凌晨的凉意，便立起大衣领子遮盖住面孔，又好像进入迷迷蒙蒙的梦乡。马蹄在水洼里跋涉，发出响亮的溅水声。马车夫悠闲地吹着口哨，这时，不知不觉地已经走出了四五俄里的路程……

　　东方欲晓，天边已经渐渐涂上了红晕。寒鸦抖掉了梦境，呆头呆脑而又笨拙地在白桦林中来回地飞旋着。麻雀在颜色发暗的麦秸上嬉戏，吱吱喳喳地叫着，天空越来越明亮了，道路已经清晰可辨，天色透明了，空中的云朵渐渐发白，田野里一片翠绿。一幢幢农舍中都燃起松明，闪射出红色的火光。大门里传出人们刚刚睡醒的哈欠声和说话声。

看！朝霞已经把天边烧红了，天空中辐射着万道金光，山谷里升腾起的团团的雾气，在空中飘游着，缭绕着。云雀放开了歌喉，空气中回荡着它们那嘹亮的歌声。黎明前的清风徐徐吹来——嫣红的太阳冉冉地爬上天空，金色的阳光喷射出来，像一条条激湍的水流迸射向四面八方。您的心欢跃起来，像鸟儿一样展翅欲飞。此时，您举目环顾四周，一切都那么清新鲜活，赏心悦目，都那么令人心旷神怡！极目眺望，可以看到天地交界的极远之处，看吧，一切都十分清晰，一切都映现在眼前：一座村庄掩映在小树林的后面，再远一点是另一个村庄，村子里矗立着一幢白色的教堂。山坡上是一片白桦林，再往前看，是一片沼泽地，那里就是您此行的目的地……

快跑吧，马儿，驾！驾！马儿扬蹄飞奔起来！快到了，最多不超过三里地，太阳继续在向高空攀登，天空中万里无云，碧空如洗，万物像经过沐浴一样的清新……今天一定是一个风和日丽的好天气。一群牲畜慢慢地走出村子，仿佛是前来迎接您一样。您驱车登上高坡……一幅大自然的美景便映现在您的眼前！一条河流像一条银白色的缎带，蜿蜒曲折，延伸出去十多俄里。流到远方，透过朝雾，河水又隐隐约约地呈碧蓝色。河对岸是一片片绿茵茵的草地，过了草地，是一座座山峦起伏的丘陵，但是斜坡却很舒缓。再往远处瞭望，便可看到凤头麦鸡在沼泽地上空飞旋，时而发出咯咯的叫声。阳光照射着潮润的空气，使得远方的景物更清晰可见……不像夏天那样雾气弥漫。您可以敞开胸襟，深深地呼吸着这令人神清气爽的空气，精神必然会为之振奋，多么自由！多么舒畅！全身仿佛注入了新的活力，沉浸在这春天清新的气息之中，您会感到四肢，乃至全身有使不完的劲儿，会感到从来不曾有过的精力蓬勃！……

您再领略一下夏天的景色吧。啊，夏日里七月份的早晨也是美不胜收！除了打猎之人，又有谁能够感受到黎明时分在灌木丛漫游的那种开心愉悦的心情呢？您举足前行，踏在捧着银白色露珠的草地上，便留下您那一行行绿色的足迹。您用双手拨开沐浴着晨露的灌木丛的繁枝密叶，夜里积蓄下来的温暖的气流便会迎面扑来。空气中到处都洋溢和飘逸着苦艾清新的苦味儿，荞麦及三叶草那甘甜的馨香。远处有一片茂盛的橡树林，披着耀人眼目的阳光，泛射出红红的光彩。但是这时的天气还不是那么太热，酷暑炎热就要来临了。芬芳四溢，香气扑鼻，使人有些头晕目眩了。灌木丛一片接一片，一眼望不到边……远处又出现了黑麦田，已经成熟了，变成金黄色，还有一条条长带形的荞麦田，呈粉红色。这时，一辆大车走来，发出轧轧的响声。一个农夫不慌不忙地走了过来，没等太阳升上高空，便预先把马牵到树荫之下……您同他打过招呼之后，继续往前走去……您身后传来了镰刀相撞的丁当声，阳光下飘荡着热浪。过了一个小时，又一个小时，……天边好像在拉起帷幕，空气变得静止不动了，喷射出灼人肌肤的热气。

"老弟，在哪儿可以搞到水喝呀？"您向割草的人询问。

"往那边儿走，山谷里有泉水。"

您顺着那个人指的方向，横穿一片杂草丛生茂密的榛树林，一直走到谷底。啊，果然不错，在断崖的下方潺潺地流动着一股清泉。橡树的枝叶犹如伸开的手掌，倾覆在水面上，仿佛在贪婪地喝水。水底下柔软细嫩的青苔，把那些犹如大颗珍珠般的水泡捧出水面。您立刻趴伏在地上，直接伸头去喝水，喝了个够，顿时又觉得全身酥软，不想再起身走动了。此刻您已经躲在阴凉之处，使劲地呼吸着散发着馨香的潮气，全身顿觉心旷神怡。然而您对面的灌木丛在喷火一样的阳光下，无精打采地站在那儿，枝叶都变蔫了，甚至变黄了。喂，这是怎么回事？突然一阵风吹了过来，一下子又飞驰而去，静止不动的空气猛烈地颤抖了起来。紧接着传来轰隆声，这不是雷声吗？！您赶快走出山谷……只见天边涌出了铅灰色的东西，那是什么呢？是暑气变浓了吗？啊，不是，是一团团乌云在翻滚？……啊，快看，一道道明亮刺眼的闪电……啊，暴雨就要到了！虽然四周还闪耀明亮的阳光，您想继续打猎吗？还可以。可是风起云涌，乌云滚滚，铺天盖地拥来，它好像挥舞着长袖，像一幅黑幕一样遮盖住整个苍穹。瞬息之间，草地、灌木丛和周围的万物，突然都被阴暗所笼罩……赶紧跑！那边似乎有一个干草棚……赶紧跑！……您飞奔到了那里，刚刚走进去，……好大的雨呀！一道道闪电横空而过，耀人眼目，雷声隆隆，震耳欲聋，大雨滂沱！骤雨打在草棚子顶上，啊，大事不好，有的地方漏雨了，雨水流淌到散发着香味的干草上……可是，您不必焦急，您瞧，雨过天晴，太阳驱走了乌云，又高高地挂在天上。一场暴风雨转眼之间就过去了，您又悠闲地走出棚子。我的天哪！经过暴风雨的洗礼，大自然中一切更加令人赏心悦目：空气清新澄澈，万物都绽放出笑脸，草地一片碧绿，草莓显得更加红润，蘑菇还撑着五颜六色的小伞，雨珠还在闪闪发光，空气中飘浮着沁人心脾的芳香……

嗬，时间过得多快呀！看，黄昏已经降临，晚霞犹如火一样地燃烧起来，烧红了半个天空！太阳就要躲到山后休息去了。周围的空气显得分外澄澈，像玻璃一样的晶莹透明。远处飘荡着轻柔而温和的雾气。嫣红的落日余晖托着株株高大的树木，一片片浓密的灌木丛，一堆堆干草垛身后都拖着一个个长而又长的影子……太阳躲到山后面去寻找甜梦去了。在为落日护航保驾的火红的晚霞之处，一颗亮晶晶的星星颤抖地眨着眼睛……火红的西天一点点地变白了，天空也逐渐变得湛蓝了，一个个长长的影子也逐渐不见了，消遁了，空中渐渐笼罩上暮霭的轻纱薄幕。天色不早了，该踏上归途了，于是，您便往临时寄宿的村子里那间农舍走去。您身上背着猎枪，不顾一路跋涉的疲劳，快步往回赶着……越走天色越黑了。二十步开外已经什么东西也看不见了。在黑暗中，隐隐地还可以看到狗的一身白毛。在一片片黑黝黝的灌木丛的上空，天边在隐隐约约地发亮……那是什么呀？是起火了吗？……不，是月亮爬上了天边。再往地面上看，向右边看，村子里的灯火在闪烁……看，您已经走到了要借宿的小屋子前。您穿过窗子可以看到一张桌子，已经铺好白桌布，闪闪发光的蜡烛，满桌摆好的饭菜……

有时您兴致骤至，便立刻吩咐备车套马，于是您便乘上竞走马车，一路扬长到树林中猎松鸡。车子走在一条狭窄的路上，看着两旁迎风摇曳的黑麦，摇着浓密而又沉甸甸的麦穗向您致意，您该是多么心悦神爽啊！麦穗轻柔地抚弄着您的面孔，矢车菊嬉戏地缠挂着你的双腿，鹌鹑在四周好似唱着迎宾曲地鸣叫着，马儿悠闲地迈着碎步，您会更加流连忘返！您忘情地走进树林，您头顶着绿荫，周围一片宁静。再看那一株株高大挺拔的白杨树的浓枝密叶，仿佛在您的心头上交头接耳地温存絮语。白桦树伸展着长长的树枝，抖着翠绿的叶子，好像在为您鼓掌，欢迎您的大驾光临！一株粗壮健美的橡树，站在姿态优雅的菩提树旁，像一名威武的警卫战士。您驱车继续前进，踏在芬草绿茵和树荫斑驳的小路上。一只只金蝇在金黄色的空气中飞舞着，就好像静止不动一样，一会儿又突然飞走了。成团的小飞虫上下盘旋着，在阴暗处闪闪发亮，在光亮处又显现出黑压压的一片。鸟儿在悠闲地歌唱，知更鸟儿在竞显金子般的歌喉，天真烂漫而欢快地倾诉着，和铃兰的馨香融为一体。再走远点儿，再走远点儿，到密林深处去……您会突然感到难以表达的心宁神静。四周的一切仿佛都投入了睡神的怀抱，安静极了。可是，风却扇动着翅膀翩翩而至，树顶的枝叶哗哗啦啦地响起来，犹如从高处跌下来的波浪，某些地方，新生的青草拨开去年褐色的落叶，把身躯挺得高高的，每只蘑菇都戴着一顶像伞一样的圆形帽子，静悄悄地站在那里。突然一只雪兔连蹦带跳出来游耍，猎犬大声地吠叫着追扑了过去……

　　就是这同一片树林，在深秋时节，山鹬翩然而至的时候，则是另一番美妙景色！根据山鹬的习性，它们是不会停留在密林深处的，要寻找它们的踪影，您最好是沿着树林边儿去寻觅。风休息了，太阳没露面，因而便看不到光亮和阴影，没有什么东西走动，周围一片寂静。空气清新而柔和，飘荡着充满葡萄酒气味的秋天的气息。远处的田野黄澄澄的，披上薄雾的纱巾。透过褐色的树枝仰头望去，便可看到宁静发白的天空。菩提树依然伸展着枝干，有些枝子上还挂着最后几片金色的叶子。双脚踏在潮湿的土地上，土地十分绵软而富有弹性。野草举着高高的干枯枝叶，静静地站在那里。左旋右转的长蛛丝缠绕在苍凉的草上，一闪一闪地在发光。这时，你深深地呼吸几口气，顿觉心胸开朗，然而心中却有一种奇异的感觉油然而至，不知是怅惘，还是惋惜。您继续顺着林边走去，看着猎狗欢蹦乱跳地跑着，这时您的头脑中像过幻灯片一样：有许许多多亲爱的形影，亲爱的面庞，有的已经离开人世，有的还健在人间，一个个，一样样地在眼前闪过，那些早已忘怀的往事，忘怀的一些人的言谈举止突然间又活生生地涌现在您的眼前。想象力就像鸟一样振翅飞翔，一切都是那么栩栩如生和活灵活现。您那颗心有时蓦然地震颤起来，激烈地跳动起来，激情会催促着您去回忆，以至于使您完全沉浸在往事的回忆之中。整个人生犹如一幅画卷似的飞快展开。这时，一个人会洞悉他的全部往昔的年华，会洞悉自己的全部情感、全部才华和自己的整个心灵。仿佛忘记了周围的一切，不受任何干扰——不管是阳光，不管是风，不管是声响……

而在深秋时节，清晨已经很冷，晴朗的白天略微有些寒意，那时您走进白桦林，一片金光闪烁，仿佛进入了神话般的世界里，一株株白桦在湛蓝色的晴空中，展示着它们那华姿丽影。太阳刚刚露出它的面庞，尚未放射出使人感到温暖的光线，但是却比夏日的太阳辉煌灿烂，小片的白杨树林里阳光充足，似乎觉得抖落了细枝密叶，而变得轻松愉快了。山谷底部的霜花还闪烁着白光，微风习习飘然而至，追着拳曲的落叶在嬉戏——这时河水奔腾，翻卷着青幽幽的波浪，此起彼伏地飘浮着逍遥自在游耍的白鹅和鸭子。远处传来了掩映在柳树丛中水磨的轧轧声，一群鸽子在水磨上空飞快地画着圆圈地飞翔，在透明而光亮的空气中扇动着五彩缤纷的翅膀……

夏天，雾气沉沉的时日也很惬意，虽然猎人不喜欢这样的天气，在这样的日子里打猎无法准确无误地射击，因为鸟儿即使从您的身边或脚下拍着翅膀飞起来，立即会消失在白茫茫而又凝滞不动的雾中。然后，周围的一切便陷入死一般的寂静之中，一点声响都没有！什么东西都醒来了，但又都不发出一点儿声响，您从树旁走了过去，树也是静静地站在那里，显示出一副傲然自得的神气，对您的来访无动于衷。穿过弥漫在空中的薄雾，在您面前出现了长长的黑压压的大片阴影，您还误认为是一片树林。然后等您走过去一看，却原来是长在田塍上的一排苦艾，高高地耸立在那里。在您的四周围，在您头顶上的高空中，全都浮荡着大雾……可是一阵轻风吹来——雾气变得稀薄了，渐渐地露出一块蓝色的天空，金灿灿的阳光也像箭一般地射了进来，形成一柱柱炫目耀眼的光束，像瀑布一样地倾泻到田野之上，倾泻到树林之中——但是顷刻之间光束不见了，万物都坠入迷雾之中。光亮与雾气就这样不断地较量着，搏斗着，但是最后，还是光明大获全胜，主宰了大自然中的一切！浓雾、薄雾被强烈的阳光照射之后，时而凝聚起来，时而疏散开来，时而盘旋缭绕上升，仓皇地逃往蔚蓝色的天空之中！天穹渐渐变得柔和光亮，这一天一定是一个艳阳天，壮丽辉煌的骄阳一定会高高地悬在天上！……

　　此刻，您又整装待发，打算到离庄园很远的田野上，到草原上去游猎了，您乘上马车在乡村的土路上飞驰了十多俄里，终于踏上了宽阔的大路。您一路之上，交错走过了无数辆的大马车、大货车，路过一家家敞着大门的旅店，举目可见：有水井，屋檐下有沸腾翻滚的茶炊，还发出水汽吱吱的响声。穿过一个又一个村庄，驰过广阔无垠的原野，顺着一片片翠绿的大麻田，您的马车奔驰了好长时间。喜鹊欢跃地蹦跳着，喳喳地叫着，从一株柳树飞到另一株柳树上。农妇们手里拿着长长的草耙子，欢声笑语地在田野上不慌不忙地走着。一个过路的人穿着破破烂烂的土布外衣，背着一个背包，看样子已经十分疲惫不堪，但是仍然挣扎着继续赶路。迎面驶来一辆地主的马车，那是笨重的轿式马车，六匹高头大马累得呵呵直喘。从车窗里露出了坐垫的一角，在车后的脚蹬上，一个身穿外套的侍仆手里抓着绳子，侧着身子坐在一个口袋上，一路上风尘仆仆，连眉毛都溅上了泥污。
　　这时，您已经驶入一座小县城，眼前出现了一幢幢东倒西歪的小木屋，歪歪斜斜的栅栏一眼望不到头，没有顾客的石造店铺，深沟上还横跨一条年久失修的古式小桥……继续往前走，继续往前走！……穿过小城来到了一片草原。您站在山冈上放眼眺望——真是风景如画！那是一望无际的丘陵地带：一座座丘陵都是圆圆的，低矮的；从底部到顶部全都变成了耕地，就如一道波浪在起伏翻滚。一座座丘陵之间蜿蜒着灌木丛生的沟壑。一片片小小的丛林犹如一个个椭圆形绿色的小岛星罗棋布地蹲在那里。一条条狭路小径把一个个村庄连结起来，村村都有白色的礼拜堂。柳树丛中奔涌着一条小河，河水闪闪发光，有四五个地方还筑有一道道堤坝。再往远处瞭望，田野中有许多野雁成群结队地站在那儿。又看到一座地主的宅院，附设一些厢房和棚子，一个池塘岸边有一个果园和打谷场。如果您的马车继续往前走，再走远一点儿，丘陵越来越平缓，越来越小，而且几乎看不到什么树木了。到了，终于到了，快看！那是一片广阔无垠，一眼望不到边际的大草原！……

在冬天，您选一个风和日丽的日子，在一个个高大的雪堆上飞奔去追猎兔子，严寒刺骨的空气使您呼出的气立刻变成一团团白气，您犹如喷云吐雾般奔跑着，喘着气。刺骨的严寒把您的面孔涂上玫瑰色的红晕，可是您却觉得精神振奋，心清气爽！柔软的皑皑白雪在阳光下反射出耀眼的光芒，使得您不得不眯起双眼来观赏红澄澄的树林，欣赏碧空如洗的苍穹！这一切多么令人心驰神往啊！……早春来到了，一望无际的白雪在明亮的阳光下，开始融化了，变暗了。地面蒸腾起一团团的水汽，土地也散发着湿润的气息。在雪化冰消之处，在阳光的照射之下，云雀活泼欢快地放开了歌喉，多么悦耳动听！融化的雪水汇成急流，欢乐地奔腾着，涛飞浪卷地喧闹着，呼啸着，从一条山谷飞驰向另一条山谷……

然而，该是结束的时候了。我正巧讲到了春天：人们喜欢在春天里惜别分手，春天里，即使是幸福之人也一心向往着远方……再见了，我亲爱的读者，祝您永远万事如意！

1849①

---

① 全书第一辑篇末的创作年代，均为译者标示，这样更有利于读者对作品的时代背景和内容的理解。

# 幽会 ①

秋天，时近九月中旬，我在白桦林中席地而坐。天空飘洒着毛毛细雨，从清晨就时断时续地一直下个没完。太阳也时断时续地放射着温暖的光芒。这个时节的天气就是这样变幻无常。天空中有时飘荡着轻柔舒卷着的白云，云朵飘过之后，又露出几处蔚蓝色的晴空，是那般的明亮而清澈，仿佛美丽的明眸在闪动。我悠闲地坐在那儿，举目眺望着四周，悉耳静听着：树叶在我头上轻声地絮语；倾听着树叶发出的声响，便可以推测出一年四季。这不像是春天那种生机蓬勃展枝吐叶的欢闹声，也不同于夏天那种柔声慢腔的私语声，也不是深秋那种令人凄凉胆战的呼啸声。此时发出的这种声音，是一种隐约可闻而又分辨不清的，催人入眠的絮语声。

轻风曼舞，拂过树梢，枝头摇曳，窸窸窣窣。披洒着雨滴的林木，一会儿在骄阳下闪闪发光，一会又披上云影雾裳。因此，沐浴着细雨的树林中不断变换着自己的景色：有时阳光灿烂，林中的一切都绽放开笑脸，那些稀疏的白桦树细干闪射出绸缎般柔润的白光，一片片落在地上的小树叶突然间变得金光耀眼。那些高大而茂盛的羊齿植物，伸展着熟透了的紫葡萄色的宽大的长茎，闪耀着玛瑙一样的光泽，参差交错，令你眼花缭乱。四周的一切，有时忽然又流溢出淡淡的青色；

---

① 有的评论家认为《幽会》是《猎人笔记》中最优秀的作品之一。

艳丽的色泽刹那间不见了，白桦又变成苍白色而失去了光泽，如同刚刚飘落下来还未见到阳光的雪花一样的洁白，于是，毛毛细雨像是故意捉弄人一样，悄悄地飘洒下来，在树林中发出窸窸窣窣的声响。白桦树的叶子尽管明显地有些苍白了，但是几乎全部都呈浅绿色；只有某个地方有那么一棵孤零零的小白桦，叶子全都变成了红色的或金色的，你可以观察到，当灿烂的阳光蓦然之间照射到这些刚被晶莹的雨水淋浴过的繁枝密叶时，那棵小小的白桦树显得是何等的光彩夺目。此时，听不到一声鸟鸣，它们都躲进巢里，默默地等待雨过天晴，只有山雀偶尔放开铜铃般的歌喉，鸣啭几声，犹如嘲笑什么东西似的。

　　我在来到这片白桦林驻足之前，曾带着我的猎犬穿越过一片高大的白杨林，老实说，我不十分喜欢白杨树，不爱看它那白中透紫的树干，和它那一个劲儿往上蹿的、伸展在高空中不断颤动着呈灰绿色金属般的叶子，就像扇子一样地在招摇；不喜欢那些傻乎乎吊在细枝上椭圆的阔叶零乱地摇摇摆摆的情景。只有在某些夏日太阳即将落山的时刻，当它孤傲地鹤立于一片低矮的灌木丛时，沐浴着红色的落日余晖，从根到树冠都披上了一层橘红色，闪动着，颤抖着，是何等迷人。或者是在晴朗的艳阳天、和风徐徐吹来，白杨的整个树冠在清澈的蓝天中尽情地温柔地絮语着、飘动着，每片叶子好像焦急地展翅欲飞一样，飞呀，飞向碧空，——只有此时，白杨才能令人心迷神驰。但是总的来说，我仍然不十分喜欢白杨林，因此不在白杨林中歇息，而选中了白桦林。我选了一株枝条浓密而又低矮的小白桦，坐在下面避雨有多惬意呀，悠闲地观赏一番四周的景色，便渐渐地进入了梦乡，这种安适而又甜美的梦境，只有猎人才能享受得到。不知睡了多久，当我睁开双目时，整片树林里光华璀璨，四面八方一片灿烂，树叶在澄澈的蓝天中欢乐地喧闹着，真是令人心旷神怡！云朵被渐渐强劲起来的和风驱逐得无影无踪，碧空如洗，空气中荡漾着一种特有的清爽气息，令人神清气爽、精神振奋——这就是秋天常有的景色：在连绵细雨之后出现一个晴朗温馨的夜晚。

　　在我正想站起来抖擞一下精神，再去碰碰运气的时候，忽然望见一个静止不动的人影。我仔细地看了看，原来是一个年轻的村姑。她坐的那个地方离我大约有二十几步，垂着头，仿佛有满腹心事地在沉思，双手放在膝上。一只手半张半握着，手上放着一束五颜六色的野花，那束花随着她呼吸的气息一点点地从花格子裙裾上向下滑落。只见她身着一件雪白的衬衣，领口和袖口都系得整整齐齐的，衬衣的皱褶紧裹着她丰满的腰身；脖子上垂挂着大颗的黄色珠串，绕了两圈缀饰在胸前。她长得很俊俏，一头浓密而漂亮的浅色金发，用一条细长的红发带束成两个整齐的半圆形，发带扎得很朝下，把那犹如象牙一样白皙的前额几乎全部遮住；脸庞的其他部分略呈深暗的金黄色，大概是太阳晒的吧，而且只有皮肤细嫩的人才会被晒出这种颜色。我没有看清她的双眸，因为她一直不曾抬头举目。但是我却看清了她高高细细的双眉和长长的睫毛。睫毛上还挂着泪珠，她的面颊上有流泪的痕迹，而且一直流淌到苍白的嘴唇边，虽然泪痕已经干了，但是在阳光的照射下却看得十分清楚。她的整张脸都长得很秀美，只是那颗鼻子略显大了一点，圆鼓鼓的，不过也无伤大雅。我特别关注她面部的表情：憨厚而温存，忧伤而优雅，而对自己的忧愁又好似充满了天真稚气的困惑。

由这副面部表情，可以推断出她是在等待一个人，恰在此时，林中不知何处传来了一阵轻微的沙沙声：她随即抬头四顾，仔细地寻觅着；她那双晶莹的大眼睛映入我的眼帘，像麋鹿一样胆怯，在透明的阴影中很快地闪动起来。她把一双明眸睁得大大的，神情专注地盯视着发出响声的地方，又细心地倾听了一会儿。没有发现什么，便深深地叹了一口气，又慢慢把头扭回来，低下头来抚弄着那束野花。她的眼圈发红了，双唇伤心地颤抖了几下，又默然无语地流着热泪，一颗颗晶莹的泪珠从浓密的睫毛上滚落下来，泪水在面颊上川流不息，而且发出闪闪的亮光。这位村姑静静地坐在那儿，就这样过了好一会儿时间，她有时苦闷而又无可奈何地挥挥手，而且一直悉心地谛听着……

忽然树林里又传来了响声，她的精神为之振奋起来。继续传来响声，而且声音越来越近，越来越清晰，终于传来了坚实而急促的脚步声。于是她挺直了胸脯，又显出一副怯懦的神情；专注的目光颤动着，闪露出一种无限期待的神采。她目不转睛地望着传来声音的方向，看到一个男人的身影从密林中闪露出来。村姑凝神地看了一下，那张苍白的面孔立刻飞起了红晕，双唇立刻捧出一朵幸福的微笑，本想立刻站起来，却又马上把头低下，脸上的红晕也消失不见了，显出很慌张和困窘的样子，直到那个男人走到她的面前收住了脚步，她才抬起眼睛，以颤抖而又几乎恳求的目光望着他。

　　我心中感到十分好奇，悄悄地把这个男人打量了一番。说老实话，我对此人并没有产生什么好感。从他的表情和衣着上看，只不过是一个年轻的大地主使用的一个侍仆亲信。你看到他那身儿打扮，就给人一种爱追求时髦而又轻狂放浪的印象：身着可能是主子的或赏给他的一件古铜色的短大衣，纽扣一直系到下巴颏底下，戴着一条粉红色的领带，两头却是雪青色的，头上扣着一顶黑色的丝绒帽子，还镶着金边，戴得很低，把眉毛都盖住了。白衬衫的圆领浆得硬硬的，支着他那两只耳朵，紧紧地夹着他的腮帮子，两只手上盖着浆硬了的袖口，只露出红润的弯手指头，指头上戴着两枚金银戒指，上面还镶着勿忘我草的形状的绿松石。那张脸倒是很红润而光鲜，但是却给人一种厚颜无耻的感觉，这种面孔是男人一看便会反感，而女人一见就会着迷的。很明显，他又竭力使他那副粗野的蠢相表露出一种卑视、厌烦和倦怠：那对乳灰色的小眼睛一直眯着，紧锁着眉头，撇着嘴，矫揉造作地打着呵欠，故意装出一副满不在乎而又潇洒不上来的丑态，一会儿伸手抚弄一下自以为拳曲得很漂亮的火红色的鬈发，一会儿又捻一捻厚嘴唇上的黄色髭须——总而言之，是一副拙劣得令人作呕的样子。他一看到这位年轻的村姑，立刻就装腔作势地表演起来：懒洋洋迈着方步走到她的面前，少许站了一小会儿，扭肩摇臀地摆几下，大模大样地把两手插进大衣兜里，佯佯不睬地扫视了那个可怜的姑娘一眼，便冷漠地就地坐了下来。

　　"怎么，"他心不在焉地开了腔，眼睛仍旧望着别处，摇晃着两腿，打着呵欠，"你在这儿等了好长时间了？"

　　村姑没能立刻答话。

　　"好长一会儿了，维克多·亚历山大雷奇。"她用低得几乎让人听不到的声音答道。

　　"噢！（他摘下帽子，傲慢地用手抚弄两下几乎从眉毛边儿上长起的浓密的鬈发，神气十足地看了看四周，又小心翼翼地把帽子盖在他那宝贝的脑袋瓜子上。）我把这事儿给忘了。而且，你看天又一直在下雨！（他又打了个呵欠。）事情多得要死，哪能每件事儿都顾得上，就这么忙，搞不好又要挨主人骂了。我们明天就要走……"

"明天就走？"村姑惊慌地问道，两只眼睛注视着他。

"明天就走……哎，得了，得了，别哭了，"他看到她全身打战地把头低下，就连忙恼怒地继续说道，"阿库丽娜，你快别哭了，好不好？你明明知道，我就烦你这一套！（他皱起他那圆鼻头。）你再哭，我马上就走……你真蠢，有什么好哭的！"

"好，我不哭，不哭了，"阿库丽娜赶紧说，同时拼命地把泪水吞回去，"那么您真的明天就动身吗？"她停了一会儿又问道，"什么时候再能和您见面呢，维克多·亚历山大雷奇？"

"咱们会再见面的，会再见面的。不是明年，就是以后再见，老爷可能要去彼得堡任职，"他满不在乎地答道，说话带着鼻音，"我们大概还要到国外去转一趟。"

"您一定会把我给忘了，维克多·亚历山大雷奇。"阿库丽娜悲悲切切地说。

"不会，不会的，我不会忘掉你。只是你得要机灵点儿，别总是傻乎乎的，要听你爸爸的话……我不会把你忘了，绝对不会。"他漫不经心地伸了个懒腰，又懒洋洋地打了个呵欠。

"千万别忘了我呀，维克多·亚历山大雷奇，"她哀求着说，"我非常非常地爱您，我一切都是为您……维克多·亚历山大雷奇，您方才说，我要听爸爸的话……我该怎么样听他的话呀……"

"怎么？"他仰面朝天地躺在地上，把两只手垫在后脑勺下，他的问话好像是从胃里冒出来的。

"怎么听呢，维克多·亚历山大雷奇，您又不是不知道……"

她又不吭声了，维克多摆弄着表链子。

"阿库丽娜，你一点儿也不蠢，"他终于开口了，"所以就不要说傻话。我是为你好，你明白我的心思吗？当然啰，你不蠢，可以说，你不完全是一个乡下人，你妈妈也不是一直是个乡巴佬，不过你总还是没有念过书，因此，不论别人怎么说你，你都应该听信。"

"可是这多叫人害怕呀，维克多·亚历山大雷奇。"

"哎，……别乱说，亲爱的，有啥可怕的呢！你这是什么？"他挪近了一点，又说道，"是花吗？"

"是花，"阿库丽娜心情不快地说道，"这是我摘来的艾菊。"她略微打起精神说，"给牛犊吃最好了。还有，这种花叫鬼针草，能治瘰疬腺病。您再看，这种花多好看，我还从来没有看到过这么好看的花。还有，这是勿忘我，这是香堇菜……还有这种花，这是我专门儿要送给您的。"她一边说着，一边从黄色的艾菊下面拿出一小束用细草捆好的浅蓝色矢车菊，"您要吗？"

维克多带理不理地伸手把花接过来，不以为然地闻了闻，然后在手里转动起来，一面带着别有心事的样子傲慢地望着天空。阿库丽娜专注地望着他……她那哀伤的目光中，饱含着温存、顺从、倾慕、痴情和倾诉不尽的爱恋之情。她怕他，满腔的委屈又不敢哭诉出来，又想和他难分难舍地道别，又要和他最后一次分享她的爱恋之情。他却像土耳其苏丹一样神气活现而悠闲地躺在那儿，摆出一副宽宏忍让和屈身俯就的姿态来接受她的倾慕。说老实话，我看到他的一举一动和那副令人作呕的样子十分愤怒，特别是红红的胖脸上，装模作样地没有一点真情，故意表现出来的那种卑视和冷漠的丑态，那种自我陶醉的厌腻和狂傲自负的样子。阿库丽娜此时此刻却表现得真诚和痴情：她把整个心灵充满无比信任和赤诚地奉献给他，向他表示出恋恋不舍、希求体贴和怜爱之情。可是这小子呢？……他随意地把矢车菊丢掷在草地上，从大衣的衣兜里掏一个镶铜边的圆玻璃片，想挤在一只眼睛上，可是不管他怎么弄，皱眉、鼓腮、挤眼又挺鼻子，那个镜片就是放不上去，结果还是滑落下来，掉在他的手里。

"这是什么东西？"阿库丽娜忍不住好奇地问道。

"单片眼镜。"

"干啥用的？"

"看东西用的，戴上能看得更清楚。"

"让我看看吧。"

维克多不耐烦地皱了皱眉，但还是递给了她。

"别打碎了，小心点儿。"

"放心好了，不会打碎的。（她怯生生地把玻璃片扣到一只眼睛上。）我怎么一点也看不到呀。"她天真而幼稚地说道。

"你得把一只眼睛眯起来才行。"他自以为是而又不满意地说道。（阿库丽娜把扣着玻璃片的那只眼睛眯了起来。）"不是那只，不是那只眼睛，真笨！是那一只眼睛！"他大声叫着，没等她再试一下，就把单片眼镜夺了回来。

阿库丽娜羞红了脸，微微一笑地把脸扭了过去。

"可见，我们不配用这玩意。"她嗫嚅地说道。

"就是嘛！"

可怜的阿库丽娜又沉默了少许，然后又深深地叹了一口气。

"唉，维克多·亚历山大雷奇，您走了，我们该多痛苦啊，我们的事儿可怎么办哪！"

维克多用衣襟擦了一下单片眼镜，就放回了衣兜。

"是啊，是啊，"他终于又搭腔了，"确实，要走的时候确实会非常不好受的。（他以老大自居而又故作体贴地拍了拍她的肩膀；她却轻轻地从肩上把他的手拉过来，羞怯地吻了吻。）哎，是啊，你的确是个不错的姑娘，"他洋洋得意地笑着说，"可是有什么办法呢？我这也是身不由己呀！你想想就明白了！反正我和老爷绝不会待在这儿，眼看冬天就要到了，在乡下过冬，这你也知道，怎么能受得了呢！在彼得堡那可就大不一样了！在那儿，那才叫好极了呢！像你这样的傻丫头，就连做梦你也梦不到：高楼大厦有多漂亮啊！一条笔直的街道，来来往往的行人，现代文明——会让你眼花缭乱，真叫绝了！……（阿库丽娜像孩子一般地微微张着嘴贪婪地听得出神。）不过，"维克多在地上翻腾着身子说，"唉，我干吗和你说这些？反正你也听不懂。"

"为啥不说了，维克多·亚历山大雷奇？我听得懂，我全明白。"

"瞧你那副傻样！"

阿库丽娜难为情而又怯懦地低下了头。

"您从前和我说话可不是这种腔调，维克多·亚历山大雷奇。"她垂首低眉地说。

"从前！……从前！说什么从前！……从前！"他很恼怒地说道。

于是两个人都不再吭声了。

"啊，我该走了。"维克多说罢，便用臂肘把身子支起来……

"再多待一小会儿吧。"阿库丽娜恳求着说。

"还待个什么劲儿？……我都跟你告别过了。"

"再多待一小会吧。"阿库丽娜又恳求一次。

他只好又躺下来，并且吹起口哨。阿库丽娜一直恋恋不舍地望着他。我看得出来，她在焦急地期待着，她的双唇颤动不已，苍白的面颊又布满了红晕……

"维克多·亚历山大雷奇，"她鼓足勇气结结巴巴地说道，"您真狠心……您真太狠心了，维克多·亚历山大雷奇，真的。"

"怎么狠心了？"他皱着眉，转过头来对她说。

"您太狠心了，维克多·亚历山大雷奇，至少在分别的时候您也该和我说几句贴心的话儿，哪怕说上一句半句都行，您也该可怜可怜我这个苦命的人呀……"

"什么贴心的话呢？"

"我不知道，您自己应该清楚，维克多·亚历山大雷奇。您就要走了，总该说上一句半句的啊……我怎么会落到这样的下场啊？"

"你也太怪了！我怎么知道该说什么？"

"你总该说句贴心的话呀……"

"哼，你又来这一套。"他气呼呼地说，一边站了起来。

"您不要生气，维克多·亚历山大雷奇。"她使劲儿忍着泪水，赶紧抚慰他。

"我没生气，只是你太死心眼了……你到底要怎样呢？反正我不会娶你，不会娶你，这是不可能的事儿，这你也知道，知道不，那你还要怎么样呢？还要怎么样呢？"他伸长了脖子，仿佛在等着她回答，而且还撒开手指头。

"我没想怎么……没想怎么样，"她战战兢兢地回答，并且壮着胆子向他伸出颤得很厉害的手，"在分别的时刻，哪怕能说上一句贴心的话儿也好啊……"

她的眼泪像泉水般奔涌出来。

"瞧，别这样，又哭起来了。"维克多态度冷淡而又不耐烦地说道，并把帽子往前使劲一拉，把眼睛盖上了。

"我并没想怎么样，"她抽泣着，用手把脸捂住，又继续说，"您叫我今后在家里怎么待呢？怎么待呢？我今后的日子可怎么办呢？我这个苦命的人会怎么样呢？他们会逼着我这孤苦伶仃的人嫁给一个我不喜欢的人……我的命怎么这样苦啊！"

"老是这一套，老是这一套。"维克多倒换着双脚，不耐烦地唠叨着。

"说一句，哪怕就说一句贴心话也好……你就说，阿库丽娜，就说，我……"

她猛然间失声地痛哭起来，话也说不下去了；一下子扑倒在地，把脸贴在地上，无比哀伤地大哭起来……她全身痉挛般地抽搐着，脑袋也不停颤抖着……压抑很久的痛苦像冲出闸门的水流一样奔泻出来。

维克多在她面前无动于衷地站了一会，又十分不耐烦地站了一会儿，耸了耸肩膀，就来了个急转身，迈开大步溜之大吉了。

过了好一会儿……阿库丽娜才止住了哭声，抬起头一看，噌的一下子从地上跳了起来，又转头回顾，这才惊慌地把两手一甩。她本想追上前去，可是两腿一软又跪在了地上……我一看，实在于心不忍，便朝着她飞奔过去。谁知道她一看到我，骤然间一使劲儿站了起来，轻轻地惊叫一声，一刹那钻进密林之中，只有那些野花散落在草地上。

我呆立了片刻，弯腰拾起了那些散落在地上的矢车菊，走出树林，来到田野之上。

太阳低低垂挂在淡白而澄澈的天空中，它的光芒也不那么强烈，而且有些变凉了。太阳的光线不是照射，而是均匀地播撒下来，显得湿润爽快了。还有半个多小时，黄昏就要降临了，晚霞尚未染红西天。秋风一阵阵地吹来，掠过了枯黄的庄稼禾茬，我沐浴在风中；拳曲的枯叶一片片迎风飞扬，穿过大路，在树林边上飞旋。朝着田野一边的林木的枝叶，霎时迎风摇曳起来，闪射出细碎的光亮，若隐若现，时明时暗。在草地橙红色的枝叶上，在金黄色的麦秸上，飘荡着数之不尽的秋蜘蛛丝，发出一闪一闪的亮光。煞是迷人。

我停住了脚步，迎风而立……一种哀伤愁绪盘旋在我的心中。目睹这万物枯凋的悲凉的景色，虽然清爽却难展现出笑容，再看看那在秋风中欲坠的夕阳，便不由自主地感觉到凛冽的寒冬和那令人毛骨悚然的暴风雨已经为时不远了。一只老鸦孤单单地盘旋着，扇动着沉甸甸的翅膀，胆战心惊地从我的头顶上高高飞越而去。飞着，飞着，它又转过头来向我斜睨一眼，越飞越高，又传来了几许叫声，身影一会就在树林后面消失不见了。一大群鸽子从打谷场上像急驰的云朵般飞了过来，顷刻之间又盘旋扭结成圆柱形，纷纷落在了田野之上——这就是秋天的标志！有人赶着一辆空马车，从没有林木和野草的小丘后面走了过去，一路之上发出喀噔喀噔的响声……

我虽然已经回到家里，但可怜的阿库丽娜那忧伤颤抖的身影却一直萦绕在我脑海中，她那些早已枯萎了的矢车菊，我像保存纪念品一样一直珍藏到现在，就算是对这段往事的见证吧……

1850

# 贝氏草场①

这是七月里的一个艳阳天，这样晴朗的日子，只有在天气长期稳定的时候才有。从清晨起天空就是晴晴朗朗的。朝霞不是像火一样喷着烈焰，而是泛着柔和的红晕。太阳——既不像酷热干旱天气时那样火红，也不是像暴风雨到来之前那样的暗红色，而是清澈明丽而又灿烂宜人——在一片狭长的云朵下冉冉升起，放射出清丽娇艳的光辉，随即消融在淡淡的云团中。太阳给舒卷的云朵上部镶着细细的亮闪闪的细边儿，犹如蜿蜒屈伸的蛇一样，那种光彩恰似刚出熔炉的白银……但是，快看，那闪亮夺目的光芒又喷射了出来，——于是，一轮巨大的圆形光体，欢快地、壮观地、飞速地腾空而起。到了中午时分，经常出现许许多多又高又圆的云朵，灰色中闪耀着金黄色，边缘处镶着绵软柔润的白边儿，仿佛是无数只小鸟，散布在波澜壮阔的河流之上。四周环绕着一条条清澈而湛蓝的支流，这些云朵几乎是静止不动地悬挂在高空。远处，在极目远眺的天际，这些云朵又相互吸引靠拢，甚至拥抱融合在一起，再也看不见散落的云朵之间的蓝色天空了。但是拥抱融合在一起的云朵，渐渐又变得稀薄，后来也变得像天空一样蔚蓝了，因为它们渗透了光和热。天边的颜色是朦朦胧胧的淡

① 根据有关资料考证，这片草地原来属于德国一个贝氏家族，故此得名为《贝氏草场》。有人译为《白净草场》。

022

紫色，整整一天都未曾发生什么变化，而且四周都是如此，没有一个地方显得阴沉灰暗，没有一个地方预示着雷雨将降临，只是有些地方悬挂着浅蓝色的飘带：那便是不易察觉的飘洒着蒙蒙细雨的标志。到了傍晚时分，这些云朵便销踪隐迹了。那最后的一批云朵，略呈黑色，像烟雾一样飘浮不定，在夕阳余晖的照射之下，仿佛在天边开放出一朵朵的玫瑰。像太阳冉冉升起时一样徐徐降落下去的地方，嫣红的光辉在夜幕渐渐笼罩大地的上空短暂停留的时刻，金星已经在天边露出脸庞，就像有人小心翼翼地端着的蜡烛一样，轻轻颤动着，闪耀着。在这样的日子里，一切色彩都显得很柔和、明净，而不是浓艳重彩。一切都使人感到亲切、祥和。在这样的日子里，有时也有些燥热，有时在田野的坡地上甚至犹如置身于蒸笼里一样闷热。但是阵阵徐徐吹来的微风会把积蓄起来的热气吹散、赶走，而那一股股骤然间拔地而起的旋风——是天气稳定时必然会出现的征候——形成一根根顶天立地的白色柱形气流，沿着大路和一片片耕地呼啸着飞驰而过。在干燥而清爽的空气中飘荡着苦艾、割倒了的黑麦和荞麦的气味，甚至在夜幕降临前一个小时还感觉不到一点点潮湿的气息。这种风和日丽的天气，恰好是庄稼人企盼的开镰收割的好天气……

正是在这样晴朗的日子里，我有一次到图拉省契伦县去射猎松鸡。这次可是大丰收：我找到并射猎到很多野味。猎袋装得满满的，背起来，把肩膀勒得生疼，但是我的兴致一直很高，因此等我决心打道回府的时候，晚霞已经隐迹遁踪，寒冷的暗影已经开始变浓，并且不断地在扩大，尽管夕阳残照的天空还很明亮。我加快脚步，急匆匆地穿过一大片长长的灌木丛，爬上了一座小山冈，看到的却不是我意料中所熟悉的那片平原，即右边有一片橡树林，远处有一座低矮的白色教堂的地方，而是我完全不熟悉的另外一个陌生的地方。我的脚下是一条伸展向远方的狭长的山谷，正对面是郁郁葱葱的山杨树林，像一面陡峭的岩壁似的耸立在面前。我惊疑地收住了脚步，环顾了一下四周……"唉！"我心想，"糟糕，我完全走错了路，迷失了方向，太向右偏了。"我对自己迷失方向而走错了路很惊愕，于是匆忙地走下了山冈。我立刻被令人不快而又凝滞不动的潮气所笼罩，犹如走进了地窖一样。山谷底部的野草长得又密又高，全都湿漉漉的，一片白茫茫，仿佛是块平平展展的台布。在这上面行走，令人有些提心吊胆的。我立即走向另一边，向左转弯，顺着山杨树林走去。蝙蝠已经出动了，在已经进入梦境的山杨树冠上飞来飞去，在苍茫的天空中神秘地盘旋着，颤动着，颤动着。一只迟归的鹞鹰在高空中迅捷地飞驰而过，急忙忙地飞回自己的窝巢。"对了，我只要走到那一头，"我心里琢磨着，"立刻就会有路了，唉，我已经白走了一俄里多的路，太冤枉了!"

我终于走到了树林那一端的尽头，然而依然无路可走：展现在我面前的是一大片又一大片未曾砍伐过的低矮的灌木丛，穿过灌木丛往远处眺望，是一片空旷荒凉的原野。我又止步沉思起来。"太奇怪了，怎么会有这样的事儿？……我这是来到什么地方？"我回想着这一天是如何走的，都走过了哪些地方……"哈！原来这是巴拉欣灌木林!"我最后惊叫起来，"是的，没错儿！那边可能就是辛杰耶夫小树林……见鬼，我怎么走到这儿来了呢？竟然走了这么远？太奇怪了！现在又得向右走了。"

于是我又向右走，穿过了一片灌木林。这时夜色像阴云一样铺天盖地地压了下来，越来越近，越来越浓了，犹如浓雾般的升起，黑暗也从四面八方升起来，甚至也从高处倾泻下来。我发现了一条崎岖不平、杂草丛生的小路，我就顺着这条小路走下去，一面仔细地注视着前方。周围的一切很快全都变得黑乎乎的了，非常寂静，只有鹌鹑偶尔地啼叫几声。一只小型的夜鸟伸展开柔软的双翅，悄然无声地低飞着，险些撞到我的身上，立即惊慌失措地向一旁飞去。我走出了灌木林，沿着田埂走去。此刻我已经很难看到稍远一点的东西了：四周的田野一片朦朦胧胧。再往远处望去，黑沉沉的夜幕渐渐地包围过来，越来越近。我的脚步在凝滞不动的空气中发出低沉的回声。暗淡下来的夜空又呈现出蓝色——但此时已是夜间的蓝色了。星星在夜空中一闪一闪的好似胆怯的孩子调皮地眨着眼睛。

我先前以为是一片小树林的东西，却原来是一座黑乎乎的圆形山冈。"我到底是在什么地方啊？"我自言自语地又问了一次，并且第三次止步停了下来，用询问的目光看了看我那条英国种黄斑猎犬季安卡，因为狗是所有的四条腿动物中最有灵性和最通人性的畜生。但是这条四条腿动物中最机灵的家伙只是摇着尾巴，无精打采地眨巴着疲劳困顿的眼睛，并没有给我任何有用的提示。我看着狗不由得惭愧起来，于是便不顾一切地向前闯去，忽然间仿佛恍然大悟，立刻明白了该往哪里走。我绕过一座小山冈，走到一片不是很深的，周围都耕作过的凹地里。我立刻产生了一种奇怪的感觉：这片凹地很像一只正圆形的大锅，边缘向底部缓缓地倾斜，底部矗立着几块庞大的白色石头——它们好像是爬到这里来秘密集会一样——这里异常寂静、异常荒僻。这儿的天空异常呆板、单调，凄凉地高悬在头顶之上，我的心不由得变得抑郁起来。这时突然从巨石中传来一只小野兽发出的一声微弱、悲哀的惨叫。我立刻匆忙地回身爬上了山冈。在此之前，我一直满怀着希望，总以为能够找到归家之路，此刻我才不得不承认，我完全迷失了方向，便完全放弃了寻找回家之路的希望，因为周围已经完全笼罩在黑暗之中，根本就无法再辨认路径。只好硬着头皮跌跌撞撞地往前走去，凭借着微弱的星光，走吧，走到什么地方算什么地方了……我使劲儿地拖着双腿，就这样又跋涉了半个多小时。我有生以来也不曾到过如此荒凉的地方：无论往哪里看，都没一点儿亮光，万籁俱寂，只听到自己走路的脚步声。有慢坡的山冈一个接着一个，一片田野又接着另一片田野，好像永远也走不到尽头似的。而且又突然冒出一片片的灌木丛，枝枝杈杈几乎刮到我的鼻子。我一面走着，心里一面琢磨：干脆找个地方躺下来休息，等天亮再说吧，就这样走着，突然走到一个悬崖边上，脚下就是一道深不见底儿的深涧，实在太可怕了！

　　我赶紧收回已经抬起来的一只脚，透过幽明而朦胧的夜幕，我看到不远处有一片大平原，一条水面宽阔的大河呈半圆形向远方流去，环绕着这片平原，仿佛是给它镶上一道银边儿。河面上隐隐约约地闪耀金属般的光芒，展示出河水奔泻的方位。我脚下的山冈的一面仿佛突然笔直而下，形成了一个陡峭的山崖。它那庞大而高耸的轮廓，在苍茫的夜空中犹如突然拔地而起的黑魆魆的怪物。就在我的面前，在这座突兀而起的悬崖和平原交切成的角落里，在河流仿佛静止不动之处，出现了一面黑色的镜子似的地方，在陡峭的悬崖的底部，有两堆相邻的篝火喷吐着红红的火舌，篝火上方烟雾缭绕。篝火周围有几个人影在晃动着，有时清楚地映照出一个小小的人头，鬓发在火前飘动着……

我终于搞清楚我是走到什么地方了。这片草原就是我们这一带远近驰名的贝氏草场。……现在想赶回家去绝不可能了，尤其在这样黑沉沉的夜里。更何况我的两条腿已经累得几乎支撑不住了。但是我仍旧下决心走到篝火那里去，跟那些我误认为牲畜贩子的人在一起，就将就挨到天亮再说。我比较顺利地走下了山冈，但是在我还未来得及放开我手中拉扯着的最后一根树枝之际，就有两条大狗向我猛扑了过来，抖着全身蓬松的白毛，凶狠地吠叫着。就在这一刹那，从火堆那里传来清脆的吆喝声，并且有两三个男孩子噌的一下子从地上站了起来。我回答了他们大声的询问。他们飞快地跑到我的面前，并且立刻把他们那两条狗叫了回来，它们对我的猎犬季安卡的出现非常惊奇。于是我就跟着他们走到篝火前。

我原以为坐在篝火前的人是牲口贩子，其实不是。他们是附近村庄里几家农户的孩子，深夜在这里看守马群。在我们这儿，在盛暑炎夏的时候，人们经常在夜里把马赶到野外来吃草，因为白天苍蝇和牛虻太多了，搅扰得它们不得安宁。因此人们在天黑之前都把马群赶出去，到太阳升起之前再把它们赶回去——农家孩子都爱干这种事：将其视为一大乐事。他们都光着脑袋，穿着旧皮袄，骑着欢蹦乱跳的马游耍：兴高采烈地呼喊着，在马背上颠簸着，手舞足蹈地欢笑着。沿着大路疾驰飞奔，扬起了一团一团黄色的尘雾。嘚嘚的马蹄声震荡着幽远的夜空，马儿都竖着耳朵扬蹄飞奔。跑在最前面的是一匹枣红色的长鬃烈马，竖着尾巴，飞快倒换着四蹄，凌乱的鬃毛上挂上许多牛蒡种子。

我跟孩子们说，我因迷了路才走到这儿来的。他们问我是从什么地方来的，接着沉默了片刻，便在篝火前给我让出一个座位。我们少许聊了一会儿，我就在一束被啃光枝叶的灌木丛下面躺了下来，并抬起眼睛向四周张望。这种景象很奇妙、诱人：篝火四周有一个圆形的鲜红色的光圈在颤动，犹如被黑暗的夜幕围困在那里一样。篝火熊熊地燃烧起来，有时向光圈以外迸射出火花和光线。细长的火舌向上奔突着，仿佛要舔舔光秃秃的柳树枝条，奔突到一定高度就消失不见了。当火势减弱了以后，那尖尖的长长的黑影像怪物一样扑了过来，有时一直闯到篝火的余烬上：这里黑暗与光明在搏斗、在厮杀。有时，当火势微弱、光圈变小的时候，随着拥上来的黑影，突然出现一个长着弯曲白鼻梁的枣红马的马头，或者是一个毛色纯白的马头，胆怯而迟缓地呆望着我们，接着低下头去，急匆匆地嚼着长长的野草，嚼着嚼着，一会便踪影全无。只是不时传来它那不停的咀嚼声和响鼻声。在光亮处很难看清夜幕中的景象，所以周围的一切景物都好像被一层黑幕遮盖了起来。但是眺望远方，在天地交接之处，尚可以隐隐约约地看出丘陵和树木长长的黑影。万里无云的夜空神秘地高悬在我们的头上，显得异常的庄严、肃穆，气势磅礴而又雄浑。呼吸着这种奇特而又醉人的清新气息——这是俄罗斯夏夜特有的气息，令人心静神爽，不亦悦乎！四周万物都沉溺在甜梦之中，没有一点儿声息……只是附近的河流中偶尔传来大鱼跃出水面发出飞溅浪花的声音，岸边的芦苇被涌动的波浪轻轻地冲击着，发出低微的瑟瑟声……两堆篝火噼噼啪啪地演奏着单调而枯燥的小夜曲。

孩子们环绕着篝火坐着。曾经想把我生吃活吞的那两条狗也蹲在篝火旁，它们有好长一段时间对我坐在这儿耿耿于怀。狗睡意朦胧地眯着眼睛，斜视着篝火，有时又非常盛气凌人地吠叫几声，先是大声地吠叫，后来变成嘶哑地哀鸣，好像在为未能实现自己的愿望而惋惜。一共有五个孩子：费佳、巴夫鲁沙、伊柳沙、科斯佳和万尼亚。（我是从他们的谈话中得知他们名字的，现在我就把他们一一介绍给读者诸君。）

第一个，也就是年岁最大的那个，是费佳，看样子大概有十四岁，这个孩子身材很匀称，长得很漂亮，五官清秀而略显小巧，长着一头浅黄色的鬈发，眼睛闪闪发亮，总是笑眯眯的，愉快和漫不经心的微笑掺半。从穿着和举止等方面来看，他的家庭一定很富裕，到野外来不是为了生计，而是为了开心取乐。他身着一件镶黄边的印花布衬衣，披着一件有点瘦的新上衣，瘦削的肩膀勉强挂得住。浅蓝色的腰带上挂着一把小梳子。穿着一双合脚矮腰皮靴，一看便知，肯定是他自己的，而不是他爸爸的。第二个孩子是巴夫鲁沙，一头乱蓬蓬的黑发，一双灰色的眼睛，颧骨略宽，脸色苍白，还有一些稀稀拉拉的麻子，一张大嘴巴，却很端正，大脑壳。身材正如人们所说的那样，像个啤酒桶，矮矮的，胖乎乎。这孩子长得并不漂亮——这一点毋庸讳言！——可是我却对他很有好感：我喜欢他的机灵和直爽，而且说话很有劲儿，有点男子汉的气质。他穿着一般：只不过是普普通通的麻布衬衣和打了补丁的裤子。第三个小男孩是伊柳沙，相貌一般：鹰钩鼻子，脸长长的，脸上流露出一种迟钝而忧虑的神情，显得有点病恹恹的。双唇闭得紧紧的，轻易不开口，总是紧皱着双眉，眯着眼睛，好像害怕火光一样。他的头发黄黄的几乎呈白色，一绺一绺地从小毡帽底下钻出来，他常用两只手把小毡帽往耳朵上拉一拉。他脚下穿着一双新树皮鞋，还裹着包脚布，腰间系着一条绕了三圈儿的粗绳子，紧紧地捆着他那件整洁的黑色长袍。看起来，他和巴夫鲁沙都不超过十二岁。第四个小男孩是科斯佳，大约十岁，他那一副心事重重的样子，忧郁和悲伤的目光，使我感到有些好奇。他的脸庞不大，瘦瘦的，还有不少雀斑，尖下颏，像松鼠一样，一张嘴小小的，嘴唇也薄薄的。但是那双乌黑乌黑的眼睛却水汪汪的，显得又大又有神，给人一种奇妙的感觉：这双眼能够表达出他用语言（至少是他的语言）表达不出来的心意。他的身材既矮小又很虚弱，穿得很破旧。最后一个孩子是万尼亚，刚开始的时候我竟没有注意到他：他席地而卧，蜷缩成一团，身上盖着一领皱得凹凸不平的旧席子，安安静静地一声不响，只是偶尔把头伸出来，一头淡褐色的鬈发。看样子，最多不超过七岁。

我就这样一直躺在篝火旁的灌木丛下，并且目不转睛地端详着这五个小男孩。在一堆火上吊着一个小铁锅，锅里煮着土豆。巴夫鲁沙在那儿看着，他跪在地上，用一块长木片往沸腾的水里扎，试着土豆是否熟了。费佳躺在篝火旁，用一只胳膊支着头，敞着上衣的衣襟。伊柳沙坐在科斯佳身旁，依旧用劲儿眯着眼睛。科斯佳稍微低着头，两只眼睛却一直向远处张望。万尼亚仍然老老实实地躺在席子下面。我佯装已经入睡，几个孩子渐渐地又聊了起来。

刚开始他们海阔天空地无所不聊，说完明天要干的活儿，又聊到了马匹，但是费佳突然转问伊柳沙，好像又重新聊起中断了的话题，问道：

"喂，你说说看，你真的看到过家神吗？"

"没有，我没有看到过，再说家神是看不到的，"伊柳沙用无精打采而又沙哑的声音答道，这种声音和他的面部表情相配再适合不过了。"但是我却亲自听到过……而且不光是我一个听到过。"

"那你是在什么地方听到的呢？"巴夫鲁沙追问道。

"就在原来那个旧的打浆房①里。"

"这么说，你们经常去造纸厂了？"

"当然了，经常去。我和我哥哥阿夫久什卡还是磨纸工②呢。"

"噢，你们还当过工人呢！"

"好，你说说看，你是怎么听到的？"费佳问。

"这件事儿是这样的：有一次我和我哥哥阿夫久什卡、米海耶夫村的费多尔、斜眼的伊凡什卡和红冈的另一个伊凡什卡，还有苏霍鲁科夫家的伊凡什卡，以及另几个伙伴儿都在那儿。我们一共有十几个人——一个班的人都到齐了。而且那一天都得在打浆房里住一夜，原本用不着在那儿过夜，但是监工纳扎罗夫不让我们走。他说：'伙计们，你们干吗要回家呢？明天的活多得很，伙计们，你们就不必回去了。'于是我们就没走，就住在了造纸厂里，都躺下来准备睡觉了，这时阿夫久什卡却问大家，'哎，弟兄们，家神要是来了可怎么办？'……还没等到阿夫什卡把话说完，忽然听到有人在我们的头顶上走动，我们躺在下面，他就在上面走动着，就在水车轮子旁边走。我们听到：他正在走着，踩得木板一颤一颤的，发出咯吱咯吱的响声。后来他又从我们的头顶上走过去，忽然水哗啦哗啦地流到轮子上，冲得轮子转动起来，轧轧地响起来。这水是从哪儿来的呢？水宫③的闸门是关得好好的呀。我们都感到奇怪：是哪个人把闸门打开让水流流过来的呢？但是轮子转了一会儿，又转了几下，就不再转了。那个没露面的家伙又上去朝门口走去，又从楼梯上走了下来，听他的脚步声，还不慌不忙的。楼

---

① "打浆房"和"纸浆房"都是造纸的厂房，里面摆放好多盛纸浆的大桶。这种厂房通常都建在堤边，位于水轮子下方。

——作者原注

② "磨纸工"即是把纸磨平、刮光的人。

——作者原注

③ 水流到轮子上所经过的地方，我们那儿称之为"水宫"。

——作者原注

梯板让他踩得嘎吱嘎吱地响极了……啊！他走到了我们的门口，站了一会儿，又站了一会儿，突然砰的一声，门被打开了。可把我们吓坏了，偷偷地一看——却什么也没看到……忽然一个大桶上的格子框①活动了起来，腾空而起，一直升到空中，并在空中游来荡去的，好像有人在那儿刷洗，过了一会儿又回到原来的地方。接着，另一个大桶上的钩子脱离开钉子，又钩在了钉子上。后来又好像有人走到了门口，而且还突然大声地咳嗽起来，好像是一只羊，可是声音响得很……我们吓得紧紧地挤在一起，互相往对方的身子下面钻……那一回差点儿把我们的魂儿给吓掉了！"

"真有这种事儿！"巴夫鲁沙说，"那他为啥要咳嗽呢？"

"不知道，也许是着凉了吧？"

大家好长一会儿都没吭声。

"喂，看看，"费佳打破沉默，问道，"土豆煮熟了吗？"

巴夫鲁沙又用木片捅了捅。

"没熟，还生着呢……听，拍水的声音，"他把脸转向河流的方向，接着说，"大概是梭鱼吧……看，一颗流星飞过去了。"

"喂，弟兄们，我也来给你们说件事儿，"科斯佳用清脆的声音说道，"你们注意听啊，这是前几天听我爸爸讲的。"

"好，我们一定好好听。"费佳给他鼓劲儿地说道。

"你们都知道镇上那个木匠加夫里拉吧？"

"嗯，是的，知道。"

"那你们是不是知道，他为啥总是那么不开心，总是不爱说话，知道吗？我爸爸说，有一天他到树林里摘胡桃，可是却迷了路，不知道走到了什么地方。他走着，走着，一看，不对头！怎么也找不到路了，这时天已经完全黑下来了，没办法，他只好在一棵树下面坐下来，心里想，就在这儿等到天亮再说吧。他一坐下来，就打起了瞌睡。刚迷迷糊糊睡着，就听到有人叫他。他睁开眼睛一看，一个人也没看到。他又打起了瞌睡，就听到又有人叫他。他再次睁开眼睛，看了又看，看到他面前的一个树枝上坐着一个美人鱼，正摇晃着身子，叫他走过

①　"格子框"是捞纸浆用的网状物。

去呢。那个美人鱼在笑，笑得前仰后合……月亮很明亮，照得亮堂堂的，把四周的东西都照得很清楚——兄弟们啊，照得什么东西都看得到。美人鱼继续在叫他，她仍然坐在树枝上，全身又白又亮，好像一条石纹鱼或者鲈鱼，要不就是一条鲫鱼，也是那样白白的，银光闪闪的。木匠加夫里拉简直惊呆了，那个美人鱼前仰后合地大笑，还不停地向他招手，叫他过去。加夫里拉已经站了起来，正打算走过去，可是，一定是上帝点化了他：他便在自己的身上画了个十字……弟兄们啊，他这个十字画得可好费劲啊！……他画完十字以后，弟兄们啊，那个美人鱼就不再笑了，而是忽然大声地哭了起来……美人鱼哭啊，哭啊，一直在哭，还用头发擦自己的眼睛，她的头发是绿色的，跟大麻的颜色一样。加夫里拉对她望着，望着，并且开始问她：'美人鱼，你怎么哭了？'美人鱼就对木匠说道：'你这个人啊，不该画十字，你应该与我和和美美地过上一辈子。我哭了，我很悲伤，是因为你画了十字。这样一来，不仅是我难过，你也要悲伤一辈子。'她说完这番话之后，弟兄们啊，就不见踪影了，加夫里拉立刻就醒悟了过来，明白了该怎样从树林里走出来……但是从那时起，他就郁郁不乐了。"

"哎呀！"大家都不吭声了，沉默了一会儿之后，费佳说，"那个美人鱼怎么会伤害一个虔诚的基督徒的心灵呀，他不是没有顺从美人鱼吗？"

"得了吧！"科斯佳说，"连木匠加夫里拉自己也说，她的声音那么刺耳，那么悲哀，犹如癞蛤蟆发出的声音一样。"

"这是你爸爸亲口说的吗？"费佳又问道。

"没错儿，真是他亲口说的，我躺在高脚床上，从头到尾全听到了。"

"那可真奇怪！木匠为什么总是不开心呢？……美人鱼叫他过去，那是喜欢他呀。"

"哼，还喜欢他呢！"伊柳沙接过话茬说，"说什么呀！她是想给他呵痒痒，她就是想干这个。她们这些美人鱼就爱玩弄这套把戏。"

"这个地方一定也有美人鱼吧。"费佳说。

"没有。"科斯佳答道，"这个地方可是个吉祥的地方，而且又很开阔，是个不闹神不闹鬼的地方，只不过就是靠河太近了。"

大家都不吭声了。忽然从远处传来一声悠长的、嘹亮的、几乎是呻吟一样的声音。这是一种神秘的夜间的啼叫声，在万籁俱寂的时刻经常会有的一种声音。这种声音响起来，升到空中，并且不停地在空中震荡，慢慢向四面八方扩散，最后再也听不到了，安静了下来。这时，你再仔细地听一听，好像什么也没有，可是还有余音缭绕。就好像有一个人在天边持续不停地喊着，仿佛树林里又有一个人回应他，发出尖利刺耳的大笑声，接着，河面上也掠过一阵微弱的咝咝声。几个孩子吓得面面相觑，全身直打战……

"上帝保佑我们！"伊柳沙胆怯地祷告说。

"嗨，你们这些胆小鬼！"巴夫鲁沙喊了起来，"有什么好怕的？快看，土豆熟了。（几个孩子都挤到锅子跟前，拿着热气腾腾的土豆吃了起来。只有万尼亚依然躺在席子下面不动。）你怎么了？"巴夫鲁沙问道。

万尼亚仍旧躺在那儿没动，土豆很快就被吃光了。

"伙计们，"伊柳沙又说起来，"你们听到了吗，前些日子我们的瓦尔纳维茨出了一件新奇的事？"

"是堤坝上发生的那件事吧？"费佳问道。

"对，对，是在堤坝上，就是在那条被冲坏了的堤坝上。那是个不吉利的地方，很不太平，而且又特别荒凉、偏僻。四周都是凹地、山谷，山谷里蛇又很多。"

"噢，究竟出了什么事？你快说呀……"

"是这么一回事儿：费佳，你大概也不知道，我们那个地方埋了一个被淹死的人。这个人是好久好久以前，也就是池塘还很深的时候淹死的，他的坟还在那里，只是不那么显眼了，就剩下一个小小的土堆了……就在前些日子，管家把看猎犬的叶尔米尔叫了去，并对他说：'叶尔米尔，你到邮局跑一趟。'我们的这个叶尔米尔是经常到邮局去的。他把他的狗全都给训练死了；不知为什么狗在他手里都活不长，让他折腾得都活不长，不过他倒是一个很出色的驯犬师，好得不能再好了。听到总管的吩咐后，他就骑着马到城里去了，可是他在城里游荡了好长时间，而且是喝得醉醺醺地才往回走。这天夜里明月当空，照得亮堂堂的……叶尔米尔骑着马路过堤坝；他一定要经过这条路。

这个驯犬师骑着马走着走着，忽然看到那个溺死鬼的坟上有一只小山羊不停地转来转去，全身长着白色的鬈毛，样子很讨人喜欢。叶尔米尔心里头琢磨：'我把它逮回去吧，干吗让它跑掉呢。'于是，他便跳下马来，把羊逮住，搂在怀里，……那只羊乖乖的，一点儿都不挣扎。叶尔米尔抱着羊朝马走了过去，谁知道那匹马一看就直往后退，打着响鼻儿，而且还直摇晃着脑袋。但是叶尔米尔却把马吆喝住了，并且抱着羊骑上了马，策马继续前进。他把羊放在了自己的身前，看着那只羊，羊也瞪着眼睛看着他。走着，看着，叶尔米尔害怕了起来，心里想，我还从来没有看到过羊这样直直地死盯着人的眼睛看的。他壮了壮胆儿，心想这也没什么可怕的。他用手温存地抚摸着羊毛，嘴里还发出咩咩的声音，那只羊忽然龇着牙，对他叫道：'咩，咩！'……"

　　讲故事的孩子还没来得及把故事讲完，那两条狗忽然站了起来，全身颤抖着，吠叫着，从篝火旁飞快地跑走了，很快消失在夜幕之中。孩子们一个个都吓得要命。万尼亚也掀开席子噌的一下子跳了起来。巴夫鲁沙叫喊着去追那两条狗。狗的吠叫声越来越远……只听到马群受惊而狂乱的奔跑声。巴夫鲁沙大声地呼喊着："阿灰！阿毛！"……过了一会儿，听不到狗的吠叫声了。巴夫鲁沙的叫声也越来越远了……又过了一会儿，孩子们都困惑地你望望我，我望望你，仿佛在等着什么事发生似的……突然传来了一匹马奔跑的蹄声，这匹马猛地停在篝火旁，巴夫鲁沙抓着马鬃，飞身跳下马来。两条狗猛地跑进了火光的亮圈里，立刻蹲了下来，吐着红红的舌头。

　　"那边怎么了？出什么事了？"孩子们异口同声地问道。

　　"没什么事儿，"巴夫鲁沙挥着手回答说，"大概是狗嗅到了什么。我想是狼吧。"他一面急促地喘息着，一面不慌不忙补充了一句。

　　我不由自主地欣赏起了巴夫鲁沙。这孩子此时此刻显得很可爱。他那张本来并不漂亮的面孔，由于骑着马奔跑了一会儿，显得生气勃勃，充满勇敢刚强的男子汉气概。他手里连一根棍棒也没拿，在深夜里赤手空拳，毫不犹豫地去追赶狼……我望着他，心里想："多好的孩子啊！"

　　"你们看到过狼吗？"胆子很小的科斯佳问。

　　"这里常常有狼出没，而且还很多，"巴夫鲁沙回答说，"但是只有在冬天，狼才找人的麻烦。"

巴夫鲁沙又坐到了篝火前。他坐下来的时候，还把一只手放到一条狗毛茸茸的后脑勺上。这个受宠若惊的畜生以一种感激和洋洋得意的神情望着巴夫鲁沙，而且很久不肯把头转过去。

万尼亚又钻到席子下面去了。

"伊柳沙，你给我们讲的故事怪吓人的。"费佳说道。他家是个富裕的农户，所以总是带头说话（但是他的话并不多，好像怕言多语失降低了自己的身份）。"真见鬼，这两条狗又叫了起来……是啊，我听说，你们那个地方不太吉利和太平。"

"你说的是瓦尔纳维茨吗？……谁说不是！可不吉利了！听说，有人在那儿不止一次地看到从前的老爷——已经死去的老爷，听说他穿着一件长外套，总是唉声叹气的，不停地在地上找东西。有一天特罗菲梅奇老爷爷碰上了他，就问道：'伊凡·伊凡内奇老爷，您在地上找什么东西呀？'"

"老爷爷问他吗？"费佳吃惊地接茬问道。

"是的，是问他。"

"啊，特罗菲梅奇胆子真大……哎，那个老爷是怎么说的呢？"

"他说：'我在找断锁草①，……断锁草'，说的声音很低，'伊凡·伊凡内奇老爷，你要断锁草干啥呀？'他说：'在坟墓里待着太难受了，憋得慌，特罗菲梅奇，我想出来，太想出来了'……"

"真有这种事儿！"费佳说，"这么说，他是没活够哇。"

"太奇怪了！"科斯佳说，"我以为只有在追悼亡灵的那个星期六才能看到已经死去的人呢。"

"死人不管什么时候都看得到，"伊柳沙毫不怀疑地接着说。依我所见，这个孩子对乡下的一切迷信传说，比别的孩子知道得都清楚……"但是在追悼亡灵的那个星期六，你能看到这一年轮到要死的那个活人。只要在那天晚上坐在教堂门口的台阶上，目不转睛地朝着大路上望就能看得到。有哪个人从你面前的大路上走过去，那就是这一年要死之人。去年我们那里的乌里雅娜老奶奶就到礼拜堂的台阶上

---

① 断锁草，俄罗斯童话中的一种有毒的草。这种草一碰到锁上，锁就会断。

看过。"

"啊，那她看到什么人了吗？"科斯佳好奇地问道。

"可不是看到了。刚开始她坐了好长时间，一个人也没看到，也没听到……只是听到似乎有一条老狗在什么地方嗥叫，不停地号叫着……突然，她看到一个只穿着衬衣的小男孩顺着大路走了过来。她仔细一看，——是费多谢耶夫家的伊凡什卡走过来……"

"就是春天死去的那个孩子吗？"费佳插嘴问道。

"就是他。他走着，走着，连头也不抬一下……乌里雅娜认出来是他……后来她再一看：有一个老太婆走了过来。她又仔细地看了一下，哎呀，我的天哪！——是她自己在走，是她乌里雅娜自己。"

"真的是她自己呀？"费佳问道。

"真的，就是她自己。"

"那是怎么回事呢，她不是没有死吗？"

"这不是还不到一年嘛。你看看她病得那个样子了：已经快咽气了。"

几个孩子又都不说话了。巴夫鲁沙把几根干树枝扔到火里。篝火顿时火焰飞腾，树枝立刻变黑、变红，发出噼噼叭叭的响声，火上升起了浓烟。小树枝渐渐弯曲，烧着的一头翘了起来。火舌猛烈地颤抖着、飞舞着，火光射向四面八方，尤其是向上方猛蹿。突然，不知从何处飞来一只白色的鸽子，一直飞进圈里，全身映照着炽烈的火光，惊恐地在火的上方盘旋了几圈，便扇动着翅膀飞走了。

"鸽子一定是找不到窝巢了。"巴夫鲁沙说道，"此刻只能随意地飞了，飞呀，飞呀，飞到什么地方就算什么地方，就落到哪儿等到天亮呗。"

"喂，巴夫鲁沙，"科斯佳问道，"这是不是一个虔诚的灵魂在往天堂里飞呀，你说是吗？"

巴夫鲁沙没有立刻回答，只是又往火里扔了一把干树枝。

"或许是吧。"巴夫鲁沙终于开口说道。"巴夫鲁沙，我问你，"费佳说，"在你们沙拉莫沃是不是也看到过'天兆'？"

"就是说太阳突然一下子看不到了，对吧？当然看到过。"

"大概把你们都吓坏了吧？"

"不光是我们害怕。我们的老爷，虽然早就对我们说过，你们要看到天兆①了，不要害怕，可是等到天昏地暗的时候，听说他自己也吓得不得了。在仆人的屋子里，厨娘一看到天黑下来，你猜怎么样？她立即抢起烧火棍把炉灶上的砂锅、瓦罐全都打碎了。嘴里还嚷嚷着：'世界末日到了，现在谁还想吃饭呀！'这么一折腾，汤全都流光了。小哥，在我们的村里还有这样的传说，要是白狼到处跑，人都得被吃掉，猛禽要飞来，那个脱力什卡②就要到。"

"这个脱力什卡是个什么人物？"科斯佳问道。

"这你都不知道？"伊柳沙抢着说道，"喂，兄弟，你是怎么搞的，连脱力什卡都不知道？你们村子里的人都是傻帽，个个都是傻帽！脱力什卡神通可广大了，他就要来了。他神通特别广大，他要是来了，谁也抓不住他，对他毫无办法。比如，庄稼汉想去逮住他，拿着棍棒去追他，把他团团包围起来，可是他会障眼法——他一使起障眼法，围着他的人就会自己厮打起来。再比如，即使把他抓住关进牢房里，他就要求给他一瓢水喝，等到把水瓢给他端来，他就一头扎进水瓢里，一下子就不见踪影了。要是给他上镣加铐，只要他两只手一使劲儿，镣铐就掉到地上了。哎，就是这个脱力什卡要来了，他要在城市和乡村到处游荡。这个脱力什卡可是个神通广大，神出鬼没的人，他专门引诱基督徒……唉，谁也治不了他，一点儿办法也没有……他可是神通广大，厉害得很……"

"唉，是啊，"巴夫鲁沙不慌不忙地接着说下去，"脱力什卡就是这样一个人。我们那儿的人都在等他来呢。老人们早就说过，天兆一出现，脱力什卡就要来了。后来真的出现了天兆，全村的人都跑到街上，田野里，等着要发生什么事儿。你们都知道，我们那个地方很开阔，一马平川，能望到很远很远的地方。大家都瞪着眼睛看呀，看呀，忽然从镇上走来一个人，已经走下坡来，样子奇怪极了，脑袋大得

---

① 我们那里的农民把日食称为"天兆"。

——作者原注

② 有关脱力什卡的迷信传说，可能是指有关世界末日前出现的反基督的故事。

——作者原注

很……所有的人都惊叫起来："哎呀，脱力什卡来了！哎呀，脱力什卡来了！'大家都惊魂丧胆地四散奔逃！我们的村长吓得钻进了沟里。村长的老婆把身子卡在了大门底下，拼命地号叫着，把自己家里的看家狗也吓得连蹦带跳地吠叫，挣开了锁链子，跳过篱笆逃走了，没命地往树林里跑。还有库兹卡的爸爸道罗菲奇，也吓得钻进了燕麦地里，蹲下来，急中生智地学着鹌鹑叫。他说：'杀人恶魔也许对鸟儿会大发慈悲。'所有的人一个个都被吓得魂不附体！……没想到来的人原来是我们的木匠瓦维拉，他买了一个大桶，并把大桶顶在了脑袋上。"

孩子们听完都笑得前仰后合的，接着又都不吭声了，这种情况在旷野里聊天的人是常有的事。我环顾了一下四周：夜色浓重而深沉，黄昏时潮湿的凉气被午夜干燥温暖的气流所替代，温暖的夜气还要持续很长时间，它像柔软的帷幕一样笼罩着沉睡的原野。还要过很长的时间，才能传来清晨的第一阵沙沙声、第一阵簌簌声和第一阵飒飒声，才能看到黎明时初降的露珠儿。天空中没有月光：这些天里，月亮很晚才会露出皎洁的面庞，无数金色的星星仿佛是一颗颗明亮的眼睛，竞相比美地眨动着，闪烁着，随着银河运行的方向静悄悄地运行。的确，你仰望着星空，仿佛隐隐约约地感觉到地球在飞速地运行，在不断地运行……忽然从河面先后两次传来奇怪的、刺耳的而又哀伤的叫声，过了一会儿，那种叫声在远方回荡着……

科斯佳打了个寒战，说道："这是什么声音？"

"这是苍鹭的叫声。"巴夫鲁沙不动声色地答道。

"是苍鹭，"科斯佳跟着重复着……"巴夫鲁沙，我昨天晚上听到是什么声音呢，"他稍停了一会儿，又问道，"你大概也能知道……"

"你到底儿听到了什么？"

"我经历了这么一回事儿，我从石岭走出来，就一直往沙什基村走去。刚开头是在我们的榛树林里头走，后来走上了一片草地——你知道吗，就是在那个地方，就是在山谷大转弯的地方，——那儿不是有个大水塘①吗？你是知道的，塘里长满了茂密的芦苇，我就从水塘旁边走了过去。弟兄们啊，我忽然听到水塘里有人在呻吟，哼哼唧唧的，非常伤心，非常痛苦：唉……唉……哎呀……哎呀呀！真把我吓坏了，弟兄们啊！天色已经很晚了，呻吟声又那么凄惨。我听了以后，也伤心得要哭了……这到底是怎么回事呀？哎？"

"前年夏天，一群强盗把守林人阿金给害死在水塘里了。"巴夫鲁沙说，"大概是他的冤魂在诉冤吧。"

"原来是这么一回事儿啊，弟兄啊，"科斯佳把本来就很大的眼睛瞪得溜圆地说道，"我原来根本就不知道阿金淹死在这个水塘里。幸亏不知道，要不非得吓个半死不可。"

"但是，听说有些刚出来的小青蛙，"巴夫鲁沙接着说，"叫起来声音也很凄惨。"

"青蛙？得了吧，那不是青蛙叫……怎么会是……（这时苍鹭在河上又叫了几声）哎，对了，是这个家伙叫的！"科斯佳仿佛恍然大悟地说道，"好像是林妖大叫。"

"林妖根本就不会叫，是哑巴，"伊柳沙抢着说，"林妖只会拍手发出噼噼啪啪的声音……"

"这么说，你看到过林妖了？"费佳以嘲笑的口气打断他的话。

"没有，没有看到过，千万可不要让我看到！可是有人看到过。前几天，我们那儿就有一个人被林妖给迷住了：林妖领着他走呀走，老是在树林子里走，但是总是在一个地方转来转去的……一直转到了天亮，费了好大劲儿才跑回家里。"

"那么，他看到林妖了吗？"

"看到了，他说，林妖长得又高又大，全身黑乎乎的，身上还裹着什么东西，好像躲在大树后面，看不太清楚，好像逃避月光，瞪着一双大眼睛张望着，张望着，还不停眨着……"

"哎呀！"费佳吓得一哆嗦，耸动一下肩膀，大声地叫起来，"呸！……"

---

① 水塘，是个很深的水坑，里面蓄有春汛时留下来的春水，因为水深，到了夏天也不会干涸。

——作者原注

"为什么世界上会有这种坏东西呢？"巴夫鲁沙说，"真是的！"

"不要骂，小心点儿，林妖会听到的。"伊柳沙赶紧说道。

几个孩子又都沉默不语了。

"看呀，快看呀，伙伴儿们，"万尼亚忽然用清脆的童声说道，"快看天上的星星啊，——就像一窝一窝蜜蜂似的！"

他一边说着，一边把那张娇嫩的小脸伸出来，用小拳头支着头，慢悠悠地抬起他那双温和的大眼睛。几个孩子也都抬起眼睛望着天空，望了好长一会儿。

"喂，万尼亚，"费佳温和而关切地问道，"怎么样，你姐姐安妞特卡身体可好？"

"挺好的。"万尼亚回答说，他的发音有点不清楚。

"你跟她说，叫她来玩。"

"好，我一定对她说。"

"你转告她，我有件小礼物要送给她。"

"那送不送给我呢？"

"也送给你。"

万尼亚轻松地舒了一口气。

"算了，不用给我。你还是送给她吧，她可是咱们的好伙伴儿。"

万尼亚又在原地躺了下来。巴夫鲁沙站了起来，端起那个空锅子。

"你要去哪儿？"费佳问道。

"到河边去打点水来，我口渴了。"

两条狗也站起来跟着他一块去了。

"小心点儿，别掉到河里去！"伊柳沙望着他的背影喊道。

"怎么会掉到河里呢？"费佳说道，"他会小心的。"

"对，他会小心的。可是有的事儿也很难说，他正好弯下身子去打水时说不定水怪会拽住他的手，把他给抱去。以后别人就会说：这个孩子是自己掉下水的……其实哪儿是自己掉下去的呀？……"伊柳沙侧耳仔细听了一听，又说道："听，他已经钻到芦苇丛里去了。"

芦苇真的向两边晃动着，并且发出窸窸窣窣的声响。

"听说傻婆娘阿库丽娜自从掉下水以后，就变得疯疯癫癫的了，这事儿是真的吗？"科斯佳问道。

"是的，自从掉下水以后……她就变成现在那副可怜的样子！可是听说，她从前还是个大美人呢。是水怪把她给毁了。水怪没想到会有人很快把她救上来，就在水底下把她给毁了。"

（我不止一次地碰到这个阿库丽娜。她穿得破破烂烂的，瘦得让人害怕，脸脏兮兮的，像炭一样黑；两只眼睛呆滞无神，就像没睡醒的样子，总是张着嘴，龇着牙，总是一连好几个钟头在路上游荡，或者在一个地方打转转，把两只瘦骨嶙峋的手紧紧地抱在胸前，像关在笼子里的野兽一样，倒换着两只脚打转转。不管你对她说什么，她都听不懂，只是不时狂乱而又痉挛地哈哈傻笑。）

"听说，"科斯佳接着又说，"阿库丽娜是因为遭受了情人的欺骗，才跳河自尽的。"

"就是因为这个事儿。"

"你还记得瓦夏吗？"科斯佳又伤心地问道。

"你说的是哪一个瓦夏呀？"费佳问道。

"就是被水淹死的那个瓦夏呀，"科斯佳答道，"就是在这条河里淹死的。多好的一个孩子呀！唉，那个孩子真好！他妈费克丽斯塔可喜欢他了，可疼爱瓦夏了！费克丽斯塔好像早就预感到小儿子会在水里遭难。因此每到夏天，瓦夏有时跟我们这群小伙伴到河里去玩和洗澡，她就会吓得胆战心惊，全身发抖。别人的妈妈都不在意，只管拿着洗衣盆大摇大摆地从河边走过去。费克丽斯塔一看可不得了，赶紧把洗衣盆放在地上，大呼小叫地喊着瓦夏："回来，快回来，我的宝贝儿！啊，回来呀，快回来，我的宝贝儿子！"唉，天知道他是怎么淹死的。有一天，他在河边玩儿，他妈妈也在那儿，正忙着耙干草，忽然听到好像有人在河里呛了水，——一看，只看到瓦夏的帽子漂在水面上。从此，费克丽斯塔就神经不正常了：她经常到瓦夏淹死的地方去，就躺在那儿。好可怜呀！她一躺在那儿，就唱起歌来——你们还记得吧，就是瓦夏唱的那支歌，——她唱的正是这支歌，一边唱，一边哭，哭呀，哭得好伤心呀，哭着向上帝诉苦……"

"看，巴夫鲁沙，回来了。"费佳说。

巴夫鲁沙端回满满的一锅水，走到了篝火旁。

"伙伴们，"他沉默了一会儿，说道，"有点儿不妙哇。"

"怎么回事儿？你怎么了？"科斯佳赶忙问道。

"我听到了瓦夏的声音。"

几个孩子都吓得浑身直打战。

"你没事吧？你没怎么样吧？"科斯佳声音颤抖地问道。

"唉，是真的。我刚好弯腰去打水，就听到瓦夏叫我的名字，真的是他的声音，那叫声好像是从水底下传来的：'巴夫鲁沙，巴夫鲁沙，喂，到这儿来。'我吓得倒退了几步，但是水还是打上来了。"

"哎呀，天哪！哎呀呀，天哪！"几个孩子都画着十字说着。

"这是水怪叫你呀，巴夫鲁沙，"费佳说，"我们方才还在说他呢，就是谈论这个瓦夏呢。"

"唉呀，这可是个不祥之兆。"伊柳沙有些不安地说道。

"啊，没啥关系，不必管它！"巴夫鲁沙满不在乎地说道，并且平静了下来，"死活在劫难逃，只能听天由命了。"

孩子们都没说什么。很明显是巴夫鲁沙使他们感触太深了。几个孩子都躺到篝火旁，看样子是要睡觉了。

"这是什么声音？"科斯佳猛然抬起头来问道。

巴夫鲁沙仔细地听了一会儿，然后说道：

"这是丘鹬飞过去时发出的叫声。"

"它们往哪儿飞呀。"

"听说是飞往没有冬天的地方去。"

"真有这样的地方吗？"

"有。"

"离这儿远吗？"

"很远，很远，飞过温暖的大海就是。"

科斯佳长出了一口气，就闭上了眼睛。

从我来到孩子们的身边儿，已经有三个多钟头了。月亮终于爬上了天空。可是我们却没有立即发现它，因为它还是一个细细的弯月牙儿。在这没有明亮月光的夜晚，仿佛像先前那样美好壮观……但是不久前还高悬在天上的那些星星，已经快要落到黑沉沉的天边儿去了。此刻万籁俱寂，正像往常天快拂晓的时候一样：万物沉浸在甜梦之中。空气中浓烈的气味在渐渐消失，潮气又慢慢地扩散开来。……夏夜太短了！……孩子们都不吭声了，睡着了，篝火也熄灭了……狗也打起了瞌睡。在微弱而幽暗的星光下，我看到它们趴在地上，也垂着头在打瞌睡……我也有点睡意朦胧，并且很快进入了梦乡。

　　一阵清风从我的脸上吹拂而过。我睁开了双目：天色已经破晓。鲜艳的朝霞还未露出红晕的脸庞，但是东方已经出现鱼肚白。环顾四周，一切景物都看得见了，只是还有点模模糊糊的。灰色白的天空渐渐亮了起来，渐渐蓝了起来，凌晨的寒气还有些发凉。星星时而微弱地闪烁几下，时而消失不见了。地上越来越潮湿了，树叶都捧着晶莹的露珠，有的地方已经传来了人的说话声，牲畜的喧闹声，黎明时刻的微风已经在大地上飘游，吹拂。我的身体经微风的吹拂，心舒神畅地轻轻地颤动着。我精神为之一振地爬了起来，走到了孩子们身边。几个孩子围着尚有余烬的篝火，仍然酣然大睡，只有巴夫鲁沙抬起上半身，神情专注地看了看我。

　　我向他点头致意，沿着雾气迷蒙的河边走上回家之路。我刚走不到两俄里，在我的四周，在广阔的捧着露珠的草地上，在前面那些绿茵茵的山冈上，从一片树林到另一片树林，从后面尘土飞扬的大道上，在一片片被朝霞染红了的、露珠闪闪发亮的灌木丛上，在越来越稀薄透明的晨雾中，河流羞怯地撩开雾的薄纱，露出碧蓝的水面，——全映照着那暖洋洋、热乎乎的明媚的晨光，最初是鲜红的，然后是大红的，金黄的……万物都睡醒了，都活跃了起来，唱起歌来，欢声笑语地忙碌起来。到处都有大颗亮晶晶的露珠映着朝霞闪耀红色的光芒，恰似那澄澈明亮的金刚石一样。迎面传来了清新悦耳的钟声，犹如被朝露清洗过了一般的纯净悠扬。忽然一群赶走了疲劳的骏马精神抖擞地从我的身旁飞驰而过，赶马的正是我已经认识的那几个孩子……

　　可惜的是，我必须补充一句：巴夫鲁沙就在这一年内夭折了。他不是被淹死的，而是坠马身亡。太可惜了，多好的一个小家伙！

1851

霍
尔
和
卡
里
内
奇

　　凡是到过波尔霍夫县和日兹德拉县的人，大概都会对奥廖尔省和卡卢加省两地的居民在形体外貌和精神气质方面的显著差异感到惊奇莫解。奥廖尔省的农夫一个个都是身体瘦小，有点弯腰驼背，总是愁眉双锁，眼睛里神情忧郁；穿着破衣烂衫和树皮鞋；住在勉强可以遮风避雨的山杨木小破屋里，而且要服劳役，从来不做买卖，能吃饱肚子就算不错了。卡卢加省的代役租农夫住的是宽大敞亮的松木房舍，身体也高大得多，面孔洁净，白里透红，眼睛里闪耀着勇敢而快活的目光，都做奶油和松焦油的生意，平时穿着干净整齐，逢年过节总是穿上长筒靴。奥廖尔省的村庄（我们现在说的是奥廖尔省的东部地区）的四周全都是耕地，附近遍布着深沟，而且日久天长都变成了脏水沟和烂泥塘。除了几株可以随意砍伐的爆柳和两三株细得难以成材的白桦树之外，方圆一俄里①之内，再也看不到一株小树。房屋一幢挨着一幢地挤着，屋顶上盖着腐烂发黑的麦秸……卡卢加省的村庄则是另一番景象：村子四周绿树成荫，枝繁叶茂苍翠欲滴；房屋排列整齐、错落有致，屋顶盖的是木板；大门都加闩上锁，栅栏篱笆整齐有序，没有歪斜和倾伏的，过往的猪狗甭想随意进出逍遥……对于放猪的人来说，在卡卢加省也比较放心。在奥廖尔省，再过五六年的时间，

---

　　① 俄里，俄国的长度计量单位，一俄里等于 1.067 公里。

仅存的那一点儿可怜兮兮的树林和灌木丛，也必将消失殆尽，就连沼泽地也将不复存在。在卡卢加省恰好相反，防护林郁郁葱葱，绵延数百俄里，沼泽地也延伸数十俄里，还有濒临绝灭的黑琴鸟，温顺的沙锥鸟也在这里繁衍生息，有时走路惊动了忙碌的山鹬，噗啦啦地飞起来，使得猎人和猎犬又欣喜又吃惊。

有一天我到日兹德拉县去打猎，在野地里遇到了卡卢加省的一位小地主波鲁德金。此人打猎成癖，在打猎方面可算是一个出类拔萃之人，为人也很友好和顺。但是他也有美中不足之处：例如，他曾向省里所有富豪人家的小姐求过婚，不仅遭到拒绝，而且吃了闭门羹之后，还不准再次登门；此公便怀着悲伤痛苦的心情，向他所有的亲朋好友以及熟人诉说自己的不幸，同时仍旧把自己果园里的酸桃和其它尚未成熟的果子，送给姑娘们的双亲作为晋见的礼物。他总爱不厌其烦地讲述同一个笑话，虽然他认为很有趣，可是从来未曾引起别人的兴致和发笑。他很推崇阿基姆·纳希莫夫①的作品和小说《宾娜》②。他的一条狗取名字叫"天文学家"。他说起话来有些结巴，说话有时还带点儿家乡音，比如把"但是"说成"但系"，在家里用法国式的烹调方法，法式烹调方法的秘诀，据他家的厨子理解，就在于完全改变每种食品的天然味儿。这位高明的厨师能把肉烹调成鱼腥味儿，做的鱼带有蘑菇味儿，通心粉做得更奇妙了——具有火药味。然而，除了这些无伤大雅而又为数不多的不足之处之外，波鲁德金先生确实是一位出类拔萃的人物。

我和波鲁德金相识的第一天，他便热情地邀请我到他家去住宿。

"到家大约有五六俄里的路程，"他说道，"徒步走太远了，我们还是先到霍尔家去坐坐吧。"（请读者见谅，允许我不必复述他的结巴。）

"霍尔是谁呀？"

---

① 阿基姆·纳希莫夫（1782—1814），俄国诗人、寓言作家，也写过讽刺诗。

② 《宾娜》，是俄国庸俗作家马尔科夫（1810—1876）的作品，别林斯基曾把这篇小说斥之为"呓语"。

"是我的佃户……他家离这儿没多远。"

我们便向霍尔家走去。霍尔家坐落在树林中间的一片空地上，这是一片收拾得很平整的耕作地，而且只有霍尔一家的宅院。宅院里有好几幢用松木建造的房舍，四周用栅栏圈了起来。正房前面还有一个用细柱子搭起来的敞棚。我们两人直接走进院落，一个二十来岁的小伙子出来迎接我们，他长得很漂亮，个子很高。

"啊，菲佳！霍尔在家吗?"波鲁德金先生向他发问。

"不在家，他进城去了，"小伙子笑眯眯地回答道，露出一排雪白的牙齿。又接着问道："要给备马车吗?"

"是的，伙计，要一辆马车。再给我搞点儿格瓦斯①。"

我们走进屋里。用圆木建造的墙上很洁净，连一幅此地常见的苏兹达尔木版画都没有挂。屋角里，在一尊带有银质衣饰形体很大的圣像前，点着一盏神灯。屋里摆着一张菩提木的桌子，干干净净，好像刚擦洗过不久。圆木中间和窗框上，没有看到普鲁士甲虫飞快地爬来爬去，也没有狡猾的蟑螂藏在里面。那个小伙子很快就回来了，用一个大白杯子端来了非常可口的格瓦斯，另外还用小木盆装着一大块白面包和十几条腌黄瓜。他把这些食品全都摆放在桌子上，靠着门框站在那儿，不时面带微笑地望望我们。我们还没来得及吃完这些食品，一辆马车就已经来到台阶前。我们走出屋来一看，一个满头鬈发的小男孩坐在车上当车夫，看样子只有十四五岁，正在费劲儿地勒着一匹强健的花斑马。马车的四周，站着五六个身体高大而又强壮的小伙子，长相都和菲佳一样。"都是霍尔的儿子!"波鲁德金说道，"都是小霍尔。"陪同我们走到台阶上的菲佳接话茬说，"还没全来呢，波塔普在树林子里，西多尔跟老霍尔进城去了……当心点儿啊，瓦夏，"他转过身来对赶车的那个孩子嘱咐道，"赶得要快、要稳当，车上坐的可是老爷。遇到沟沟坎坎的地方，要当心，走得慢一点儿，否则，把车子搞坏了，还颠疼了老爷的肚子!"其他几个小霍尔听到菲佳的俏皮话，都嘻嘻哈哈地笑了起来。波鲁德金先生神气十足地喊道："把那个'天文学家'也放到车上!"菲佳兴致勃勃地抱起摇头摆尾的狗，

---

① 格瓦斯，俄国人日常饮用的清凉饮料。

放到了马车里面。

这时瓦夏放松了马缰绳，我们的马车便向前驶去。走了一段路，波鲁德金先生突然指着一所小矮房子，对我说："那是我的办公室。去看看吧，好吗？""悉听尊便。"他一面下车，一面说道："现在我已经不在这儿办公了，不过还是值得看一看。"这幢小房共有两个房间，如今全是空荡荡的。看房子的是一个一只眼的老头儿，只见他从后院跑了过来。"你好，米尼奇，"波鲁德金对他说，"弄点儿水来吧！"一只眼老头儿转身走进屋去，转眼工夫拿来了一瓶水和两个杯子。"请尝尝吧，"波鲁德金对我说，"这是我们这儿的泉水，很清凉爽口。"我们两人各自喝了一杯，这时独眼老头儿向我们深深地鞠了一躬。"好了，我们现在可以走了吧？"我的新相识说道，"我在这儿做了一笔很划算的交易：把四俄亩①的树林卖给了阿里鲁耶夫，价钱很不错。"我们重又上了马车，走了半个小时，就来到了波鲁德金的宅院。

"请问，"在进晚餐的时候我问波鲁德金，"为什么您那个霍尔不和其他佃农住在一起，而要单独居住呢？"

"因为他很精明能干。大约二十五年前，他的房子叫一场大火给烧光了。他便跑来恳求我的父亲（当时尚未过世）说：'尼古拉·库兹米奇，请您开恩，让我搬到您家林子里那片沼地上去吧。我可以交代役租，租金可以高一些。''你干吗非要迁到沼地上去呢？''我就要这样。只不过有一样，尼古拉·库兹米奇老爷，您不要再给我分派任何活计，至于租金多少，就请您来定夺好了。''那就一年交五十卢布吧！''好吧，一言为定。''你可要记住，租金可不准拖欠！''放心吧，绝不会拖欠……'这样一来，他就迁到了沼地上去了，而且一直住到现在，从那时起，大家就给他取了个绰号叫霍尔②。"

"这么说，他发财了？"我问道。

"发财了。现在他向我交一百卢布的代役租，我也许还要涨价呢。我已经两次三番地对他说：'赎身算了吧，霍尔，喂，赎身算了！'可是这个机灵鬼却要滑头，硬说没那么多钱……哼！其实不是这么回

---

① 一俄亩等于 1.093 公顷。
② 霍尔，词意是黄鼠狼，这里用的是音译。

事儿!"

　　第二天，我们喝过早茶，就立即动身去打猎，穿过村子的时候，波鲁德金吩咐马车夫在一幢矮小的房子前停下来，大声呼喊道："卡里内奇!""马上就来，老爷，马上就来，"院子里有人应道，"我系好树皮鞋就来。"我们的马车在慢慢地朝前走，刚走到村子的时候，一个四十来岁的人追上了我们。此人长得又高又瘦，一颗小脑袋瓜向后仰着，他就是卡里内奇。他那张被晒得黑黝黝的脸，有为数不多的几颗麻子，显得很和善，很讨我的欢心。卡里内奇（后来我才听说）每天都陪着主人去打猎，帮主人背猎袋，有时还替他背猎枪，探察什么地方有飞禽，还要弄水，采草莓，支帐篷，找马车等。如果没有他陪伴，波鲁德金先生真的会一筹莫展、寸步难行。卡里内奇是一个性情非常愉快、脾气非常温顺的人，总是不停地哼着小曲儿。他还是个无忧无虑的乐天派，眼睛总是不断地四处张望，说话带点儿鼻音，微笑的时候总是把蔚蓝色的眼睛眯起来，又爱经常用手去抚弄稀稀疏疏的山羊胡子。他走起路来速度并不快，但是步幅却很大，挂着一根又长又细的棍子当拐杖，轻轻地走着。这一天他和我交谈了好几次，服侍我的时候没有一点卑躬屈膝的样子，但是伺候主人时，就像照顾小孩子一般。中午烈日当头，酷热逼迫我们不得不找个阴凉的地方避一避，卡里内奇便把我们领到了密林深处，那儿有他们的一个养蜂场。他给我们打开了一间小屋，四壁挂满了清香扑鼻的干草，他安顿我们躺在新鲜的干草上休息，自己则把一个有小网眼的口袋形的东西戴在头上，拿着一把刀子、罐子和一块燃着的木片，到养蜂房去为我们割蜜。我们喝着用泉水搅拌了的蜂蜜，湿乎乎而透明的蜜汁又馨香又甘甜，我们便在蜜蜂那单调的嗡嗡声和树叶的低声絮语中进入了梦乡……一阵微风把我从梦中唤醒，我睁开眼睛，看到卡里内奇坐在半敞开着的门的门槛上，聚精会神地用小刀又雕又挖地做木勺。他面部的表情就像傍晚的天空一样明朗而又温和，我默默地观赏了好长一会儿时间。波鲁德金先生也醒了，但是我们并没有立即起身。长时间的走路，又甜蜜地沉睡了一通之后，静静地躺在干草上，该有多么舒爽啊：全身及四肢都松散了，感到既舒服又慵懒，热气轻柔地吹拂着面孔，一种甜蜜蜜的倦怠之意叫人不愿睁开眼睛。我们终于懒洋洋地爬了起来，又出去悠闲地漫步了一会儿，直到夕阳在天边捧出红霞。吃晚饭的时候，我谈起了霍尔，也谈到了卡里内奇。"卡里内奇是个心地善良的庄稼汉，"波鲁德金先生对我说道，"是一个又勤劳又乐于助人的人，但是却不能踏踏实实地干农活，因为我总是叫他陪伴着我。叫我给拖住了，每天都要陪着我打猎……他哪儿还有工夫去干活，您想想。"我赞同他的说法，又闲聊了一会就躺下睡觉了。

第二天，波鲁德金先生和邻居比丘科夫打官司，一大早就进城去了。比丘科夫强行耕种他的田亩，而且还在耕地上用鞭子抽打了他的一个农妇。我只好自己出去打猎，一直转悠到太阳落山的时候，我便顺路走到霍尔家去了。在他家的门口，遇到一个秃了顶的老头儿，此人宽肩阔背，长得很结实，体格很健壮——这个小老头儿正是霍尔。我十分好奇地把霍尔仔细地端详了一番。他的相貌酷似古希腊哲学家苏格拉底：额头高高的，也是疙里疙瘩的，眼睛小小的，翘鼻子，还有点翻鼻孔。我们一起走进了房间。还是前天见到的那个菲佳来招待我，给我送来了牛奶和黑面包。霍尔坐在一条长凳上，神态沉稳地抚弄着卷曲的胡子，同我聊了起来。他仿佛感到自己有一定的身份，说起话来慢悠悠的，动作也很稳健，有时在长长的胡髭下方还露出丝丝笑容。

我和他聊种地，聊谷物收成，也聊到了乡下居家过日子的事儿……不管我说些什么，他仿佛都同意，从不表示异议。只是后来倒让我自己觉得过意不去了，因为我有些话说得并不十分合适……我们的谈话似乎有些不太对头了，不太和谐了。霍尔有时说的话令人高深莫测，也许是因为他过于拘谨了吧……下面我就仅举一段对话为例：

"我不明白，霍尔，"我问他，"你干吗不愿意向主人赎身呢？"

"我干吗要赎身呢？如今我和主人相处得很不错，我也能如数地交代役租……我的主人是个好人。"

"但是，成为一个自由人该有多好哇。"我说道。

霍尔斜视了我一眼。

"那是当然了。"他说道。

"那你说说看，你干吗不愿意赎身呢？"

霍尔不以为然地摇了摇头。

"老爷，你让我拿什么来赎身呢？"

"嘿，得了吧，你这个老头儿……"

"霍尔要是成了自由人，"他似乎是在自言自语地低声说道，"那些不留胡子的人①，就该都来欺压霍尔了。"

"那你干脆也把胡子剃光算了。"

"胡子算什么，胡子是草，想割就可以割掉。"

"那你为什么不割掉呢？"

"啊，霍尔也许要经商呢，商人的日子要过得好一些，而且还可以留胡子。"

"怎么，你不是已经在那儿做生意了吗？"我又问他。

"那只不过是小买卖，贩卖点儿奶油和松焦油。……怎么样，老爷，是不是要套车了？"

这时我心里想："你这个人真精明，说话如此谨小慎微的。"

但是我却顺口答道："不必了，我不要车。明天我打算在你家的周围逛一逛，如果方便的话，我想今天在你的干草房里借宿一夜。"

"非常欢迎。可是您在干草房里过夜，恐怕不大舒服吧？我还是吩咐老娘儿们给您铺上床单，摆好枕头。喂，老娘儿们！"他一边说着，一边站起来，喊道，"老娘儿们，到这儿来！……菲佳，你也和她们一块儿去。老娘儿们都是些蠢货。"

一刻钟之后，菲佳提着灯把我送到干草房里。我躺在散发着馨香气息的干草上，狗蜷缩着趴在我的脚旁。菲佳向我道了一声晚安，吱的一声把门关了起来。我躺了很久，却一直睡不着。这时，一头母牛走到了门口，呼哧呼哧地大喘了两口气，狗气势汹汹地冲着母牛狂吠起来。一头猪也从门口走了过去，一路上不断地哼哧着。附近不知什么地方有一匹马嚼着干草，不时地打着响鼻……我终于进入了梦乡。

天光大亮，菲佳唤醒了我。我对这个快乐活泼的小伙子很有好感。同时，根据我的观察，老霍尔对这个儿子也特别喜欢。这一老一少，还时常相互说笑和打趣。老头儿出来招呼我。不知是因为我在他家过

① 不留胡子的人系指大小官吏，在尼古拉一世当政的时代，根据他的命令，官员和绅士都不准留胡子。

了一夜，或者什么别的原因，霍尔今天对我比昨天热情多了。

"已经为您烧好茶了，"他笑眯眯地对我说，"我们一起去喝茶吧。"

我们在桌子旁边坐了下来。一个体格强壮的年轻妇女，是霍尔的一个儿媳妇，端来了一罐牛奶。他的儿子们全都来了，一个接一个地走进屋来。

"你真有福气，儿孙满堂，人丁兴旺啊！"

"是啊，"他一边吃着一小块糖，一边说道，"他们对我和我的老伴儿都很好，似乎没什么可抱怨的。"

"他们都和你住在一块儿吗？"

"都住在一块儿。他们都愿意一起住，那就一起过吧。"

"都结婚了吗？"

"就是这个调皮鬼没成亲呢，"他用手指着菲佳说，这个小伙子又习惯地靠在门框上，"还有瓦夏没成亲，他年岁还小，过几年再说吧。"

"我干吗要结婚？"菲佳反驳他说道，"我现在这样有多好，娶老婆干啥？找个老婆吵架斗嘴，是不是？"

"哼，说得好听，你这个鬼东西……我知道你的鬼主意！戴着个银戒指到处闲荡……只知道一天到晚地跟丫头们瞎折腾……'好了，不要脸的讨厌鬼！'"老头子模仿丫头们的腔调说，"我知道你的鬼主意，只知道清闲自在！"

"娶老婆有什么好处？"

"老婆是个壮劳力，"霍尔一本正经地说，"老婆会服侍男人，听使唤。"

"我要个壮劳力干什么？"

"还说干什么，你不是只想清闲自在吗？我早就摸透你们这号人的鬼心眼。"

"好，既然如此，你就给我讨个老婆吧。咦，怎么啦！这回没词儿了吧，说话呀！"

"唉，得了，得了，你这个调皮鬼。看，咱们也不怕吵得老爷不耐烦。我会给你讨老婆的，放心好了……唉，老爷，您千万不要见怪，孩子还年轻，不明事理，不懂规矩。"

菲佳满不在乎地摇摇头……

"霍尔在家吗？"门外传来了熟悉的声音，话音刚落，卡里内奇便走进屋来。手里捧着一束野草莓，这是专门采来送给自己的好朋友霍尔的，老头子十分亲热地迎接他的到来。我惊奇地望着卡里内奇，出乎我的意料之外，一个庄稼汉居然也会这样"温柔多情"。

这一天我们很晚才出去打猎，比平时大概晚了三四个小时。此后接连三天，我都是在霍尔家里住的。两位新相识征服了我，使我很开心。不知道我的哪一点赢得了他们的信任，他们无拘无束地和我谈话聊天，我也兴致勃勃地听着他们讲话，观赏着他们。这一对朋友彼此毫无一点儿共同之处。霍尔是一个善于思索，认真务实的人，搞经营管理善于动脑筋，是个纯理性主义者。卡里内奇则与他截然相反，是个理想家，浪漫主义者，干事狂热，而且是个好幻想的人物。霍尔干事实在，讲求实效，因此他建屋造房，积攒钱财，同主人和其他有权有势之人和睦相处。卡里内奇则不然，穿树皮靴，勉强度日，不饿肚皮就心满意足了。霍尔子孙满堂，人丁兴旺，一大家子人和乐美满，全家都听从他的意愿和安排。卡里内奇曾经娶妻成家，但是却怕老婆，无儿无女，弄成了孤家寡人。霍尔摸透了主人波鲁德金的秉性和为人，卡里内奇对自己的主人肃然起敬，敬畏他，言听计从，任凭主人驱使。霍尔很喜欢卡里内奇，时时处处庇护他。卡里内奇也喜欢霍尔，而且非常敬重他。霍尔不善言谈，脸上虽然浮现出微笑，但是却有成竹在胸。卡里内奇虽然很爱说话，但是却不像城里人那样伶牙俐齿地说些花言巧语……然而卡里内奇却有很多特殊本领，就连霍尔也承认，也心悦诚服。比如，他能念咒止血，能治好惊风和狂犬病，还能打掉蛔虫。他养蜂也很有本事，有一双吉星高照的手①。因此，霍尔当着我的面，请卡里内奇把新买的一匹马牵进马厩，卡里内奇则真心诚意、郑重其事而又严肃认真地来完成好朋友的请求，以解除他的疑心。卡里内奇接近自然，霍尔则更接近于人和社会；卡里内奇不善于思考，

---

① 这是一种迷信说法，即民间传说有些人的手可以给人们带来运气和成功，因此人们常请这样的人来牵新买来的马，帮助建造新的蜂房等。

盲目地相信一切；霍尔则目光远大，甚至以玩世不恭的态度来对待生活。他久历人世，见多识广，我从他那里学到不少东西。例如：从他的述说中了解到，每年夏天在开镰割草之前，必定会有一种式样非同一般的小四轮马车来到各个村子里。车上坐着一个穿长衫的人，专程来卖大镰刀。要是付现钱买，他就要一个卢布二十五戈比到一个半卢布，要是赊账的话，就要付三个卢布纸币，或一个银卢布。当然，所有买镰刀的庄稼人都是赊账。过两三个星期之后，此人便来收账了。庄稼人刚刚收割了燕麦，手头便有钱付账了。他们和卖镰刀的人一块儿到酒店去，就在那儿把账结算清楚。有些地主便乘机捞钱，用现金把镰刀买下来，然后按赊账的价格赊给庄稼人。谁知庄稼人却不乐意这么干，甚至根本不理这个茬。因为赊地主的镰刀就没意思了，他们就无法用手指头弹着镰刀听声音了，也不能把镰刀拿在手中翻来覆去地仔细观看，也无法再同狡猾的小商贩左一遍右一遍地讨价还价地争论了："喂，怎么样，伙计，这次镰刀可不怎么样啊，再便宜一点吧？"在买卖小镰刀时，同样也是玩这一套把戏，有所不同的是，这时老娘儿们也来帮忙了，有时搞得镰刀贩子发火了，居然动手打她们。这下子可糟了——捅了马蜂窝，老娘儿们可不会轻易放过小商贩，小商贩只好压压价钱了。但是老娘儿们也有吃大亏的时候，那是在做另一宗买卖时发生的事儿：造纸厂采办原料的人把此事委托给一些专门从事收购破布的人来干，这类专门人员在某些县里被叫做"鹰"。这些"鹰"从商人那里拿到二三百卢布，便出门来到处寻找猎物。但是，这些人和他们因此而得名的那种捕猎高超的鸟可是完全不一样，他们不是公开地、大胆地去进攻和捕获猎物，而是要弄一些阴谋诡计，使用狡诈的手段。这些"鹰"把他们的车子隐蔽在村庄附近的树林子或灌木丛中，然后只身一人来到农户人家的后院或后门口招摇，佯装过路之人或者闲散漫步之人。农户的老娘儿们凭着感觉可以猜测出他的到来，便神不知鬼不觉地跑去同他会面，匆匆忙忙地进行交易。为了能卖几个铜板，有的老娘儿们不光是把所有的无用破布卖给"鹰"，甚至常常把自己老公的衬衣、裤子和自己的裙子也都卖给了他。最近老娘儿们又有了新的花招，新的办法，那就是把自己家里的大麻，还有大麻布偷出来，以同样办法卖出去。这样一来，"鹰"的收购范围就扩大了好多，而且有了新的"生财之道"！但是农户人家的老公们也变得精明了，稍微有一点儿风吹草动，一听到有"鹰"来到的可疑之处，他们便立刻采取戒备和防范的对策。说实在的，这不是够丢人现眼的吗？卖大麻本来应该是老爷们儿干的事，而且他们的确也在干这件事儿，但不是到城里去卖，因为要进城很麻烦，他们得自己运到城里去，不如卖给外来的小贩子更方便。这些小贩子因为不带秤，就按四十把作为一普特①进行交易。可是诸公应该知道，什么叫作一把，俄罗斯人的手掌是什么样的，特别是在手掌要发挥"精诚效力"的时候！诸如此类的事情，对于我这个阅历不多、涉世不深、又对农村生活知之甚少的人（正如我们奥廖尔省人所说的那样），听了这些故事，真是大开眼界，受益匪浅。

不过，在我们闲聊的过程中，霍尔并不光是自己说起来没完，他也问了我很多问题。当他听到我曾经出过国，好奇心使他更来劲儿啦，问的事情就更多了……卡里内奇的好奇心比他更大。但是，卡里内奇的主要兴趣是听我讲述大自然风光、山川景色、瀑布奇观，以及新奇的建筑物和大都市的繁华生活。霍尔喜欢听的却是行政管理和国家体制方面的问题。他总是有条不紊地逐一地进行分析和发问："这些事儿在他们那里跟我们这儿是不是一样，还是有什么不同？……喂，老爷，请您说一说，到底儿是怎么样的？"卡里内奇听我述说这些问题的时候，只是不停地表示惊奇和赞叹："啊！天哪，竟有这种事儿！"霍尔则不然，只是不吭一声地听着，皱着双眉地深思，只是偶尔说道："这种事情在我们这里可是行不通，要能这样该有多好，才合乎情理。"请读者诸君见谅，我无法把他提出的问题全都一一地转述给你们，而且也没有这个必要。但是从我们的交谈中，我得到一个观念，这恐怕是读者无论如何也始料不及的，这个观念就是：彼得大帝真正体现出了俄罗斯的精神气质，他的革新精神正好体现出了俄罗斯人的这种气质。俄罗斯人非常坚信自己的力量和刚毅，情愿忍受磨难也要进行变革：他很少迷恋自己的过去，勇于面对自己的未来。凡是好的、先进的东西，他都喜欢；凡是合理的东西，他都能欣然接受。至于这

---

① 普特，俄国的重量计量单位，一普特等于 16.38 公斤。

些东西是从哪里来的，他根本就不过问。他的正确合理的思想喜欢嘲笑德国人枯燥冷漠的理性。但是，按着霍尔的说法，德国人是一个富有好奇心而又未开化的小民族，他也乐于向他们学习。霍尔出于他特殊的地位和事实上的独立性，跟我所说的许多话，是别的农夫讲不出来的，或者说从别的农夫的嘴里就是用撬棍也撬不出来的，用磨也磨不出来的话。霍尔确实很清楚自己的地位。我和霍尔交谈，才破天荒地第一次听到了俄罗斯农民那种纯朴而饱含智慧的语言。就霍尔的身分而论，他的知识是相当渊博的，但是他却目不识丁，没有文化。卡里内奇能识文断字。霍尔常说："这个浪荡鬼还识字，他养的蜜蜂成活率很高，而且从来都不会不明不白地死去。""你让你的孩子念书了吗？"霍尔好半天没吭声。"菲佳识字。""那几个孩子呢？""那几个孩子都不识字。""为什么呢？"老头儿没有答话，并乘机转换了话题。由此可见，不管他有多么精明，他在某些方面既有偏见又固执己见，甚至顽固不化。比如说，他打心眼里就轻视妇女，看不起她们，在他心情好的时刻，他就拿妇女们开心取乐或者搞恶作剧嘲弄她们。他的老伴儿是个爱吵闹爱唠叨的老太婆，一天到晚待在炕上，不住嘴地唠叨和骂人。儿子们没办法，谁也不搭理她，可是媳妇们都让她给治得服服帖帖的，就像供奉神灵一样地怕她。怪不得在一支俄罗斯民歌中婆婆这样唱道："你不打新媳妇，你不打老婆，算什么娶妻成家之人，算什么儿子尽孝心……"有一次我想为媳妇们打抱不平，试图唤起霍尔的怜悯之心，但是霍尔泰然自若地驳斥我说："你何苦来管这些……鸡毛蒜皮的小事儿，就让她们去吵、去闹吧……要是劝解，她们反而会更来劲儿，再说，也犯不上自寻烦恼。"有时凶狠的老太婆爬下炕来，把看家狗从过道里叫来，对它嚷嚷道："过来，过来，狗崽子！"抡起烧火棍朝瘦骨嶙峋的狗脊背打起来，或者站在敞棚下面，跟所有的过路之人"骂街解闷儿"（按霍尔的说法）。但是，她却很怕丈夫，只要他一发号施令，她立刻就乖乖地爬到炕上去。但是，更令人感兴趣的事儿，还是听一听卡里内奇和霍尔之间的争吵，特别是在涉及波鲁德金先生的话题的时候，吵得就更有意思了。卡里内奇说："霍尔，你不要在我面前议论他。"霍尔则反唇相讥："那他为什么连一双靴子也不肯给你做呀？""嗨，靴子，看你说的，我要靴子干啥呀？我是个庄稼汉……""我也是个庄稼汉呀，可是你看……"说到这儿，霍尔把脚抬了起来，让卡里内奇看他那双用毛象皮做的靴子。卡里内奇回答道："哎呀，谁能跟你比呀？""那么，至少他也该给你点儿钱买树皮鞋呀，你每天从早到晚地陪着他去打猎，大概一天就要穿破一双树皮鞋吧？""他给过我买树皮鞋的钱。""是的，赏得可不少，去年才给了你一枚十个戈比的小银币。"卡里内奇气恼地转过脸去，霍尔却朗朗地放声大笑起来，这时他那双小眼睛眯得几乎都看不到了。

卡里内奇唱歌唱得很悦耳动听，还弹了一会儿三弦琴。霍尔听着，听着，忽然兴致大发，摇头晃脑哀伤地唱了起来。他非常喜欢唱《我的命运啊，命运！》这支歌。菲佳抓住这个机会，便取笑他的老爹："老人家，怎么伤感起来啦？"但是霍尔仍旧用手托着面颊，闭着眼睛，抱怨着自己的命运……可是，平时再没有比他更辛勤劳苦的人了：他那双手总是闲不住——不是修马车，就是修整栅栏、查看马具等等。然而他不太喜欢讲究清洁，有一次我曾提到此事，他却回答说："屋子里应该有人生活的气息。"

"那你去看看，"我驳斥他说，"卡里内奇的蜂房里可是非常清洁。"

"老爷，蜂房里如果不清洁，蜜蜂可就不肯住了。"他长叹一口气说道。

"请问，"有一次他问我说，"你有世袭领地吗？""有。""离这儿多远？""大约一百俄里。""那么，老爷，你住在自己领地上吗？""是的。""大概经常打猎消遣吧？""确实如此。""这样很好，老爷，你就放心地打松鸡吧，可是要经常换一换村长。"

到了第四天将近黄昏的时刻，波鲁德金先生派人来把我接走。我和霍尔分别时，还真有些依依不舍。我与卡里内奇一块儿上了马车。"好，再见吧，霍尔，祝你健康如意。"我临别时说道……"再见了，菲佳。""再见了，老爷，再见了，可别忘了我们呀。"我们的车启动了。晚霞刚刚放射出红色的光芒。"明天准是个艳阳天。"我望着晴朗的天空说道。"不，要下雨了。"卡里内奇提出了异议，"看，鸭子在玩儿命地拨水，而且青草也散发着这么浓烈的气味儿。"我们的马车走进了树林里，卡里内奇在驾车台上随着车身颠簸着，并且轻声地哼起歌来，又一边不停地眺望着晚霞……

翌日，我便离开了波鲁德金先生的殷勤好客之家。

1846

叶
尔
莫
莱
和
磨
坊
主
妇

　　傍晚时分，我与猎人叶尔莫莱一同去"狩猎伏击"。……但是狩
猎伏击是怎么回事儿，大概我的读者诸君并不全都知道，那么就请诸
位听我讲一讲吧。

　　春光明媚时节，踏着落日余晖，您背上猎枪，不要带猎犬，去找
一片树林，您在树林边儿上选个合适的地方，把四周仔细察看一番，
再把猎枪的引火帽检查检查，然后再和同伴交换一下眼色。等上一刻
多钟，太阳落山了，但是树林里还很明亮，空气清新，沁人心脾，鸟
儿叽叽喳喳地叫着，十分悦耳，嫩绿的小草闪耀着宝石般的光彩，令
人赏心悦目……您就悉心静候吧！

　　树林里逐渐变暗，晚霞给树木涂上一层红晕，缓缓地从树根到树
干涂抹着，越涂越高，从似乎快要生芽吐叶的低枝，悄悄地移向静止
不动的，还沉睡在梦境的树梢……过了一小会儿，树梢也变暗了，嫣
红色的天空逐渐变蓝。树林的气息逐渐浓烈起来，散发着令人感到温
馨的潮润。轻柔的和风到达您的身边，也止步不前了，停下来陪伴着
您。鸟儿开始进入梦乡——当然不是所有的鸟全都入睡了。鸟的种类
繁多，习性有别，入眠时间亦各不相同：最早入梦的是燕雀，过一会
儿便是红胸鸲，迟迟不肯入睡的是黄鹂。

　　树林里面越来越暗，树木一株一株地被黑暗所笼罩，汇成漆黑的
一大团；蓝色的天空中第一批星星羞怯而顽皮地眨着眼睛。鸟儿几乎

全都酣然入梦。只有红尾鸲和小啄木鸟还无精打采地在鸣叫着，就像
吹口哨一样……又过片刻，它们也悄然无声了。于是，柳莺再一次在
您的头上竞显歌喉，发出清脆悦耳的啼鸣，不知从何处传来了一阵黄
莺凄凉哀怨的叫声，最后夜莺也出来啼鸣婉转。

正当您等得心烦意乱的时刻，突然，——不过只有猎人才能理解
我所说的话，——从那一片深沉的寂静之中，传来了一种非常特别的
呱呱声和喳喳声，你便会听到翅膀那急促而有节奏的扇动声——这是
山鹬发出来的声响，它们姿态优雅地弯着长长的嘴喙，从昏暗的白桦
树后面，轻盈地飞出来迎接您款待的枪弹了。

不知诸君可否听明白，这就称之为"狩猎伏击"。

这一次，我和叶尔莫莱就是去狩猎伏击。不过，请诸君见谅，我
得首先把叶尔莫莱向大家介绍一番。

此人大约四十五岁，长得又瘦又高，鼻子又长又尖，脑门窄窄的，
一双不大的灰眼睛，头发乱蓬蓬的，厚厚的嘴唇常常露出一副嘲笑的
神情。这个人一年四季总是穿着一件黄色的德国式土布上衣，腰里系
着一条宽带子；下身是一条蓝色的灯笼裤，头上戴着一顶羊皮帽子，
是一个破落的地主一时高兴赏给他的。腰带上总系着两个口袋，一个
口袋放在身前，还巧妙地扎成两半，分别装着火药与霰弹；另一个口
袋放在身后，是用来装猎物的。至于引火的棉絮嘛，叶尔莫莱总是从
他那顶犹如百宝囊似的皮帽子中往外掏。

他卖猎物所得到的钱，完全可以为自己买一个像样的弹药囊和大
背包，可是他好像从来不曾想过要买这种东西。他总是照老样子装他
的枪，而且一贯都不会把火药和霰弹随意撒落出来，或者因混杂在一
起而出现危险，他的手法之巧妙利落，常令旁观者叹为观止。他那支
猎枪是单向的，装着火燧石，而且具有非常猛的"后坐"力。所以叶
尔莫莱右边面颊要比左半边肥大。那么他是怎样用这样蹩脚的枪击中
猎物的呢？就是最聪明能干的人也想象不出来，但他却总是弹无虚
发，几乎百发百中。

叶尔莫莱还有一条出色的猎犬，名字叫瓦列特卡，是一个非常奇
怪的家伙。叶尔莫莱从来不喂它吃食。"我才不喂狗呢，"他口气坚定
地说道，"更何况狗是有灵性的畜牲，它自己会找食吃。"的确如此，

尽管瓦列特卡瘦得十分可怜，就连不相干的过路人看到都感到于心不忍，但是它仍然活得很滋润，而且活得年头很长。甚至于，不论瓦列特卡遇到什么危难，它都不会临阵脱逃，而且从来都没有背主他投的表现。只是在它年轻的时候，因为堕入了情网，才离家出走，在外面游荡了两天，从此之后，再没有干过这种蠢事了。瓦列特卡最令人推崇的本性是：它对世上的一切事物，都能异常漠然地处之。……假若现在谈论的不是狗，那么我则用"悲观"这个词儿了。它一般都是蹲着，把那条短尾巴卷在身子下面，紧皱着眉头，全身不时地哆嗦几下，而且从来没笑过（众所周知，狗是很会笑的，而且笑起来很可爱）。

瓦列特卡长得异常难看，那些仆人一闲下来没事儿，就恶毒地嘲弄它那副长相，但是瓦列特卡对这些嘲弄，甚至是殴打，都能满不在乎地忍受；它倒是能让厨子们开心取乐；和所有的狗所特有的弱点一样，当它把饥饿而又馋涎欲滴的嘴伸进香气扑鼻而又热气蒸腾的半掩着门的厨房里时，厨子们便立刻丢下手中的活儿，大声喊骂着来驱赶它。每次出猎的时候，瓦列特卡便显露出它那从来不知道疲劳的耐力，而且嗅觉非常灵敏。然而，如果偶尔追到一只中弹受伤的兔子，它就会叼着兔子巧妙地远远躲开叶尔莫莱，根本不理他用听得懂或听不懂的方言喝骂，它钻进绿阴阴的树底下，津津有味地大吃大嚼起来，把整只兔子吃得干干净净。

叶尔莫莱是我邻村的一个老派地主家里的仆人。老派地主不喜欢"鹬鸟"，而爱吃家禽。只有在特殊的有意义的日子里，比如生日、命名日和选举日，老派地主的厨子才烹烧长嘴鸟。因为俄罗斯人向来都是越不知道怎么做，他们的劲头也就越大，借着这种狂热劲儿，便会想出稀奇古怪的调制方法，结果让大部分客人好奇地瞪大眼睛望着餐桌上的美味佳肴出神，而绝对没有勇气去品味品味。正如俗话所说的，只敢饱眼福，而不敢饱口福。叶尔莫莱按主人的规定，每个月给厨房里送两对松鸡和山鹑，而主人根本就不过问他有没有栖身的地方，怎样度日，完全由他自己安排。人们既不和他交往，也不求助于他，认为他是个一无所长的人，或者像我们奥廖尔人所说的是个"废物"。就连火药和霰弹也一点儿都不发给他，这就叫以其人之道还治其人之身；因为，他从来都不喂狗。叶尔莫莱是个非常古怪的人，像鸟儿一样地自在逍遥，无忧无虑，总喜欢聊天闲扯，那副样子看起来又懒又笨。他好酒贪杯，在哪儿也不会长住；走起路来拖着两条腿，摇摇晃晃的——就这样拖拖拉拉地走着，一天一夜可以走五六十俄里。

他有生以来经历过的冒险事儿多极了：在沼泽地里、树上、屋顶上、桥底下睡觉，犹如家常便饭；多次被关在阁楼里、地窖里、棚子里。枪也丢了，狗也不见了，衣服也没有了，长时间地遭人毒打——然而，没过多长时间，他又穿戴齐备地回来了，而且依旧背着猎枪，带着那条狗。虽然说他的心情总是不错的，显得很安闲，但是却不能说他是个快乐无忧的人，总之一句话：他这个人很古怪。他很爱和体面的人聊天闲谈，尤其是在喝酒的时候打开话匣子，但是从来不是聊起来没完，而是适可而止，总是聊上一会儿站起来就走。"喂，你这鬼东西，到哪儿去呀？黑灯瞎火的。""去恰普林诺村。""你跑那儿去干什么？恰普林诺村离这儿有十几俄里远哪。""到那个村的庄稼汉索夫龙家里去过夜。""你就在这儿过夜算了吧。""不，不在这儿。"于是叶尔莫莱带上他的猎犬瓦列特卡走进黑咕隆咚的夜幕，穿过一片片丛林和一汪汪水洼，赶往恰普林诺村。而那个庄稼汉索夫龙很可能不让他进门，甚至会给他两个耳光，或者破口大骂："半夜三更的，别来打扰我们清白人家。"然而，叶尔莫莱有些特殊的本领，大概谁也比不了他：在春汛期间他可是一个捕鱼的高手，光靠两只手就能捉虾，凭感觉就能找到野味，会招引鹌鹑，还会驯养猎鹰，捕捉那些会唱"魔笛""杜鹃飞渡"的夜莺更有绝招……但是，有一样本事他没有，就是不会训练猎犬，因为在这件事上他没有足够的耐性。

叶尔莫莱已娶妻成家，他每个星期回家探望一次。他的老婆住在一间东倒西歪快要坍塌的小屋里，孤孤单单地度日，过着朝不保夕的可怜日子，只是尚未饿死罢了，过了今天不知能否活到明天，从来没过上一天好日子，真是苦不堪言，却又无可奈何。叶尔莫莱一直无忧无虑，虽心地很善良，但对待自己的老婆却非常粗暴而又冷酷无情。在家里总是摆出一副盛气凌人、飞扬跋扈的样子——对老婆张口就骂，伸手就打，所以这个可怜的女人在他面前总是忍气吞声的，而且不知道如何才能使他欢心，一看他那副凶相毕露的样子和眼神，便全身发抖，不知所措。她常常掏出最后一个戈比买酒来侍奉他；当他作威作福地躺在炕上睡大觉的时候，她总是关怀备至而又胆战心惊地给他盖上自己的皮袄或其它东西，并且小心翼翼地在身旁守候着他，听候他的驱使。

我也曾不止一次地看到他在无意中暴露出来的那种凶狠残暴的样子，我尤其不愿意看到他咬死被打伤的野禽时的那副凶相。但是叶尔莫莱在家里最多不超过一天，一离开家，就到别处去游荡，他就变成了比较乖顺的"叶尔莫尔卡"了——方圆百里之内，人们都喜欢这样称呼他，他自己对这个卑称似乎也很满意，因此有时，他也如此称呼自己。最卑下的奴仆在这个流浪汉面前，也会充满一种优越感，也许正因为如此，他们才不嫌弃他，而且表现得十分亲热。许多庄稼汉最初也都爱捉弄他：就像捉兔子一样地追逐着他，捉住他以后，逗弄够了，然后再放他。后来等到他们知道他是个怪人，就不再理他或者不再跟他过不去了，甚至还会给他面包吃，亲热地跟他闲聊起来……我就是找了这样一个人来做猎师，和他结伴儿到伊斯塔河畔一片很大的桦树林去"狩猎伏击"。

在俄罗斯广阔的疆土上，有很多河流同伏尔加河一样，一边是起伏的山峦，另一边是绿茵茵的草地，伊斯塔河也是如此。这条不宽的小河弯弯曲曲，蜿蜒流淌，恰似一条蛇爬行时的形状，整条河流没有半俄里是直的。从陡壁峭岩上眺望，大约十几俄里流域内的堤坝、池塘、磨坊、一片片爆竹林圈作篱笆的菜园和果园，可一览无余，尽收眼底。伊斯塔河盛产各种鱼，多得数不胜数，尤其是圆鳍雅罗鱼更是多得惊人（庄稼汉们在大热天里，在灌木丛下伸手就能够捉到）。一些体形小巧的沙钻鸟，啾啾地啼鸣着，在淙淙流淌着清凉泉水的河岸陡峭山崖上盘旋着、飞舞着。一群群野鸭子游到池塘中间，提心吊胆地向四周环顾。苍鹭在峭壁阴影的庇护下，悠然自得地停立在河湾中。

……我们耐心地等待着伏击，大约过了一个多小时，总算射猎到两对山鹬。我们打算在旭日东升之前，再碰碰运气（早晨也可以打伏击），因此决定到不远处的一家磨坊中去借宿一夜。我们穿出树林，走下山冈。看到河里翻卷着暗蓝色的波浪。空气中弥漫着夜间的潮气，逐渐形成笼罩万物的雾霭。我们走到了磨坊的院门前，举手敲了敲大门，院子里立刻传来几只狗的吠叫声。"谁呀？"一个好像睡意朦胧而又沙哑的声音问道。"过路的猎人，我们是来借宿的。"没有回应。
"我们给钱可以吧？""我得去请示主人，……嘘，该死的狗！……瞎
叫什么，给我死到一边儿去！"我们听出来这个雇工走进屋里去了，
但是一小会工夫他又回到大门口来。"不行，主人说了，不让你们进
来。""为什么不让进去呢？""他害怕，因为你们是猎人，身上都带着
火药，万一引起火来，弄不好会把磨坊给烧掉了。""真是胡诌八扯！"
"真的，我们的磨坊前年就失过一次大火，有一群牲口贩子来过夜，
也不知道他们怎么瞎搞的，就着起火来了……""可是，伙计，总不
能让我们在露天里过夜呀！""那就由你们了……"只听他边说着，边
往回走，拖着的靴子还发出吧嗒吧嗒的响声。

　　叶尔莫莱气得要命，一怒之下骂了他们一连串的污言秽语，最后
万般无奈地说道："咱们还是到村子里去吧。"说着又长长叹了一口
气。可是我们知道村子离此处有两俄里多呢……"咱们就在这儿，在
外面过夜吧，"我无可奈何地说道，"今天夜里还算暖和，我们就在外
面对付一夜吧；给他们一点儿钱，求磨坊老板给我们弄点麦秸就行
了。"叶尔莫莱想不出别的主意，也只好同意了我提出的办法。于是
我们就再一次去敲门。"你们这是干什么呀，怎么又来敲门？"那个雇
工在门里说话了，"不是已经说过了吗，不行！"我们就把我们的想法
跟他说了一遍，雇工又回屋里跟主人商量去了，不一会就和主人一起
走到大门旁。

　　这回总算不错，旁边的小门吱呀一声被打开了。磨坊老板也露面
了，这是一个大块头儿：长得又高又大，肥头大耳，后脖颈就像公牛
一样堆满了肉，挺着一个又圆又大的肚子。他这次爽快地答应了我的
要求。正好在离磨坊不足百步远之处，有一个八面通风的小敞棚，他
们抱来麦秸和干草，铺到了草棚里。那个雇工在河边的草地上放好了
茶炊，蹲在那儿用管子使劲吹气生火，倒显得挺热情的……炭火很快
燃了起来，火光一闪一闪的，借着火光这才看清楚他的脸，是个年轻
的小伙子。磨坊老板跑去叫醒了他的老婆，折腾半天之后，他又主动
提出要我到屋里去过夜；因为我喜欢在外面过夜，就婉言谢绝了他的
邀请。磨坊主妇拿出牛奶、鸡蛋、土豆和面包来款待我们，茶炊很快
就翻滚起来，我们就喝起茶来。河面上雾气腾腾，弥漫在空中，好像

睡着了，一丝风都没有。秧鸡此起彼伏地啼叫着，打破了四周的寂静；磨坊水车轮子旁边儿发出轻微的响声，那是水点从轮翼上往下滴落，水从堤坝的闸门往外渗流而发出声音。我们生起了一小堆火。趁叶尔莫莱在火上烤土豆的工夫，我便打起瞌睡来。……是轻轻的絮语声，尽管声音压得很低，还是把我从睡梦中惊醒。

我抬头举目一看，磨坊主妇正坐在一个木桶上，她在同我的猎师叶尔莫莱闲聊。我从她的穿着言行举止和说话的口音，就已经断定她是个地主家的女仆——不是农家妇女，也不是市井小民家中的人；只不过此刻我才看清她的容貌。看样子，她大约三十岁左右，脸庞虽然消瘦而又苍白，但依然流露着美丽诱人的风姿，尤其是那双忧郁的大眼睛引起我的注目。此刻，她正把两肘支在膝上，用手托着面庞。叶尔莫莱背对着我坐在那儿，正往火里添加劈柴。

"任尔图赫村又闹起牲畜瘟疫了，"磨坊主妇说道，"伊凡神父家的两头母牛都传染上啦……求上帝保佑了！"

"你家的几头猪怎么样啊？"叶尔莫莱少许沉默了一会儿，问道。

"全都活蹦乱跳的呢。"

"给我一头小猪仔就好了。"

磨坊主妇没有答复，只是叹了一口气。

"和您一块儿来的人是谁呀？"她问道。

"科斯托马罗村的一位老爷。"

叶尔莫莱抓了几根树枝放到了火里，树枝立刻发出噼噼啪啪的声音，浓浓的白烟扑向他的脸。

"你丈夫干吗不让我们进屋去？"

"他害怕。"

"嗨，这个胖子，大肚皮……亲爱的，阿丽娜·季莫菲耶芙娜，给我搞点儿酒来喝吧！"

磨坊主妇站了起来，消失在黑沉沉的夜幕中。

叶尔莫莱小声地哼起歌来：

为找情妹去奔波，
把我靴底都磨破……

阿丽娜带回一小瓶酒和一个杯子。叶尔莫莱欠身起来致谢，画了个十字，把一小瓶酒一饮而尽，"好酒啊!"他心满意足地称赞道。

阿丽娜又坐在木桶上。

"怎么样，阿丽娜·季莫菲耶芙娜，你如今还是常不舒服吗?"

"是啊，总闹不舒服。"

"怎么个不舒服法?"

"一到夜里就咳嗽起来没完，真难受。"

"老爷大概睡着了，"叶尔莫莱稍微想了一下说道，"你可不要去看医生，阿丽娜，要不然会更难受了。"

"我是没去呀。"

"到我家来散散心吧。"

阿丽娜低下头来没答话。

"你要是来，我就把家里那个，把我那个老婆轰走，"叶尔莫莱接着说道，"真的把她轰走。"

"你快把老爷叫醒吧，叶尔莫莱·彼得罗维奇，您看，土豆已经烤好了。"

"让他多睡一会儿吧，"我的忠实的仆人平心静气地说道，"他跑得太累了，正睡得很香。"

我在干草上翻了个身。叶尔莫莱立刻站起身，走到我的身边。

"土豆烤好了，请吃点儿吧。"

我走出了敞棚。磨坊主妇见我走出来，立刻从桶上站起来，打算离去。我便主动找她聊起来。

"这座磨坊你们租了好长时间了吧?"

"去年圣灵降临节租的，已经是第二个年头了。"

"你丈夫是哪儿的人?"

阿丽娜没听清楚我的问话。

"你丈夫是什么地方的人?"叶尔莫莱接过话茬儿，又大声地问了一遍。

"是别廖夫的人，别廖夫城里的人。"

"你也是别廖夫人吗?"

"不，我是地主老爷家的仆人……原来是地主老爷家里的人。"

"哪个地主老爷家？"

"兹维尔科夫老爷家的。我现在自由了。"

"哪一个兹维尔科夫？"

"亚历山大·西雷奇。"

"你给他太太当过侍女吧？"

"你怎么知道的？——就是。"

我怀着异常同情和好奇的心情望了望阿丽娜。

"我认识您家老爷。"我又补充了一句。

"您认识他？"她低声地问道，并且低下了头。

说到这儿，我倒是应该和读者诸君说一说，我为什么对阿丽娜如此格外地同情。

当年我停留在彼得堡期间，偶得机缘结识了这位兹维尔科夫先生。这位先生身居要职，社会地位显赫，是一位博学多才而又精明能干的知名人物。他的夫人胖得出奇，多愁善感到神经质的程度，因此哭闹无常，而且特别凶悍——是一个俗不可耐而又乖张怪僻的女人。他有个宝贝儿子，是个浪荡成性的阔少，骄横无赖而又愚不可及。兹维尔科夫先生那副尊容实在令人咋舌，一张几乎宽得呈四方形的大脸，一双老鼠般的小眼睛，看人总贼溜溜地乱转，鼻孔朝天的大鼻子尖尖地向上翘着；额头上布满犁道沟似的皱纹，剪得短短的花白头发像刺猬的箭刺冲天而立，一对薄嘴唇老是不停歙动着；再看那副假装的笑容，简直令人身上直起鸡皮疙瘩。而兹维尔科夫先生那副站相，也很难让人恭维：劈开两条大腿，把两只滚圆的手插在衣兜里。

有一次，我和此公一块儿坐着马车到城外去，我们便闲聊了起来。兹维尔科夫堪称一个闯荡江湖而见多识广之人，借此机会，便给我指点迷津，开导我应走"人生之路"。"请原谅我直言不讳，"说到最后，他尖声尖气而又口若悬河地给我讲了起来，"你们年轻人，所有的都包括在内，对一切事物的判断和解释，都过于轻率无知而盲目自信；你们对生你养你的自己的祖国知之甚少。先生们，你们对俄罗斯并不熟悉，您对我谈论这个，谈论那个，谈论关于那个，嗌，谈论有关奴仆的问题……很好，我不想和您争论，这一切，您谈得都很不错，但是您根本就不了解他们这号人，不了解他们到底是帮什么样的人物。（兹维尔科夫先生大声地擤擤鼻涕，又嗅了嗅鼻烟。）那么，我来给您讲一件令人哭笑不得的事情，没准儿会引起您的兴趣。（兹维尔科夫例行公事地咳嗽了两声，先清一清嗓子。）

"我太太的人品如何，您是清楚的，比她心肠再好的女人，恐怕再也找不到第二个了。这一点您一定会承认吧。她的婢女们过的可不是人世间一般凡人过的日子，简直是在天国乐园……但是我太太给自己定了一条原则：不使用出嫁了的丫头做侍女。这样做确实很在道理，您想，要是生了孩子，这事儿那事儿一大堆，这个丫头哪还顾得上体贴夫人，怎么能照料和侍候她的衣食和起居呢？她又不会分身术，肯定不会把这些事儿放在心上了。这也是人之常情嘛。

"哦，有那么一回，我们夫妻二人坐车路过自己的村子，这件事可有好多年了，让我想想看，啊，大概有十五六年了。我们俩看到村长家里有个小女孩，是他的女儿，长得又俊又可爱的，而且，她的言谈举止也都很讨人喜欢。于是，我太太就对我说：'柯柯'，——您知道吗，她平时总是这样亲昵地叫我，——'我们把这个小姑娘带到彼得堡去吧，我挺喜欢她的，柯柯……'我便说道，'好吧，我们就把她带走吧。'不说您也能想到，村长对我们千恩万谢的，不知如何感激是好；您可知道，这种幸运的大好事，他就是连做梦也想不到的……可是那个小姑娘猛然一听，竟然哭起鼻子来。这也是可以理解的，一下子就离开父母，她心里不好受嘛……总而言之，这也是合乎情理的嘛。但是没过多久，这孩子就和我们相处得很好了。刚开始，分派她到婢女室，当然，要对她进行一番调教了。您猜如何！……这个小姑娘的进步还真快，简直使人感到惊奇；我的太太就相中了她，对她特别偏爱，无论干什么都离不开她了，后来就不要别人服侍她了，破格地把她提升为贴身侍女了，这可不简单呀！……倒是真该替她说句公道话，我的太太从来也没用过这么好的丫头，可以说从来也没有过；这个小姑娘手脚麻利，有见地，稳重大方，言听计从——样样都让您称心如意。可是，说心里话，我的太太把她宠得太厉害了，给她穿好衣服，主人吃什么，她也吃什么；主人喝什么茶，她也喝什么茶……真的，待她够好的了，还要怎么样呢？她就这样服侍我太太，尽心尽力地服侍了十年，可是，突然有一天，让您想都想不到，阿丽娜——对，这个女仆的名字叫阿丽娜——没有禀告一声就闯进了我的书房，扑通一声就给我下跪……这件事儿，跟您老实说，我真是忍无可忍。一个下人什么时候都不能忘了自己的身分，是吧？

"'你想干什么？''亚历山大·西雷奇老爷，求您开恩了。''到底是怎么回事儿呀？''请准许我嫁人。'老实说，当时我真是大吃一惊，'你这个蠢货，难道你不知道，太太身边儿没有别的丫头吗？''我会照样侍奉太太的。''胡说，胡说！太太从来就不用嫁了人的丫头。''玛拉尼娅可以顶替我呀。''你别打如意算盘了！''那就由您发落了……'说实在的，我当时都给气蒙了。坦率地对您说，我这个人哪，我平生最不能容忍的就是忘恩负义了……至于我的太太，不必再跟您说了，您已经知道她是一个多么好的人了；简直是天使下凡，人世间再也没有比她心肠好的人了，……哪怕最坏的人，也不忍心伤害她，也不会离弃她。我把阿丽娜赶出书房以后，心中暗自琢磨：说不定她会回心转意的，会后悔的。您要知道，我真不相信一个人会不讲良心，真的会忘恩负义。但是，您猜怎么样？过了半天，阿丽娜再一次来见我，仍旧提出要嫁人。

"不瞒你说，这一次我真大发脾气了，一怒之下把她轰了出去，对她说了几句严厉的话，而且警告她说，我要把这件事儿告诉太太知道。我真不知道怎样发泄我的满腔怒气……嗬，好戏还在后面呢，还有令我更惊奇的事儿呢：过了几天，我的太太气急败坏地来到我这儿，泪流满面，情绪异常激动，把我吓得不知所措。我赶紧安慰她，焦急地问道：'到底是怎么回事儿！？……''阿丽娜……'您知道这件事儿我难以启齿。'哪会有这种事儿！……是哪个人哪？''是听差的彼得路什卡！'这还得了！我听了以后，立刻暴跳如雷。我这个人哪……一向办事认真，来不得半点虚假和马虎！……彼得路什卡……没有过错。要惩罚他也没什么不可以的，可是他是无辜的呀，这件事儿也怪不了他。至于阿丽娜嘛……哼，就怪她，哼，哼，她是罪有应得，没什么好客气的了！当然喽，我马上吩咐人把她的头发全剪掉，剃了个大光瓢，给她穿上粗布衣衫，立刻发配到乡下去了。可是，我的太太却失去了一个能干的好丫头，这也是让她逼得没辙了，只好这样一不做二不休，总不能让她一个人把家里折腾得乌烟瘴气的呀！还是快刀斩乱麻，把这块烂肉，一刀割掉为好！……唉，唉，现在您就自己想想吧，您是知道我太太的，这，这，这……那真是个天使啊！……她真的舍不得阿丽娜走哇，阿丽娜也很清楚这一点，居然一点脸面都不顾了……啊？不，让您说说看……不是这样吗？还能怎样对待她呢？总之，这也是被逼无奈呀！并不是我们对她无情无义呀！对我来说，就因为这个毛丫头的忘恩负义，弄得既伤心难过，又气恼上火，好久都咽不下这口气。无论怎么说，这种人就是丧良心，无情无义！真是像狼一样，不管你怎么样喂它，它终归要跑回树林子里去的……这也是一个教训，今后做事不能这么发善心！不过，我这也是想向您说说心里话罢了……"

兹维尔科夫没有再说下去，就把头扭了过去，使劲儿地遏制着那耿耿于怀的激愤心情，用斗篷把气得颤抖的身子紧紧地裹住。

说到这儿，我想读者诸君清楚了，为什么我对阿丽娜怀着一种特殊的同情之心了。

"你跟磨坊老板结婚很长时间了吗？"

"两年了。"

"怎么，得到老爷的准许了吗？"

"是花钱赎的身。"

"谁花的钱呀？"

"是萨维利·阿列克谢耶维奇。"

"这个人是你什么人呀？"

"是我丈夫。（叶尔莫莱不动声色地笑了一下。）怎么，大概老爷对您说起过我吧？"阿丽娜沉默了片刻，然后向我问道。

我真不知道如何回答是好。

"阿丽娜！"磨坊老板在远处喊了一声，她便闻声而去。

"她丈夫这个人怎么样？"我问叶尔莫莱一句。

"还不错。"

"他们有孩子吗？"

"有过一个，可是后来死了。"

"那么，是磨坊老板相中了她，还是因为什么？……他把她赎出来，一定花了很多钱吧？"

"那就不知道了。她能识文断字；干他们这一行的，这一点……还是很用得着的。因此他就看中了她。"

"你早就认识她吗？"

"早就认识。我过去常到她主人家里去，他们庄园离这儿不太远。"

"你也认识那个听差彼得路什卡吗？"

"彼得·瓦西里耶维奇吗？当然认识了。"

"那他如今在什么地方呢？"

"当兵去了。"

我们都沉默了片刻。

"看样子，她的身体不太好吧？"

"她的身体糟透了！……哦，明天早晨这场狩猎伏击会很不错。您最好还是先睡上一小会儿。"


一群野鸭子高声地鸣叫着从我们的头顶飞驰而过，而且听得出来，它们就落到了离我们不甚远处的河面上。天变得更加黑沉沉的了，也越来越冷了；夜莺在树林里大声地鸣啭着。

我们往干草堆里一钻，便进入了梦境。

1847

# 莓泉

八月初，天气通常都是酷热难当。在这种时候，即从中午十二点到下午三点这段时间里，就连劲头最大的打猎迷也都不外出打猎，就连最忠诚的狗也只是跟着猎人的靴子转，也就是寸步不离地跟着猎人，只热得把舌头吐得好长好长的，难受得眯着眼睛。不管主人怎样斥骂，它只是可怜而又委屈地摇着尾巴，脸上露出无能为力而又无可奈何的神情，但是决不肯走到主人前面去奔跑或寻觅。

有一天，我就是在这样烈日炎炎的天气里出去打猎。一路上又热又累，我真想找个阴凉的地方躺下去，哪怕是休息一小会儿也行，但是我还是竭力支撑着、忍受着。我那条不知疲倦的狗也不停地在灌木丛中跑来跑去寻觅着。虽然它清楚地知道自己这种狂热的行动不会有什么收获。令人窒息的炎热迫使我不得不考虑，不能再这样毫无意义地硬撑下去了，要设法保持和不要耗尽最后的体力和精力。我挣扎着来到了我的仁厚的读者已经熟悉的伊斯塔河边，走下陡峭的斜坡，踏着潮湿的黄沙，向着这一带闻名遐迩的"莓泉"的泉水走去。这股清泉从岸边的一条裂缝中涌出，这条裂缝逐渐变成了一条狭窄而深不见底的峡谷，泉水在离此处二十几步远的地方，源源不断地流入河中，清澈的水流还发出欢快的潺潺之声。峡谷两边的斜坡布满了繁密的橡树丛林，泉水的周围是一片片碧绿的草地，草长得不高，犹如平平展展的天鹅绒。清凉而又银波荡漾的泉水，几乎从来都享受不到阳光的照抚。我信步走到泉水旁，草地上放着一个用桦树皮制成的水瓢，这是过路的农夫为了方便大家而留在这里的。我畅饮了泉水之后，便找个阴凉之处躺了下来，同时环顾了一下四周。在泉水注入河流之处，形成了一个水湾；由于泉水与河水的交汇，水面上总是涟漪不断，碧波荡漾。在这片水湾旁，坐着两个老头儿，背对着我。其中一个老人体格很结实，身形高大，穿着一件墨绿色上衣，整洁齐楚，头上戴着一顶绒线便帽，正在那儿钓鱼。另一个老头儿则身材瘦小，穿着一件带补丁的波纹皱外衣，没有戴帽子，膝上放着装鱼饵的小罐，时而用手抚摸着满头的苍苍白发，仿佛是担心太阳把头晒得太厉害了。我又仔细地端详了一下，才认出他来，原来是舒米欣诺村的斯焦普什卡。请允许我给读者把此人介绍一下。

距我的村子数俄里远的地方，有一座很大的舒米欣诺村，那里有一座为圣·科齐马和圣·达米安建造的石头教堂。在这座教堂的对面，曾经有一座煊赫一时的地主豪宅，宅邸的周围分布着各种各样的附属建筑物：房屋、棚舍、杂用房间、马厩、作坊、地下室、车棚、澡堂、临时厨房、客房和管理人员住的厢房、温室、民众游艺场和其他一些用途不同的房舍。原来住在这座宅院里的是一个豪富的大地主，日子过得一直很太平，很安乐，可是忽然有一天的凌晨，这一切财富全都被一场大火吞得荡然无存。大财主一家迁往别处去了。这座豪宅也就被弃置不用而荒废了。这一大片焦土和废墟，被耕作而改为菜园，有些地方至今尚残存着断砖碎瓦，残缺不全的房基。人们用幸免于火灾劫难的圆木马马虎虎地搭造起一间小屋，用十年前为了建造哥特式凉亭而购置来的船板盖了屋顶，就安置了园丁米特罗方和他的妻子阿克西妮娅和七个子女在此居家度日，指派米特罗方在此种植蔬菜，孝敬远在一百五十俄里外的主人一家享用。另外还分派阿克西妮娅饲养一头提罗尔种的母牛，这头奶牛是专程从莫斯科买来的，而且价格很昂贵，但可惜的是它却丧失了产奶能力，因此自从买来之后就从来没有产过奶。她同时还照管一只深褐色的凤头公鸡——惟一的一只"老爷家的"家禽。一群孩子因为年岁太小，就没有分派他们干什么活，如此一来，这群小家伙变成了一个个小懒虫。我曾在这个园丁家里住过两次，我途经此地时经常向他买黄瓜，但是不知道是什么原因，这些黄瓜在夏季就长得好大好大的，皮又黄又厚，可是却淡而无味。我就是在他家里第一次看到斯焦普什卡的。这里除了米特罗方一家之外，还有寄住在独眼寡妇的小屋里的老盖拉姆，此人是一个年岁又大耳朵又聋的教会长老，除此再没有一个仆人留在舒米欣诺村了，因为我要介绍给读者诸君的这个斯焦普什卡，不能把他看成是一个正常的人，尤其是不能把他当成仆人。

　　人生在世，每个人都得有一定的社会地位，都得有一定的社会关系，都得有一定的人际交往。当仆人也好，即使不领工钱，至少也要有份所谓的"口粮"。斯焦普什卡却从来未得到过补助，他无亲无故，仿佛是从石头里蹦出来的，没有一个人知道他的存在。他这个人来历不明，或者没有来历，没有人了解他或说起他，就是人口普查恐怕也查不到他。有一种似是而非的传闻，传说他当年给某某人做过仆从。然而，他究竟是个什么人，从什么地方来的，是何人的儿子，怎么会成为舒米欣诺村的村民，从哪儿搞来的那件破皱皱的外衣；而且是一年到头都穿这一件衣服，他居住在什么地方，靠什么度日，——关于这一大堆问题，绝对没有一个人知道一点儿，而且，说老实话，也没有哪个人对此感兴趣。特罗费梅奇老公公对所有仆从的家谱都了如指掌，而且一直可以上溯到第四代，就连他也只有一次谈到过，记得已去世的老爷阿历克赛·罗马内奇旅长出征，回来时用辎重车载回一个土耳其女人，她是斯焦普卡①的亲戚。在逢年过节时，按着俄罗斯古老的风俗习惯，要用荞麦馅饼和绿酒普遍款待大家——就在这样一些日子里，斯焦普卡也从来不上餐桌，也不走近酒桶，也不鞠躬行礼致贺和致谢，也不去吻老爷的手，决不在老爷的面前，为了祝贺老爷的健康而一下子喝干管家用胖胖的手所斟满的酒。除非是有哪一个好心人从他的身旁走过，顺便赏给这个可怜虫一块吃剩的馅饼。在复活节的日子里，他也来参加接吻礼，但是他也从不卷起沾满油垢的袖子，也不从自己身后的衣兜里拿出他的红鸡蛋，也不喘着大气，眨巴着眼睛，把红鸡蛋献给少爷或太太。夏天，他就住在鸡窝后面的储藏室里；冬天，便住在澡堂子的更衣室里，有时天气太冷了，他就在干草棚里

---

　　① 斯焦普卡是斯捷潘的爱称。

过夜。人们对他已经见怪不怪,习以为常了。有时甚至随意地踢他一脚,但是却没有一个人同他说话或聊天。那么他自己呢?好像有生以来就未曾开过口说话。在那场火灾之后,这个没人关照而又一无所长的人,就栖身于看园子的米特罗方的家里,或者如奥廖尔人所说的,"赖到"这个园丁家里。园丁米特罗方从不搭理他,也从来未曾说过:"你就住在我家里吧",但是也从来没有赶过他。斯焦普卡其实并未住在园丁的屋子里,而是栖身于菜园子里混日子。他来往行走,或者一举一动,都是静悄悄的,一点儿响动都没有。打喷嚏或咳嗽的时候,都是提心吊胆的,赶紧用手把嘴捂起来。他整天都忙忙碌碌的,就像蚂蚁一样,但是总静悄悄地忙乎着。他忙忙碌碌地活着,就是为了弄口吃的,填饱肚皮不至于饿死。确实,他要不是从早到晚为填饱肚皮而操劳,为了能苟延残喘地活命,我的斯焦普卡早就饿死了。每天早晨起来,还不知道晚上用什么东西来充饥,你说他活得有多么艰难,多么痛苦!有的时候,你看斯焦普卡蹲在墙根下啃着萝卜,大吃大嚼着胡萝卜,或者捧着脏乎乎的卷心菜在吃。有时又哼哼唧唧地提着一桶水到什么地方去,有时又在一只锅子下面生起来火,从怀里掏出几块黑乎乎的东西放到锅里去。有时又在自己栖身的小窝棚里拿块木头敲来敲去,用钉子钉起来,做成一个面包架子。他做这些事儿的时候,也是偷偷摸摸干的,惟恐有人发现或者看到,偶尔有人看他一眼,他就立刻躲藏起来。有时,他又出去两三天,当然,照例没有人注意他是否在这里或者不在这里。……一转眼,他又出现了,又在墙根下偷偷摸摸架起锅子,生起火。他那张脸简直小得可怜,眼睛发黄,头发披散到眉毛上,尖尖的鼻子,耳朵却长得很大,而且是透明的,恰似蝙蝠的耳朵,胡子看样子是两个星期以前剃过的,总是这个样子,不短也不长。我在伊斯塔河岸上碰到的,正是这个斯焦普卡和另外一个老头儿在一块儿。

我走到他们的跟前,同他们打过招呼之后,就同他们并排坐了下来。我一看,斯焦普卡的同伴原来我也是认识的:此人叫作米哈伊洛·萨维里耶夫,是彼得·伊里奇伯爵家中已经赎了身的家奴,绰号叫做"雾"。他住在一个患肺病的波尔霍夫的小市民家里,那是我经常投宿的一家旅店老板的家里。在奥廖尔大道上经过的青年官吏及出门闲逛的人（裹在花条羽毛被子里的商人是看不到这一切的）至今还可以看到，在距特罗伊茨基大村子不远处，有一座完全被人弃置不住的木质二层楼房，孤零零地矗立在路旁，屋顶已经塌落下来，窗子也都被钉死了。在阳光明媚的日子里，在中午时分，这座荒废的楼房就显得更加凄凉了。彼得·伊里奇伯爵当年曾在这里住过，伯爵曾是上个世纪的一位殷勤好客的大富翁，也就是说是位达官贵人。有时全省的富翁和知名绅士都到他家里来拜访和做客，主人和客人在家庭乐队那震耳欲聋的乐声中，在花炮的轰鸣声中，在焰火的噼啪声中，翩翩起舞，尽情地欢歌。如今，不仅仅是经过这座荒废的贵族邸宅的老妇人，会叹息和怀恋已逝去的时光和青春年华，恐怕每个人都会发出同样的感慨和叹息。这位伯爵年复一年地举办盛大宴会，一年又一年在阿谀献媚的客人中间面带微笑地周旋着。但是，不幸的是，再多的家产也不够他挥金如土般浪抛虚掷。结果他弄得倾家荡产，迫不得已又到彼得堡去谋求官职，但是却一无所获，也就是说没谋到一官半职，最后竟穷困潦倒地死在一家客店里。"雾"就是在他家当过管家，在伯爵生前就获得解放证书而成为了自由人。他已经七十多岁了，相貌端正，有一张讨人喜欢的笑脸。"雾"总是笑眯眯的，而且笑得很和善，很庄重，如今只有经历过叶卡捷琳娜时代的人才会这样地笑。他说话时总是不慌不忙的，慢条斯理的，就是双唇都轻言慢语，说话有一点儿鼻音。就连擤鼻子，嗅鼻烟也都从容不迫的，仿佛在做一件重大的事情。

"喂，怎么样，米哈伊洛·萨维里奇，钓了好多鱼了吧？"我开始问道。

"请您自己往鱼篓子看看吧，已经钓到了两条鲈鱼，还有五六条大头鲲，……斯焦普卡，快拿过来看看。"

斯焦普卡把鱼篓子递过来给我看。

"斯捷潘①，你近来日子过得怎么样啊？"我问他。

"没……没……没……没什么，老爷，马马虎虎吧。"斯焦普什卡结结巴巴地回答道，仿佛舌头上拴上了秤砣一样。

---

① 斯捷潘是斯焦普卡和斯焦普什卡的正名，斯焦普什卡是卑称。

"米特罗方身体可好？"

"身体好，可……可不是，老爷。"

这个可怜的人回答完，便把头转了过去。

"鱼不怎么爱咬钩啊，""雾"说起话来，"天太热了，鱼都躲到阴凉地方睡觉去了。……斯焦普什卡，帮我上一个鱼饵吧，（斯焦普什卡拿出一条蚯蚓来，放到手掌上，啪啪地拍了两下，然后上到鱼钩上，还吐了两口唾沫，接着就递给了"雾"。）谢谢你，斯焦普卡……哦，老爷，"他又向我道，"您是出来打猎吧？"

"正是。"

"噢，您的猎犬是英国种的，还是芬兰种的？"

这个老头儿喜欢趁机卖弄一下自己的才智，好像是在说："我们也是见过世面的人！"

"我也不清楚它是什么种，但是很好。"

"啊……你还有猎犬吗？"

"有两群呢。"

"雾"笑了笑，摇摇头，接着说了下面这番话：

"确实是这样，有的人爱狗如命，可是有的人你就是白送他都不要。依照我的粗知浅见，我认为：养狗的人，可以说，主要是为了讲排场，显阔气……无论干什么，都要有气派，就连看狗的人也应该有气派。已故伯爵——愿他魂归天国！——其实根本就不懂打猎，可是他也养狗，并且每年都出去打猎一两次。身穿镶着金色丝条红外套的犬奴①们集合在院子里，吹起号角准备出猎；伯爵大人神气十足地走出门来，仆人立刻把马牵过来。伯爵大人上了马，狩猎主管捧着他的脚放到马镫里，然后摘下帽子，把缰绳放到帽子里，双手捧着呈递上去，伯爵大人的鞭子一响，犬奴们齐声吆喝，浩浩荡荡地走出院子。马夫骑着马紧跟在伯爵大人的身后，手里还用绸带牵着老爷宠爱的两条猎犬，还要精心地照看着。……马夫高高地骑在哥萨克的马鞍上，满面红光，一双大眼睛骨碌碌地来回乱转……当然，这种场面还会有许多来宾或贵客同行。浩浩荡荡，又开心地游乐，又可摆摆排场，好

---

① 在沙皇俄国时代，给王公贵族、地主看狗的家仆，称之为犬奴。

不气派，……哎呀，脱钩了，鬼东西！"他忽然把钓竿一抬，说道。

"听说伯爵一生一世都过得很潇洒气派，是吗？"我问道。

老头儿往鱼饵上吐了两口唾沫，便把鱼钩抛了出去。

"那还用说，他是一位大富大贵的人嘛。彼得堡常常有人来，可以说，都是一些头等重要的大人物来拜访他，一个个都佩蓝色绶带就座进餐。再说，伯爵也非常会款待客人。并且常常把我叫去，吩咐说：'明天我要几条活鲟鱼，一定要叫人给我送来，听明白了吗？''听明白了，大人。'伯爵家里那一件件绣花外套，假发、手杖、上等香水和花露水，还有鼻烟壶、大幅油画，全都是从巴黎定购来的。伯爵一举办宴会——天哪，那可真不得了！焰火漫天飞舞，府中车水马龙！有时甚至还要鸣礼炮。那支家庭乐队就有四十多人。乐队指挥是个德国人，可是这个德国佬居然摆起架子来，狂妄地要求和主人一家同桌进餐。伯爵一听大发雷霆，立即下令把他赶走了，并且说：'我家的乐队没有指挥照样可以演奏。'当然啦，什么事情都要听从老爷的吩咐和同意才行。只要一跳起舞来，就要跳到天亮，跳的都是拉柯塞斯①和马特拉杜尔②……好……好……好……上钩了！好家伙！（老头儿从水里拉上来一条小鲈鱼。）斯焦普卡，拿过去。老爷终归是老爷，得有老爷的派头。"老头儿把钓钩抛到水里以后，又接着说道，"他的心地也很善良。有时生气打你几下，可是没有一会儿就忘了。只有一件事不好，养姘头。唉，这些姘头，全都不是好玩艺儿！就是这些下贱的东西弄得他倾家荡产的。要知道，这些姘头都是从下人里面挑出来的。按道理说，她们也该心满意足了吧？可是不，你就是把整个欧洲最宝贵的东西都给了她们，她们还是不满足！可也是，干吗不可以随心所欲地过过快乐的日子呢？——这本来是老爷应该享受的事……但是搞得破产了总是不对头的，特别是有一个姘头名字叫阿库丽娜的……现在也死了——愿她升入天堂！她本是一个普通人家的姑娘，西托夫甲长的女儿，但是却变成了一个刁妇！凶得很，一撒起泼来，竟敢打伯爵的耳光。伯爵完全被这个妖精给迷住了。我的侄子不小心，

---

① 拉柯塞斯，是一种男女混合四人组舞蹈的名称。
② 马特拉杜尔，一种西班牙舞蹈的名称。

把可可洒到她的新衣服上了一点儿，她就把他送去当了兵……唉，送去当兵的，可是不止他一个人。唉，不管怎么说，那个时候可真好!"老头儿深深地叹了一口气，又补充了最后这一句，就把头低下去，不再吭声了。

"我看，你家老爷一定很严厉吧?"沉默了一会儿以后，我又开口问道。

"那个时候就时兴这一套啊，老爷。"老头儿摇摇头，反驳道。

"现在可不兴这一套了。"我注视着他，说道。

他向我瞟了一眼。

"现在当然好些了。"他含含糊糊地说了这么一句，把钓钩远远地抛了出去。

我们坐在树荫下，但是树荫下也还是很闷热的。窒闷而炎热的空气仿佛凝滞了；火辣辣的面孔盼望着微风的吹拂，但是却一丝儿风都没有。蓝色的天空有些发暗了，太阳像喷火一样地照耀着；在我们正对面的岸上，是一片黄澄澄的燕麦田，有些地方还长出了一丛丛的野蒿，竟然连一棵麦穗都不动。在稍微低洼的地方，有一匹农家的马站在河里，水只齐到膝部，懒洋洋地摇动着湿漉漉的尾巴。偶尔从低矮的灌木丛下漂出一条大鱼来，吐一会儿水泡，又悄悄地沉入水底，水面上留下来一圈圈细细的波纹。蝈蝈在发黄的草丛中叫着，鹌鹑也叫着，却显得懒洋洋而又无可奈何，鹞鹰展开双翅，平稳地在田野上空滑翔，常常在一个地方停留下来，很快又展开双翅翱翔，把尾巴展开，形成一把羽毛扇形。我们热得实在太难受了，所以一动也不想动，只是呆呆地坐在那儿。忽然从我们的身后的河谷里传来了脚步声，有人正朝着莓泉走来。我回过来一看，只见一个五十岁左右的农夫，灰尘满面又汗流浃背，穿着一件衫衣，脚下是树皮鞋，背着一个背篓和一件上衣。他快步走到泉水旁，咕咚咕咚地喝足了水，然后才站了起来。

"啊，是符拉斯吧?""雾"向他看了一眼，就大声地叫了起来，"你好哇，老弟，上帝是从什么地方把你带来的呀?"

"你好，米哈伊洛·萨维里奇，"那个农夫一边说，一边向我们走来，"我是从老远的地方来的。"

"你到什么地方去了?""雾"问道。

"到莫斯科去了一趟，去拜见老爷。"

"有啥事呢？"

"去求他。"

"求他什么呀？"

"求他把代役租减轻一点，或者改成劳役租，要不就让我换个地方……我儿子死了，现在就我一个人实在支撑不了啦。"

"你儿子死了？"

"是啊。"那个农夫略微沉默了一会儿，又补充说，"他从前是在莫斯科当马车夫。其实是在替我交代役租。"

"怎么，难道你们如今还要缴代役租呀？"

"是要缴代役租。"

"那么，你家老爷怎么说的呢？"

"老爷怎么说？他把我赶了出来！他吼着说，'你竟敢直接闯到我这儿来？真是胆大包天！管家是干什么的？'他说，'你首先要报告管家……再说，我能把你换到什么地方去呢？'他又说，'你先把欠的代役租还清了再说'。他简直怒火冲天了。"

"怎么，你就这样乖乖地回来了？"

"是啊，回来了。我本来想问一问，我儿子死后留没留下什么东西。可是没问清楚。我对儿子的东家说：'我是菲利浦的爹。'可是他却对我说：'我怎么知道你是他爹？再说，你的儿子什么东西也没留下；他还欠我的债呢！'这样，我不得已，就只好回来了。"

这个农夫还面带笑容地跟我们说了这些事儿，犹如在谈论别人的事情；但是他那双皱得很小的眼睛里却噙着热泪，嘴唇抽搐得直颤抖。

"那你现在打算怎么办呢，回家去吗？"

"不回家，又能去哪儿呢？当然是回家了。我的老婆子可能现在正在挨饿呢。"

"那你最好还是……那个……"斯焦普卡忽然开口说话了，可是立刻不好意思起来，又不说下去了，开始在鱼饵罐里翻弄着。

"那你就找管家去吗？""雾"有些惊疑地看了斯焦普卡，说道。

"我去找他干吗呢？……我还欠着租钱呢。我儿子在死以前，足足生了一年的病，他自己也欠着代役租呢。……但是，我并不怎么忧心了，反正向我要不出什么了……哼，老兄，不管他想出什么鬼主意，反正都没用，我什么都不管了，豁出去了！（农夫大笑起来）不管他搞出什么鬼花样，总管金齐良·谢苗内奇，反正……"

农夫符拉斯又笑了起来。

"怎么样？这件事不妙啊，符拉斯老弟。""雾"慢悠悠地说道。

"怎么个不妙啊？不……（符拉斯不说下去了）天太热了！"他用袖子擦了擦脸，又说道。

"你的老爷是谁啊？"我又问道。

"瓦列利安·彼得罗维奇·ＸＸＸ伯爵。"

"是彼得·伊里奇的儿子吗？"

"是彼得·伊里奇的儿子，""雾"回答说，"是彼得·伊里奇生前就把符拉斯那个村子分给他的。"

"他怎么样，身体好吗？"

"身体很好，谢天谢地，"符拉斯答道，"红光满面的，还油亮亮的。"

"啊，老爷，""雾"转过身来对我说，"要是被分派在莫斯科附近该有多好，分派在这儿，还是得交代役租。"

"一份地要交多少租金呢？"

"一份地要交九十五卢布。"符拉斯答道。

"再说，耕地又很少，都是东家的树林。"

"而且听说把树林子也卖掉了。"农夫又说道。

"看，你听听！……喂，斯焦普卡，给我上鱼饵……斯焦普什卡，喂？怎么了，你睡着了？"

斯焦普什卡振作了一下精神，那个农夫坐在了我的面前。我们又都不吭声了。对岸有人唱起歌儿来，歌声非常凄凉……我的可怜的符拉斯陷入了愁苦之中……

又待了半个小时，我们分手了，各自走开。

1848

# 我的邻居拉季洛夫

一到秋天，丘鹬就常常成群结伙地聚集在古老的菩提树园子里。

这种古老的菩提树园子在奥廖尔省多得数不胜数。我们的先祖在选择安居的地点时，有个惯例：必然要选出两三俄亩的好地建造果园，而且要有菩提树的林荫道。然而，大约过了五十年或者七十年，这些所谓的"贵族安乐窝"就逐渐地失去踪影了；不是房倒屋塌，就是被拆毁变卖了，就连附设的砖石瓦屋也都变成了一堆堆废墟，苹果树都枯死了，被砍伐当成了木柴，而那些栅栏和篱笆也都消失不见了。

只有这些菩提树，虽然经过岁月的洗礼，还顽强地活着：依然枝叶繁茂，树干挺拔地矗立在那里。它们威严地挺立在耕地的包围之中，现在向我们这些不肖子孙讲述着"早已长眠于九泉之下的父辈"创业的事迹。

这样的老菩提树是一种极好的树木……就连俄罗斯最无情的农民也舍不得挥起斧头去砍伐它。虽然它的叶子很小，但是它的树枝却异常的苗壮，强劲地伸向四面八方，形成一片巨大的绿荫，坐在树下乘凉可以沁人心脾。

有一次，我同叶尔莫莱到野地里去打鹌鸪，途中我在路旁发现这么一座荒废的园子。我们俩朝园子走去，刚一走进树林，便有一只丘鹬扇动着双翅，扑啦啦地从灌木丛飞起来，于是，我就射了一枪，就在这一瞬间，在离我几步远的地方传来一声尖叫：我循声望去，看到一个姑娘把头伸出来张望了一下，满面惊慌的表情，转瞬就不见了。叶尔莫莱飞快地跑到我的身旁说道："您怎么能在这里开枪啊，这儿住着一位地主。"

还没等我回答他的话，我的猎犬也没来得及欢蹦乱跳地把我打死的猎物叼回来，就听到了一阵急促的脚步声，一个蓄着小胡子的高个子男子从树林中跑了出来，满面怒容地站在了我的面前。我赶紧连声道歉，通报了自己的姓名，并且表示愿意把在他的领地上打到的猎物奉还给他。

"好吧，"他开心一笑地对我说道，"我可以收下您的野味，但是要答应我一个条件：请您在我的家里用餐。"

说老实话，我不大愿意接受他的提议，但是又却之不恭。

"我是这儿的主人，当尽地主之谊。我是您的邻居，敝姓拉季洛夫，也许您早有耳闻吧，"我的新相识接着说道，"今天是礼拜六，舍下的饭菜也许尚能待客，否则我就不敢造次相邀了。"

我跟他寒暄了几句在这种场合下应该说的客套话，就同他一起走了。我们沿着刚刚打扫的小径走出了菩提树林，然后走进一个菜园。在一片老苹果树和枝繁叶茂的醋栗丛之间，是一棵棵圆圆的淡绿色的卷心菜；蛇醉草在杆子上呈螺旋形攀缘直上，菜畦里还插满密密麻麻的干树枝，上面绕着干豌豆藤；南瓜一个个又大又圆，好似在地上打滚；依傍在篱笆旁的荨麻，又高又大，随着微风不停摇曳着；一条条黄瓜在带着灰尘的多角的叶子下面都熟了，等着采摘；有两三个地方还丛生着各种花草：鞑靼金银花、接骨木、野蔷薇——那是昔日"花坛"的遗物。

在一个盛满了有点发红和发黏的水的小鱼池旁，有一口井，四周布满了一个个水洼。一只只鸭子在水洼中不停地拍打着翅膀，或者蹒跚而行；有一条狗正在草地上起劲地啃着骨头，全身颤抖着，眯起了眼睛。一头母牛正在懒洋洋地吃草，全身布满了花斑，不时地用尾巴甩打着瘦骨嶙峋的脊背，大概是驱赶牛蝇吧。

走着，走着，小径转了弯，穿过粗大的爆竹柳和一株株笔直的白桦树，便可以看到一幢木板顶的老式房子，是灰色的，还有歪斜的台阶。走到屋前，拉季洛夫停住了脚步。

"不过，"他友好和善地看着我的脸，开口说道，"我此刻仔细考虑了一下，或许您并不十分高兴到舍下来，要果真如此的话……"

没等他说完，我便恳切地对他说道：恰恰相反，我非常愿意到他府上去用餐。

"好，那就请吧。"他诚恳地邀请道。

我们一起走进了房间。一个身穿又长又厚蓝色呢子大衣的小伙子降阶欢迎我们。拉季洛夫立即吩咐仆人给叶尔莫莱拿白酒喝；我的猎人向着这慷慨的主人的背后毕恭毕敬地鞠了一躬。我们穿过了前室，那里贴着色彩缤纷的图画，还挂着好多鸟笼子，走进一个不大的房间——是拉季洛夫的书房。我取下猎枪枪带，把它放置在了屋角里。这时，那个穿长大衣的小伙子赶紧走过来，动作利落地帮我掸扫着灰尘。

"好了，我们现在就去客厅吧，"拉季洛夫亲热地说道，"请您见见家母。"

我跟在他的身后朝客厅走去。进入客厅一看，房间中央摆着长沙发，一位身材不太高的老太太坐在那里。老人身穿棕色连衣裙，头上戴了一顶白色便帽，面孔略显消瘦，慈眉善目，双眸中流露着忧伤和怯懦的神情。

"哦，母亲，我来介绍一下：这位先生是我们的邻居×××。"

老太太欠一欠身，表示施礼欢迎，那双枯瘦的手依然拿着一个像袋子一样的粗毛线织的手提包。

"您光临我们的寒舍已经很久了吗？"她眨着眼睛问我，声音柔弱而轻微。

"不，刚到不久。"

"打算在此地长住吗？"

"我想住到冬天。"

老太太默默地坐在那里，没再说话。

"这位是，"拉季洛夫又指着一个又高又瘦的人向我介绍说（此人我刚才走进房间时没有看到），"这位是费多尔·米海伊奇。……喂，费多尔，快来给客人展示一下你的艺术才能吧，你干吗躲到屋角里去呢？"

费多尔·米海伊奇立即从椅子上站了起来，伸手从窗台上拿过来一把很差劲儿的小提琴，拿起弓子，但是却不像通常的拿法，应该握住琴弓的末端，而是握着弓子的中部。把小提琴支在胸前，闭上双眼，然后随着吱吱嘎嘎的琴声，嘴里哼唱着，跳起舞来。

此人看上去七十岁左右，长得瘦骨嶙峋，那件又长又肥的外套，在他的身上哀伤地摆动着。他起劲地跳着舞，那颗小小的秃脑壳有时威武有力地摇晃着，有时又显得有气无力地摆动着，把青筋裸露的脖子伸得长长的，不停地踏着舞步，偶尔又弯下两膝，十分费劲儿地跳着。他那牙齿完全掉光了的嘴巴发出苍老而难听的歌声。

拉季洛夫也许是从我的面部表情上观察到，费多尔那所谓的"艺术才能"并没给我多少愉悦之感。

"啊，很好，老人家，行了，"主人说道，"你可以去'犒赏'自己一番了。"

费多尔·米海伊奇立刻把小提琴放回原处，先给我鞠了躬，依次又给老太太和拉季洛夫鞠了躬，然后退了出去。

"他原来也是个地主，"我刚结识的朋友接着说道，"而且还是个家财万贯的富翁，可是被他折腾光了，家境败落了，现在只好寄居在我这儿。……当年走红运的时候，在省里可称得上头号的风流浪子：抢了两个有夫之妇，家里还养着歌手，他自己也擅长歌舞。……您要不要喝点儿白酒？饭菜已经备齐了。"

一个刚过豆蔻年华的姑娘走进房间，就是我先前在园里看到的那一个。

"这是奥丽娅！"拉季洛夫把头略微转一下说道，"请多多关照与指教……好，我们去就餐吧。"

我们走入了餐厅，分别就座。这时，那位因受到"犒赏"的费多尔·米海伊奇老头十分兴奋：两眼放光，鼻子发红，并且唱起了《胜利的雷轰响起来吧》这首歌。他们在屋角单独为他摆了一张小桌，没有铺桌布，放着餐具。因为这个可怜的老头儿不太讲究卫生，因此让他和大家保持一定距离。他在未吃饭之前先画了个十字，叹了一口气，然后立即甩开腮帮子狼吞虎咽地大吃大嚼起来。

饭菜很可口，确实很好，因为是礼拜天，自然又端上来了颤抖着的果子冻和"西班牙风"① 类的甜点心。刚一落座进餐，这位在陆军兵团经过十几年行武生涯并且到过土耳其的拉季洛夫，便口若悬河、天南地北地聊了起来。我一边洗耳恭听着，一边悄悄地端详着奥丽娅。

奥丽娅的容貌并不十分出众，但确有特别吸引人之处。她的脸上透着一种坚定而娴静的神情，前额宽阔而又白皙，一头浓密的华发，特别是那对褐色的眼睛，虽然不是很大，但却是水汪汪般的清澈，显得十分聪慧和富有朝气。不管是谁，遇到我今天这种情景，都会魂不守舍。她似乎十分专注地听着拉季洛夫的每一句话，每一个词；她的脸上所表现出来的神情，不仅仅是兴趣盎然，而且还是一种关怀备至的好奇。

就年龄而论，拉季洛夫足可以当奥丽娅的父亲，他称呼她时用的是"你"②，这里面似乎大有文章，但是我立即推测出她不是他的女儿。在谈话过程中，当谈到他妻子的时候，他便指着奥丽娅说"她的姐姐"，补充了这么一句。奥丽娅立刻面红耳赤，而且难为情地垂下了眼睛。见此光景，拉季洛夫略微沉默一下，然后便转换了话题。

老太太在吃饭的时候一直沉默不语，一句话也没说，她几乎什么也没吃，而且也没有向我——客人——敬酒劝餐。她那久经风霜的面孔上总是隐约地表露出一种怯懦胆小和灰心失望的期待神情，同时还隐现出一种令人感到心酸的暮年的哀愁。将要散席的时候，费多尔·米海伊奇本想为主人们和客人唱祝颂歌，但是拉季洛夫向我望了一眼，便示意他不必唱了。老头儿用手摸了一下嘴唇，眨了眨眼睛，鞠了一躬之后又重新落座，可是却只是坐在椅子边儿上。进完餐之后，我跟拉季洛夫又来到了他的书房。

凡是魂牵梦绕于一种思绪或者沉迷于一种强烈愿望之人，在言谈举止方面必然可以观察到一种共同的特点，表面上亦有某种类似之处，无论这些人在品格、才能、社会地位与教养方面如何的千差万别。我

---

① 一种甜点心的名称。

② 按照俄罗斯人的交际习惯：称呼"你"是表示彼此关系很密切，或者不讲客气，因此亲朋好友之间都称呼"你"；相反，彼此关系比较疏远或表示尊敬，则称呼"您"。

越是仔细观察拉季洛夫，就越发觉得他是属于这一类的人物。他聊天时，海阔天空无所不谈。他既谈论有关经济问题、收成、割草，也谈论战争问题，县城里的流言蜚语，以及即将举行的选举。他谈论这些时，并没有一点儿牵强附会的意思，却总是那么兴致勃勃、意趣盎然。但是聊着聊着却又突然连声叹息，一下子瘫倒在安乐椅里，就好像从事繁重劳动以后累得筋疲力尽一样，用手有气无力地抚摸着面孔。他的那颗心仿佛充满了善良和温馨，洋溢着火热而真诚的情感。特别令人感到惊奇的是，无论如何我一点也看不出来他对下述一些事情有什么热情：无论是对膳食、对打猎、对库尔斯克的夜莺，对患有癫痫病的鸽子，还是对俄罗斯文学，对同步马①，对匈牙利式的骠骑兵外衣，以及对玩纸牌和打台球；无论是对省城和都会的旅行，对造纸厂和糖厂，对辉煌壮观的亭台楼阁，对骄纵成性的拉帮套的马匹，甚至对身体过于肥胖而把腰带系在腋下的马车夫，以及对那些摆阔而不知道为什么脖子一动眼睛就歪斜成怒目而视的马车夫……对这一切全都不十分感兴趣。

"那么他到底是个什么样的地主呢?"我暗自琢磨。然而他绝非那种故作郁郁寡欢和对自己命运怨天尤人和牢骚满腹之人；恰恰相反，他从不苛求于人，而是对人十分殷勤热情，并且总是愿意谦卑地结交和亲近每一个人，不管他是顺从自己还是反对自己。确实，您还可以觉察到：他不会和任何人成为知心朋友，或者和任何人真正地亲近，这倒不是因为他不需要和别人交往，而是因为他过于内向，把自己的全部生活经历暂时都埋藏在心里。我细心地观察着拉季洛夫，无论如何也想象不出他现在或者从前某个时候是个幸福无忧之人。他算不上是个美男子，但是在他的目光中，他的微笑中，乃至他的全身，都潜藏着一种异常吸引人的魅力，确实潜藏着，就是隐而不露。如此一来，我就想更进一步地了解他，喜欢他。当然，虽然他偶尔也显露出地主和乡下人的粗鲁劲头来，然而他毕竟还是一个非常好的人，讨人喜欢的人。

---

① 即两匹马在跑的时候，或同时伸出左脚，或同时伸出右脚，并保持步伐一致。

此刻，我们刚开始谈到新上任的县长，门口忽然传来了奥丽娅的声音："茶已准备好了。"我们便走回了客厅。费多尔·米海伊奇仍旧坐在他原来的角落里，也就是窗户和门中间，而且谦卑地缩着两只脚。拉季洛夫的老母亲在织袜子。一阵阵秋天的凉气和苹果的香味，从园子里穿过敞开着的窗户飘进了客厅。

奥丽娅正忙着倒茶。借此机会，我比进餐时更加仔细地注视着她。她同城里所有的姑娘一样，不大说话，至少我看出她不是个在空虚无聊时会觉得苦闷，同时又想说些讨人中听的悦耳话的人。她没有那种好像有许多难言之隐的感触而发出的叹息，不在额头下乱翻眼睛，也不做那种飘忽不定的幻想或令人难以捉摸的微笑。她的目光安详而娴静，就好似一个享受过巨大幸福或者遭受过严重恐吓之后而正在休息之人。她走路的姿态，她的举止都很果断而又大方。她很讨我喜欢。

我与拉季洛夫又聊了起来。我已经想不起来了，我们聊着聊着，不知怎么就得出了一个人所共知的观点：即一些最不值得一提的鸡毛蒜皮的小事给人留下的印象，往往比那种惊天动地的重大事件给人留下的印象更为深刻。

"是的，"拉季洛夫说道，"我对此有亲身体会。您知道，我是个娶妻成家之人。但是结婚没有多久，……才三年，我的妻子便因难产而故去。当时我想，没有她，我无法独自活下去了。我非常难过，真是悲痛欲绝，可是又欲哭无泪——就好似痴呆了一样。我们给她穿好衣服，停放在灵桌上——就在这个房间里。来了一个神父，又来了几个教堂执事，他们唱起了安魂曲，又是祈祷，又是焚香祭拜；我在地上叩头跪拜，可是没有流下一滴眼泪。我的心好像变成了石头，脑袋也是如此，——觉得全身都非常沉重。第一天就这样熬过去了。您会相信吗？到了夜里我居然还睡着了！第二天清晨我走到我妻子遗体那里，——当时正好是夏天，太阳从她的脚一直照到头，而且明光闪亮的。——猛然间我看到……（拉季洛夫说到此处，不由得打了个冷战。）您猜是怎么回事？她有一只眼睛没有完全闭上，有一只苍蝇正在这只眼睛上爬……我一下子昏倒在地上，等到苏醒过来之后，我就哭了起来，不停地哭呀哭呀，——自己再也控制不住了……"

拉季洛夫沉默不语了。我看了看他，又看了看奥丽娅。……我一辈子也忘不了她面部的表情。老太太把袜子放在膝上，从手提包里取出手绢儿，悄悄地擦着眼泪。费多尔·米海伊奇忽然站了起来，拿过他的小提琴，扯着沙哑而生硬的嗓门儿唱起歌来。他也许是想让我开开心，但是我们一听他的歌声，都不由自主地哆嗦了一下。拉季洛夫见状，立刻叫他不要再唱了。

"但是，"他接着说道，"过去的事情总算过去了，过去的事情是不会再复返的。而且毕竟……如今人世间的一切都会好起来的——这句话可能是伏尔泰说的吧。"他急忙补充道。

"是的，"我答道，"当然是如此。而且一切灾难不幸都是能够忍受的，天下没有闯不过的难关，解脱不了的困境。"

"您认为是这样吗？"拉季洛夫问道，"嗯，您的话也许有道理。记得我在土耳其时，有一次躺在军队医院里，已经奄奄一息了，我得了创伤热。唉，我们住的那家医院实在太差劲儿了，——当然，正值战争时期，能住进医院，就该对天磕头了！忽然又送来许多伤员，——把他们安排在什么地方呢？医生急得跑来跑去，就是找不到空床位。后来他们走到我的病床前，向助手问道：'还活着吗？'那个人回答说：'早晨还活着。'医生弯下腰来听了听：我还有气。这位医生大老爷不耐烦了。'这个家伙快完了，'医生说道，'马上就要死的，肯定活不了啦，还放在这儿活受罪干吗？不过只是拖延时间，白白占着床位，妨碍别人罢了。''唉，'我心想，'完了，要倒霉了，米海伊洛·米海伊雷奇……'可是我还是活了下来，恢复了健康，一直到今天活得好好的，正像您看到的这副模样。可见您的话是正确的。"

"无论在什么情况下，我的话都是正确的，即使那时您真的不幸死了，那您依旧是闯过了难关，解脱了困境。"

"当然，当然，"他应和着，用手使劲拍了一下桌子，……"只要横下心来。……在难关和困境中犹豫不决又有何益呢？何必迟疑拖延呢，应及早解脱为佳……"

奥丽娅听到这里，迅速站起身来走到园子里去了。

"喂，费多尔，跳个舞吧！"拉季洛夫大声吩咐道。

费多尔立刻随声跃起，踏着神气活现而独特的舞步，在房间里跳起来了，那种舞姿就如众所周知的"山羊"在驯服的狗熊身旁表演时完全一样。他跳着跳着又唱了起来："在我们家的大门旁……"

门外传来了一辆竞走马车奔跑的声音，过了一小会儿，一个身材高大的老年人走进了房间，他肩宽背阔，身体十分硬朗，这便是独院地主①奥夫谢尼科夫。……由于奥夫谢尼科夫是一位非凡而又独特的人物，因此我请求读者允许，我将在另外一篇中再详细地谈谈他。

此刻，我要在这里再补充几句：第二天我和叶尔莫莱一大早就出发打猎去了。奔波一番之后就打道回府了。过了一个礼拜之后，我再次去拉季洛夫家里拜访，但是他和奥丽娅都没在家里。又过了两个礼拜，我听说拉季洛夫突然离家出走而不知去向，撇下了年迈的母亲，带着他的小姨子失踪了。此事在全省掀起了轩然大波，到处都议论纷纷。直到此时，我才恍然大悟，才算彻底明白了拉季洛夫在谈到他妻子时，奥丽娅脸上为什么会流露那种表情。当时她脸上那种表情不单单是怜悯，而且还散发着嫉妒的醋味。

在离开乡村之前，我抽空又去探望了拉季洛夫的老母亲。我在客厅里见到了这位老太太，她正和费多尔·米海伊奇用纸牌玩"捉傻瓜"。

"您的公子有消息吗?"我最后迫不得已才向老太太问询。

老太太立刻老泪横流。后来，我就再也没同她说起有关拉季洛夫之事了。

1847

---

① 独院地主，是俄罗斯 16—17 世纪遗留下的一种农户。他们通常是低级官吏或边防军下级军官的子弟。拥有的土地不多，只有一个宅院——独门，因此而得名。

# 里果夫村

"去里果夫村吧，"有一次，读者诸君早已经熟悉的叶尔莫莱对我说，"我们可以在那里打到很多野鸭子。"

尽管真正的猎人对野鸭子没有什么特别的兴趣，但是在暂时还没有别的野物可以捕猎的情况下，倒可以射猎野鸭子消遣消遣（这时是九月初旬，丘鹬还没有飞来，在野地里去追捕那些鷸鸪，我已经不耐烦了），我于是采纳了我的猎师的提议，就到里果夫村去了。

里果夫是一个有一片草原的大村子，村里有一座极其古老的教堂，是用石头砌的，顶部是圆的。另外还有两个磨坊，就建在如沼泽似的罗索塔小河边。这条小河流到离里果夫村五俄里远的地方，形成一个水面宽阔的大池塘，在池塘的四周岸边和中间的一些地方，长满了茂密的芦苇，奥廖尔人把它称之为"马意尔"。

就在这片池塘里，在水湾处，或在芦苇丛中和僻静的地方，栖息和繁殖着许多各种各样的野鸭子：绿头鸭、半绿头鸭、针尾鸭、小水鸭、潜鸭等等，种类和数目多得数不胜数。一小群一小群的野鸭常常在水面凫游或飞来飞去，一听到枪响，鸭群便会像乌云一样，铺天盖地般地飞起来，使得猎人情不自禁地用手握住帽子，而且会拉着长声感叹地说："哎呀——呀！"

我同叶尔莫莱沿着塘边一路搜寻，却一无所获。其原因是：第一，野鸭是一种极其胆怯而又机灵的野禽，很少靠近岸边凫游；第二，即使有离群掉队的，或者是不知凶险傻乎乎的小水鸭，被我们射中而丧命，我们也只好望之兴叹，因为我们的猎犬没办法在茂密的芦苇丛中去找到并叼回来。尽管我们的猎犬有极其高尚的献身精神，但是它既不会游泳又不会涉水，只能白白地被锋利的芦苇叶子把高贵的鼻子划得鲜血直流。

"不行啊，"叶尔莫莱终于有所醒悟地说道，"这样搞可不行，得设法搞一条小船来才行……我们还是先回里果夫村吧。"

于是我们只好再往回走——先去里果夫村。可是刚刚走出几步，一条蹩脚的狗迎着我们跑了过来，它刚从茂密的爆竹柳中钻出来。狗的身后走来了一个中等身材的男人，他穿着一件已经破旧的蓝上衣和黄背心，下身穿着一条灰不灰白不白的裤子，裤腿随意地塞进破破烂烂的长筒靴里，脖子上围着一条红围巾，背着一支单筒猎枪。

这两条狗相遇了以后，便按着狗的习性用那种特有的方式，即像中国宫廷中那种相互寒暄的繁文缛节，相互嗅着闻着地交往起来。可是那位新伙伴显然既胆怯又有些难为情，于是便把尾巴耷拉下来，竖起耳朵，龇牙露齿地挺直了四条腿，全身颤抖地打着转转。

正在两条狗忙着交际的时候，那个陌生的人走到我们面前，毕恭毕敬地鞠了一躬。此人看上去二十五六岁，一头淡褐色的长发一圈一圈地直立着，还散发一股浓浓的格瓦斯气味①；一对褐色的小眼睛亲切地眨着，大概是因为牙疼，脸上还系了一方黑色的手帕，满面堆着甜蜜的笑容。

"请允我自己介绍一下，"他用柔和而又惹人喜欢的声音说道，"我是这里的猎人弗拉季米尔……听说您大驾光临，而且得知您来到了池塘，如蒙不弃，我甘愿为您效犬马之劳。"

猎人弗拉季米尔说起话来拿腔拿调的，恰似扮演情侣的年轻的地方演员。我接受了他的一番好意，而且，在去里果夫的途中，我便了解了他的身世。他是一个已经赎了身的家奴；他在少年时代曾经学过音乐，后来又当过侍仆，能识文断字。从他的言谈举止中，我可以推断出，他一定读过一些闲杂而无聊的书籍，而现在呢，跟大多数的俄

---

① 当时俄国的农民和地主家的奴仆都用格瓦斯涂发。

罗斯人一样混日子，囊空如洗，是个没有固定职业的游民，衣食无着，听天由命地度日。他说话咬文嚼字，故作高雅，有意炫耀卖弄自己的风采；由此可见，他是个爱寻花问柳的好色之徒，而且在追逐女性时，在大多数情况下能出手不凡稳操胜券，因为俄罗斯的姑娘们都喜欢伶牙俐齿、口若悬河之人。

另外，我还从他的言谈之中察觉出来他经常游荡的场所：有时走访左邻右舍的乡邻和地主，有时到城里去走亲访友；他还会玩纸牌，和京都里的一些人也常有交往。他很善于耍弄笑脸，笑起来的那副样子真是千变万化；他最会佯装的笑脸，是当他专心地在听别人讲话时，嘴唇上所流露出的那种恭顺而又沉稳的微笑。他洗耳恭听你的讲话，他对你表现出毫无保留的赞同，但是又绝对不失掉自己的尊严，似乎想让你知道，如果有机会的话，他也会发表自己的高见。

叶尔莫莱是一个没有受过教育之人，更谈不上"温文尔雅"了，就对他不讲什么交际礼仪而直呼他为"你"了。当然我也发现了，弗拉季米尔在对叶尔莫莱称呼"先生您……"的时候，带着一种耐人寻味的嘲弄神情。

"您为何要系一块手帕?"我向弗拉季米尔问道，"是牙疼吗?"

"哦，不是，"他答道，"这是由于粗心大意而造成的恶果。我有个朋友，其实人挺好的，可是根本就不会打猎，是他误伤的，这种事儿也不稀奇。有一天他对我说：'我亲爱的朋友，带我去打打猎吧，我想领略一下打猎究竟是怎么回事儿。'我当然不想让他失望，因此就给他一支猎枪，并带着他一起去打猎。我们打了好长时间，累了，想休息一会儿。当时我就坐在一棵树下，他却没有休息，一直在那儿摆弄猎枪，练习着开枪射击的动作，而且把枪口对准了我。我叫他不要再搞了，可是他因为没有经验，没有听我的劝告。结果"砰"的一声，枪走火了，我的下巴和右手食指就不见踪影了。"

我们来到了里果夫村。弗拉季米尔和叶尔莫莱一致认为，没有小船就无法打猎。

这时弗拉季米尔便说道："苏奇卡①有一条平底船，可就是不知道

---

① 苏奇卡，原意是小树枝儿。

他把船藏在何处，还得先找到他才成。"

"去找谁呀？"我问道。

"这儿有一个人，外号叫'小树枝儿'。"

弗拉季米尔便带着叶尔莫莱找苏奇卡去了。我跟他们约定好了，说我在教堂附近等他们。

我在墓地上信步闲游，顺便看看那一座座坟墓，忽然看到一块发黑的方形墓饰，上面刻着如下的铭文：一面是用法文刻的：**勃兰士伯爵德奥斐尔·亨利之墓**①；另一面刻着：法国臣民勃兰士伯爵之遗骸安葬于此石下；生于 1737 年，卒于 1799 年，享年 62 岁；第三面刻着：愿逝者安息；第四面刻着：

> 此石下安眠着法国侨民，
> 他出身名门，智慧超群。
> 他痛悼妻子和亲友遇难，
> 逃避暴君，家国难还；
> 栖身俄罗斯寻找安宁，
> 老来得到了礼遇和供奉；
> 教养儿孙，敬奉双亲……
> 上帝保佑他永远安寝。

叶尔莫莱和弗拉季米尔及那个外号奇特的"苏奇卡"一起回来了，打断了我沉思。

那个外号叫苏奇卡的人打着赤脚，破衣烂衫，蓬头垢面，一看便知他以前一定是个家奴，六十岁左右的年纪。

"你有小船吗？"我向他发问。

"船倒是有，"他低声回答道，可是却战战兢兢的，"就是破得太厉害了。"

"能不能用呢？"

"恐怕……全都脱了胶，而且木楔子都从槽眼里掉出来了。"

---

① 原文为法文。

"这有什么关系，凑合着用呗！"叶尔莫莱接着话茬说道，"可以用碎麻堵一堵。"

"当然可以堵一堵，也许能用。"苏奇卡表示同意。

"你是搞什么的？"

"给地主家捕鱼的。"

"你既然是打鱼的，那你的船怎么会破成这个样子呢？"

"我们的河里根本就没有鱼。"

"池塘有铁锈味的漂浮物，鱼活不了。"我的猎师很懂行地解释说。

"既然如此，"我对叶尔莫莱说道，"去搞些碎麻来把船的槽眼堵一堵，快去快回！"

叶尔莫莱找碎麻去了。

"弄不好，我们大概会沉到水里去吧？"我对弗拉季米尔说道。

"不会沉，"他答道，"不管沉不沉，看样子，池塘好像不太深。"

"是的，池塘不太深，"苏奇卡应和着说。他说话有点怪模怪样，就好像没有睡醒似的。"池塘底都是水藻和水草，塘里全都长满了草。不过，有的地方也有深坑。"

"但是，水草要是太多了，"弗拉季米尔接着说道，"船就不好划了吧！"

"平底船根本不是划的，要撑篙才行。我还是跟你一块去吧，我那儿有篙，要不，用锹也可以。"

"用锹不太好吧，有些地方可能够不着底儿。"弗拉季米尔说。

"这倒也是，恐怕不行。"

我坐在墓石上，等叶尔莫莱回来，弗拉季米尔出于礼貌，在离我不远的地方，也陪着我坐了下来。苏奇卡根本不懂这一套，仍旧站在老地方，垂着头，没有说话，习惯地把两只手反剪在背后。

"请你说说看，"我冲着苏奇卡问道，"你在这儿给主人打了多少年鱼了？"

"第七个年头了。"他回答说，突然打了一个冷战。

"从前你是干什么的呀？"

"是马车夫。"

"是谁不让你再当马车夫了呢？"

"新的女主人。"

"哪个女主人？"

"就是把我买来的那个。您不认识。就是那个阿辽娜·季莫菲耶夫娜，长得很富态……年纪也不小了。"

"那她为什么要让你去打鱼呢？"

"我不知道。她离开了自己的领地坦波夫，大老远地来到我们这儿。吩咐把家里所有的奴仆都召集起来，她就出来接见我们。最初，我们挨个都吻了她的手，她倒没说什么，也没有生气……后来就挨个地盘问起我们：干什么的，负责什么活计？轮到我的时候，她问道：'你是干什么的呀？'我回答说：'马车夫。''马车夫？哼，你凭什么当马车夫呀？你看看你那副德行，根本就不配当马车夫！你就给我当打鱼的吧，把满脸的大胡子都刮光。不管什么时候到我这儿来，都要送上鲜鱼来！你听明白了吗？……'从此以后，我就当上渔夫了。她还吩咐道：'你要当心点儿，要把池塘管理得水清鱼多的……'鬼知道，我怎么样才能把池塘管理得水清鱼多呢？"

"你从前是谁家的仆人？"

"是谢尔盖·谢尔盖伊奇·彼赫捷廖夫家的。我是他继承下来的家奴。可是跟着他也没干多久，一共有六年多的时间。我就是一直给他当马车夫的……但是不是在城里——他在城里另有马车夫，我是在乡下的。"

"你从年轻的时候就当马车夫吗？"

"哪有这回事儿！我是在谢尔盖·谢尔盖伊奇家里才当马车夫的，从前我是厨子，不过也不是在城里当厨子，而是在乡下。"

"那你又是给谁家当厨师呢？"

"给从前的主人阿法纳西·涅菲德奇当厨子，他是谢尔盖·谢尔盖伊奇的伯父。里果夫村就是他买来的，就是阿法纳西·涅菲德奇买来的，谢尔盖·谢尔盖伊奇继承了这份产业。"

"他从谁那儿买来的呢？"

"从达吉雅娜·瓦西里耶芙娜那儿买来的。"

"是哪一个达吉雅娜·瓦西里耶芙娜呀？"

"就是五年前去世的那个，在波尔霍夫附近，……不，是在卡拉切夫附近，是个老姑娘……一直没有出嫁。您不认识她吗？我们就是从她父亲瓦西里·谢苗内奇手里，转到她手下的，我们在她手下干的年头可不短了……大概有二十来年了。"

"你在她那儿也当厨师吗？"

"起初当厨子，后来又搞到个弄咖啡的差事。"

"当了什么？"

"当了弄咖啡的差役。"

"这种差事是干什么的呀？"

"我也不知道，老爷。是在餐厅里当杂役，而且还另起个名字叫安东，不再叫库兹马了。这是女主人的吩咐，只有照办。"

"这么说你原来名字叫库兹马了？"

"是，叫库兹马。"

"那你就一直当咖啡师吗？"

"不是，除了这个差事而外，还当戏子。"

"真的吗？"

"当然是真的了……还上台演过戏呢！我们的女主人还在自己的宅院里修建了个戏园子。"

"你扮演过什么角色？"

"您说什么？我没听清。"

"我问你在戏台上干些什么？"

"您不知道吗？他们硬把我拉去，给我打扮了一番，我就上了台，有时站着，有时坐着，究竟是站着还是坐着那就要看当时的具体情况了。他们教我说什么，我就说什么，教我怎么说，我就怎么说。有一次我还装成一个瞎子。他们还在我的两只眼皮儿下面各放了一粒豌豆。……可不是！"

"那后来你又干过什么事呢？"

"后来我又当上了厨子。"

"为什么又让你去当厨师呢？"

"因为我的兄弟逃跑了。"

"啊，那你在第一个女主人的父亲手下干什么了？"

"啥差事都干过：起先当小厮，当马车夫，当园丁，后来又训练过猎犬。"

"当猎犬师？……是不是还带着猎狗骑马呢？"

"可不是怎么的，带着猎狗骑马摔得可狠了：连人带马一起摔倒，把马也摔伤。我们的老主人那才叫厉害呢，立刻叫人把我狠揍了一顿，然后就把我打发到莫斯科去给一个皮匠当学徒。"

"去当学徒！莫非说你当猎犬师时还是个孩子吧？"

"哪里是什么孩子呀，当时我已经二十岁了。"

"二十岁还怎么当学徒啊？"

"可是主人的命令，哪敢不服从啊？他说能当，大概就能当呗。幸好他没过多久就死了，他们又把我叫回了乡下。"

"你是什么时候学的厨师手艺呢？"

苏奇卡抬起那张干瘪的黄脸，苦笑了一下。

"这玩意儿还用学吗？……老娘儿们不是天生就会做饭吗？"

"原来是这样，"我又说道，"库兹马，你这一辈子经历的事儿可真是不少，啊！可是，这儿既然没有鱼，你还在这儿当渔夫干什么呢？"

"老爷，我认为这样倒不错。还抱怨什么呀，干这个事儿我还求之不得呢，真是要感谢老天爷的恩典。还有一个跟我一样的老头子——安德列·普贝尔——女主人派了他一个苦差事：到造纸厂当汲水工。她说：白吃饭不做工是有罪的……普贝尔还盼着有朝一日女主人开恩：他有一个表侄子在女主人的事务所干事，答应替他向女主人求求情。求什么情呀！……可是我倒是亲眼看到普贝尔给他的表侄磕头了。"

"你家还有什么人？成过家吗？"

"没有，老爷，没成过家，已故的达吉雅娜·瓦西里耶芙娜——祝她升入天堂！——不准家里任何一个仆人结婚。绝对不准许！她老是说：'我没嫁人，不是过得也很好吗？干吗要结婚？真是瞎胡闹！'"

"那你如今靠什么过日子呢？发工钱吗？"

"不发，老爷，发什么工钱呀，饿不着，就算谢天谢地了！我很

知足。上帝保佑我们的女主人长命百岁吧！"

这时叶尔莫莱回来了。

"船修好了，"他郑重其事地说道，"快去拿篙子吧——你！……"

苏奇卡赶紧跑去拿篙子。在我跟这可怜的老头儿聊天的时候，猎人叶尔莫莱回来了，他一直以一种轻蔑的神情望着他。

"这个人有点傻乎乎的，"苏奇卡走了以后他说道，"是一个十足的没教养的人，只不过是个乡巴佬。他还够不上家仆，……他一张口就会吹牛皮说大话。……他怎么能演得了戏，您想想看！跟他聊天，那才是瞎子点灯白费蜡，白费工夫！"

大约过了十几分钟，我们就已经登上了苏奇卡的平底船。（我把猎犬留在一间小屋中，让马车夫叶古季尔给照看着）我在船上觉得不太得劲儿，但是打猎的人，向来都是很能将就的，不讲究什么。苏奇卡站在船尾撑船，我和弗拉季米尔坐在船上搭着的一块横板上，叶尔莫莱坐在船头上。破船虽然用碎麻堵上了，但我们的脚下很快就冒出水来，幸好天气不错，风平浪静，池塘仿佛在睡梦中一样。

我们的小船游动得太慢了，简直像爬行一样。老头子苏奇卡每一次都费了好大劲儿从烂泥中把篙拔出来，上面还缠上了很多水草的丝络。睡莲那密实而繁茂的叶子也给船的游动增加了很多的麻烦。

我们终于到达了芦苇丛，这一下可热闹起来了。野鸭子看到我们突然侵入它们的领地，惊慌失措地从池塘上一哄而起，在水面振翅飞翔。我们立刻举枪射猎，随着砰砰的枪声。我们眼看着这些短尾巴的飞禽在空中翻着筋斗，然后便沉甸甸地倒栽入水中，那种心情真是快活。当然，我们也没办法把中弹的野鸭子全都捡回来，因为受点轻伤的一下子钻到水里去了，有些被打死了的，又都掉到又深又密的芦苇丛中去了。就连叶尔莫莱那双锐利的眼睛也找不到它们的踪影，只好望着芦苇丛兴叹了！尽管如此，到了该吃午饭的时刻，我们的小船上已经装满了野鸭子，真是满载而归呀！

令叶尔莫莱非常开心的是：弗拉季米尔的枪法实在不怎样，他每次都打不中。他不仅表示惊讶，而且还要把枪检查一次，把枪膛吹一吹，然后做出一副迷惑不解的样子，并且一再解释他没有击中的原因。叶尔莫莱和平时一样，弹无虚发，百发百中，我呢，一直都打得不准，这次也不例外。苏奇卡用从小就替主人效劳的那种眼神看着我们，有时还大声地喊着："那边儿，那边儿还有一只鸭子！"他还不断地在背上挠痒痒——但不是用手来挠，而是扭动着肩胛来止痒。

老天爷真赏光——天气特别好，一朵朵白云在湛蓝的天空中，轻舒漫卷，缓缓地飘游而过，水中清晰地映出倒影，真是令人赏心悦目！池塘四周的芦苇随着轻风摇曳，发出沙沙的响声；宽阔的水面在艳丽的阳光照射之后，有些地方发出钢铁般的光芒。

就在我们兴致勃勃准备鸣金收兵回村的时候，突然发生了一件令人很扫兴的事情：其实我们早就发现了小船开始渗水，而且船里的水越积越多。于是，我们就指定弗拉季米尔用瓢往外舀水，幸亏我的猎师有先见之明，从一个没留神的农妇那里偷偷把瓢给拿来了。他的本意是以防万一，这会儿可大显身手派上用场了。在弗拉季米尔尚未忘记自己职责的时候（即一直忙着舀水），一切都安然无事。可是到了打猎即将凯旋的时候，那些野鸭子好像有意跟我们逗趣似的，一大群一大群地飞起来向我们道别，使得我们手忙脚乱，就在我们忙着射击的时候，我们却忘了小船渗水的情况——突然，由于叶尔莫莱的一个过于猛烈的动作（他拼命想在水面上捡回一只被打死的鸭子，结果整个身体都压向了船的一侧），我们这只小破船一歪斜，便灌进来很多的水，刹那间小船就沉向塘底，万幸的是在水不深的地方。

我们都异口同声惊呼起来，但是为时已晚，我们一个个都成了真正的落汤鸡——我们都站在了水深齐喉咙的水里面啊。我们的四周，水面上漂浮着船上的死鸭子。就是现在想起此事来还心有余悸，更何况当初呢！我的同伴们一个个都把脸吓得煞白煞白的（我当然不例外，脸色恐怕也不会好看，绝对不是红润的），事后又感到有些好笑。说实话，在当时根本没感到好笑，光是心惊胆战了。我们都把枪举在头上，苏奇卡大概是已经习惯了模仿主人的动作，也把长篙举过头顶（这才叫真正好笑呢！）。

还是叶尔莫莱老练些，第一个打破这沉默而惊恐的局面，他开始说话了。

"呸，真倒霉！"他往水里吐了一口唾沫，气哼哼地责骂道，"怎么会出这种事儿！全都怪你，"他把火都发到苏奇卡身上，"你这叫什么船哪！"

"对不起，都怪我……"苏奇卡老头儿连声道歉。

"你也够有本事的了，"叶尔莫莱没好气地转过身来冲着弗拉季米尔责备道，"你是怎么搞的啊？你怎么不舀水呢？你，你，你……"

但是，这个时候弗拉季米尔已经没法辩解了，只见他全身像筛糠一样颤抖，冷得上下牙直打架，不知如何是好地苦笑着。他本来伶牙俐齿，又好故作高雅，又装作很自尊的样子，此刻全都踪影皆无了！

那条该死的小船在我们脚下轻轻地摇晃着……当小船刚沉入水中时，我们骤然间觉得水很凉，但过了一会儿也就不感到那么凉了，刚沉船时的那种恐慌过去之后，我便朝四周眺望了一下：离我十几米之外，全是芦苇荡，穿过芦苇向远方望去，可以看到池塘岸边。

"这下可糟了！"我心里想。

"我们该如何是好呢？"我又问叶尔莫莱。

"总得想个办法脱身呀，反正不能在这儿过夜呀！"他回答着说，"喂，你拿着这支枪。"他对弗拉季米尔吩咐道。

弗拉季米尔乖乖地接过了枪。

"我去找浅的地方。"叶尔莫莱把握十足地说道，就好像所有的池塘都会有浅滩似的——他握着苏奇卡的篙子，小心翼翼地试着水的深浅，便朝着岸边蹚了过去。

"你会游泳吗？"我向叶尔莫莱问了一句。

"不会，不会游。"我听到他从芦苇荡中回答的声音。

"哎，这可危险，搞不好会淹死的。"苏奇卡忧心忡忡地叨念着。他其实不怕会有什么危险，而是怕我发火指责他。过了一小会，他似乎不再担心了，只是偶尔呼哧呼哧地喘两口粗气，表现出既不着急又无所谓的神情，他认为即使这样，我们几个人也摆脱不了当时的困境。

"这不明明是白白送死吗……"弗拉季米尔既担心，又认为没有必要去冒这个险，才说出了这句丧气的话。

过了一个钟头，还不见叶尔莫莱的踪影。这一个钟头对我们来说是何等的漫长又令人焦急呀！刚开始我们还和他相互亲热地呼喊着，可是后来他对我们呼唤声的回应逐渐变少了，最后竟然一点儿回应声都没有了。村里传来了晚祷的钟声，连绵不断的钟声更加重了我们的

焦虑和愁绪。我们彼此不再说话,三个人尽量避免相互对视。野鸭子
在我们的头上盘旋,飞来飞去;有些想在我们身旁落下来,但不知为
何又突然腾空飞走,还发出惊恐的嘎嘎叫声。我们的全身逐渐觉得发
麻、发僵,真是寒冷、饥饿、疲累和心急火燎交织在一起。苏奇卡懒
洋洋地眨着眼睛,似乎就要睡着了。

等啊,等啊,终于把叶尔莫莱等回来了!我们三个人精神都为之
一振,心中真有说不出的喜悦。

"喂,怎么样,快说说!"我们不约而同抢着问道。

"我一直蹚到岸边,探到路了。……我们快走吧。"

我们真想立刻拔腿就走,但是叶尔莫莱却从没在水里的衣兜里掏
出一条绳子来,把我们捕猎的水鸭子的腿逐个地拴起来,又用牙齿咬
住绳子的两头,然后才慢慢地向前走去。我们四个人便鱼贯而行:弗
拉季米尔跟在叶尔莫莱身后,我跟在弗拉季米尔的身后,苏奇卡老头
儿在最后压阵。在离岸边还有二百多米的时候,叶尔莫莱便放心大胆
地走了起来,而且一步也不停留地向前走去(我很佩服他,路线记得
真熟),只是不时地高声提醒注意"向左走,右边有一个大坑"或者
又喊道"向右走,左边会陷下去"。有的地方,水都没到了我的脖子,
苏奇卡可就狼狈了:因为他比我们个子都小,有两次还呛了水,让水
灌得直吐白沫。叶尔莫莱凶神恶煞般对他直吼:"喂,喂,喂!"苏奇
卡听到以后,拼命地挣扎着,使劲蹬着两条腿一蹦一跳地往上蹿,终
于跋涉到了水浅的地方;即使在最危险的时候,他也没敢抓我大衣的
后襟。

我们四个人终于脱险了,费了九牛二虎之力才到达了岸边,一个
个都累得筋疲力尽,像个泥猴似的全身都湿漉漉的,真成了名副其实
的"落汤鸡"!

大约两个小时之后,我们已经坐在一间宽敞的干草棚里,并且想
方设法把衣服弄干了,就准备吃晚饭了。马车夫叶古季尔是个动作呆
滞,反应迟钝的人,又总是唯唯诺诺谨小慎微,好像没睡醒似的。他
站在大门口儿,热心地款待苏奇卡吸烟(我发现俄国的马车夫见面都
自来熟),苏奇卡使劲儿地吸着,结果搞得恶心起来:又咳嗽,又吐
痰,看样子吸得又过瘾又痛快。弗拉季米尔已经累得狼狈不堪,歪着

脑袋，话也不愿意说了。叶尔莫莱却聚精会神地替我擦枪。

几条狗在四周飞快地摇着尾巴，急不可耐地在等着吃香味扑鼻的燕麦粥。马在屋檐下扬腿跺蹄地嘶鸣……太阳就要落山了，落日余晖把天空染得一片通红；映照着晚霞的云朵变成金黄色，在天空中飘逸着，越来越稀薄，形成缕缕云丝，犹如被梳理的金色羊毛……

这时，从村里传来悦耳的歌声……

1847

# 孤
## 狼

我狩猎归来已时近黄昏，乘坐的是一辆轻便马车，离家还有七俄里路远。

我那匹训练有素的马神采飞扬地奔驰在大路上，扬起了滚滚的烟尘，有时打打响鼻，还轻轻地摇摇耳朵；那条狗虽然已十分疲累，但仍然寸步不离地跟着马车猛跑，犹如拴在车后一样。

暴风雨即将来临。前方已经有好大一片阴云，呈淡紫色，慢慢地从树林后面升腾起来；举目眺望，一条条长长的灰色云雨，正铺天盖地地迎面飞驰而来。爆竹树好似受到了惊吓一样，不停地摇曳起来，发出一声声的哀怨。闷热的天气顿时变得潮湿而阴冷；周围也马上变得昏暗起来。

我立刻挥缰打马，赶着马车朝河谷疾奔，穿过了一条长满柳树毛子干涸的小河道，爬上了河岸，又钻进了一片树林。这时我的面前出现一条掩映在浓密的灌木丛中曲曲弯弯的路，暮色苍茫，走起来就更加艰难了。不得已只好把马车的速度放慢。一株株上百年的老橡树和椴树根须四展，横竖不等地交错在深深的车辙里，马车在这里颠颠簸簸地碾压过去，由于颠簸使我的马直打趔趄。

突然之间，狂风大作，在空中怒吼着，地上的林木也狂啸起来，黄豆大的雨点猛烈地抽打着繁枝密叶。闪电雷鸣，大雨倾盆地泼洒下来。我的车子缓慢而艰难地向前走着，但是没走几步，被迫停了下来：

我的马被陷在烂泥里，而且此时天已变得漆黑一团，几乎伸手不见五指。我使尽了全身的解数才躲到一片树丛之中。我弯下身子，捂住了脸，无计可施地等待着暴风雨过去。猛然间一道闪电划过，我看到面前出现一个高大的身影。我惊疑地打量着，——这个高大的身影突然之间从我的马车旁边钻了出来。

"你是什么人？"这个人瓮声瓮气地问道。

"那么你又是什么人呢？"

"我是这里的护林人。"

我也自道了自己的姓名。

"啊，久闻大名！您这是打道回府吧？"

"是呀，可是您看，遇到大风雨……"

"可不是，好大的雨呀。"那个人回答道。

一道闪电的白光把护林人从头到脚全部照了出来。紧接一个霹雳轰隆一声作响了。大雨继续倾泻着。

"雨短时间不会停下来的。"护林人又说道。

"有什么办法呢！"

"要不，我带您到我的小屋里去避避雨，您看怎么样？"他迟疑地说道。

"那就劳您大驾了。"

"请您坐稳。"

于是，他走向马头，伸手抓住笼头，把马拉了出来，我们费力地向前走去。我的马车犹如大海里的一叶孤舟摇荡着。我一面用手紧紧抓着车垫子，一面呼叫着我的狗，我那匹可怜的母马费力地在泥泞里跋涉着，一步一滑，跌跌撞撞地向前走着。护林人在车辕前左右摇晃着，活像一个幽灵。我们就这样一步一滑地走了老半天，最后我的向导终于止住了脚步。

"咱们到家了，老爷。"他语调平静地说道。

嘎吱吱一声，篱笆门被打开了，几条狗崽子吠叫起来。我借着闪电的光芒，抬头举目一看，一个篱笆大院中的一幢小房，窗子里射出昏暗的灯光。护林人把马拉到台阶旁边，然后敲起门来。

"马上来，马上来！"传出一个清脆的声音，接着又响起光脚走路的声音。�哐啷一声，门闩被打开了。一个十一二岁的小女孩出现在门槛上，她身穿一件旧短衫，腰里系着布条子，手里提着一盏灯。

"快给这位老爷照路，"护林人对小女孩说道，又对我说："我把您的马车带到敞棚里去。"

小女孩瞧了瞧我，提着灯为我照亮，快步走进屋里，我便紧随其后走进屋中。

护林人只有一个房间，由于烟熏火燎黑乎乎的，又小又矮，没有一点家什和摆设，屋子里空空如也。既没有高脚床，也没有隔板，只见墙上挂着一件破皮袄，一枝单筒猎枪放在长板凳上，屋角放着一堆破布，在炉子旁边有两个大瓦罐，桌子上点着松明，半死不活的，忽明忽暗，显得十分昏暗。屋子中间有一根长竿子，一头挂着一个摇篮。小女孩把手中的提灯熄灭了，坐到一张小板凳上，用右手悠着摇篮，又伸出左手去调理着松明。

我环顾一下四周，——心中非常郁闷和哀伤：深夜里造访农家房舍，真是令人有些不快。

婴儿在摇篮中呼吸急促而又沉重。

"你就一个人住在这儿?"我向小女孩发问。

"是的，就一个人。"她用几乎听不到声音答道。

"你大概是护林人的女儿吧?"

"我是他的女儿。"她依然小声作答。

门吱呀地响了一声，护林人低着脑袋走进屋里。他顺手提起吊灯，走到桌旁，把吊灯又点着了。

"您大概不习惯点松明子吧?"他随着话音抖了抖满头的鬈发。

我看了看他。我从未看到过如此魁伟的壮汉。他个子高高的，宽肩阔背，长得十分强悍。湿漉漉的麻布衫把全身的肌肉绷得鼓鼓的。卷曲的大黑络腮胡子差不多把那刚毅而又严肃的面孔盖住了一半，两道浓眉几乎连在一起，一双褐色的眼睛并不太大，但却炯炯有神，闪露出一种阳刚正气。他两手轻松地叉在腰间，站在了我的面前。

我先向他道了谢，然后问他叫什么名字。

"我名字叫弗马，"他应声答道，"有个绰号叫孤狼。"①

"啊，原来你就是孤狼？"

我十分惊奇地又把他打量了一番。我早就不止一次地从叶尔莫莱和其他人的口里听到过有关护林人孤狼的传闻了。住在周围的农民就像怕火一样地惧怕他。据他们说，走遍天下，再也找不到一个像他这样忠于职守而又精明能干的人了：谁也甭想拿走一把树枝；真若是拿走了，无论什么时候，哪怕深更半夜，他也会突然出现在你的面前，你也休想反抗，因为他力大无穷，况且又像魔鬼一样的机智灵活……什么办法也打动不了他：请他喝酒，用钱收买，都是枉费心机，他是软硬不吃。甚至连一些心地善良的人也不止一次地想把他干掉，但是都无法得手！"

周围的农民就是这样评论孤狼的。

"原来你就是孤狼啊，"我又说了一次，"老弟，我早就听别人说起过你，你办事真的是铁面无私，对谁也不讲情面。"

"我只不过尽职尽责罢了，"他阴郁不快地回答说，"总不能白吃主人的面包而不管事呀。"

他从腰里抽出一把斧子，席地而坐，劈起松明子来。

"怎么，你没有妻子吗？"我问他。

"没有。"他答道，使劲砍了一斧子。

"也就是说，是死了吧？"

"不……是的……是死了。"他说完，把脸扭了过去。

我沉默良久，他抬起眼睛看了看我。

"跟一个过路的城里人私奔了。"他辛酸地一笑说道。

小女孩低下了头，这时婴儿突然醒来，哭了起来，小女孩立刻向摇篮奔去。

"唉，把这个东西给他，"孤狼一边说着，一边把一个脏乎乎的奶瓶子递给小女孩。"把这么小的孩子抛下就走了。"他指了指婴儿说道。

---

① 在奥廖尔省通常把性情孤僻而阴郁寡欢的人叫作孤狼。

——作者原注

他说完，站起身来走到门口，忽然又转过身来。

"老爷，您可能，"他问道，"不会吃我们那样的面包吧？可是我家里除了面包……"

"我不饿。"

"好，悉听尊便。我本应该给您生着茶炊，可是没有茶叶。……我去照料一下您的马吧。"

他走出屋去，随手把门带上。

我趁机又环顾了一下四周，感到这间屋子比刚进时更加凄凉了。松明熄灭，散发着一种令人窒息的苦味，令我感到很难受。小女孩仍旧坐在那里，一动不动，低垂着眼睛；不时地伸出手来晃动一下摇篮，同时又把从肩上滑下来的衣服拉了上去；那一双赤裸的脚老老实实地耷拉着，一动不动。

"你叫什么名字？"

"乌丽塔。"她答话时把那张哀愁的小脸垂得更低了。

护林人走进屋里，在板凳上坐了下来。

"暴雨就要过去了，"他静静坐了一小会对我说，"您要是想回家的话，我就把您送出林子。"

于是，我站了起来。孤狼顺手拿起了猎枪，把火药查看了一下。

"带着枪干什么？"我问了一句。

"有人在林子里捣乱，……，在偷砍母马谷中的树。"他说出这一句是为了解答我那疑惑不解的目光。

"你是在这儿听出来的？"

"是在院子里听到的。"

我们一同走出屋子。雨已经不下了，远处还聚集着一大团一大团黑压压的乌云，偶尔还划过一道道长长的闪电；但是在我们的头顶上方已经看到深蓝色的天空，星星也透过稀薄的流云在闪闪地发光，在黑暗中依稀可以看到被雨水淋得透湿和被风吹得摇摇摆摆的树影。

我们仔细地谛听着。护林人摘下帽子，低下了头。

"听……听，"他忽然开口说话，并伸出一只手指着，"瞧，他们专挑这样的夜晚来捣鬼。"

可是除了树叶发出的响声外，我什么也没有听到。

孤狼从敞棚下把马牵了出去。他又不放心地说道：

"要是我送您去的话，恐怕他们会乘机逃掉了。"

"那我就和你一块儿去，……怎么样？"

"好，就这么着！"他随口应道，又把马牵了回去，"咱们先把他逮住，然后我再送您走。现在就走。"

孤狼走在前面，我紧随其后。天知道他对路径怎么这么熟，一路上一步不停地往前走着，虽然有时停下来，那也是为了辨听一下斧子砍树的声音。

走着，走着，他低声地问道："怎么样，听到了吧？听到了吧？"

"还是没听清楚呀。"

孤狼无可奈何地耸了耸肩膀，我们走进了河谷，风仿佛一下子也停了下来，我听到传来砍树的声音，一声声，听得清清楚楚的。

我们穿过湿淋淋的杂草和荨麻急匆匆地向前奔去，砍树的声音也越来越清楚，声音也越来越大。

"砍倒了……"孤狼自言自语地说道。

此时天空变得越来越澄澈；树林里也明亮了一点。我们终于从河谷中跋涉出来。

"请您先在这儿等一会儿。"护林人悄悄地对我说，他猫着腰，端着枪，钻进了树丛之中。

我神情有些紧张地谛听着。在持续不断的风声中，从不远的地方传来了轻微的响声——用斧子小心翼翼砍断树枝的声音，马车轮子的轧轧声，马打着响鼻，但声音不大……

"哪里去？给我站住！"孤狼突然发出不可抗拒的命令。

另一个人像兔子一样地苦苦哀求着。……互相厮打了起来。孤狼气喘吁吁地骂道：

"胡说八道，胡说八道，你甭想逃出我的手心……"

我立刻朝着厮打和吵嚷的地方跑去，跌跌撞撞地跑到了他们厮打的地方。护林人正在被伐倒的树旁忙活着：他用力地把那个偷树的人按在地上，正用腰带反绑着那个人的双手。我奔了过去，孤狼大获全胜地站了起来，并把那个偷树的人拉了起来。

我看到一个穿着破衣烂衫的庄稼汉，浑身上下都湿淋淋的，满脸长胡子，乱蓬蓬的。一辆货车，旁边站着一匹瘦骨嶙峋的马，半身盖着一领疙里疙瘩的草席。护林人什么也没说，那个庄稼汉也一声没吭，只是不停地摇着头。

"把他放了吧，"我在孤狼的耳边替他说情，"我来赔这棵树。"

孤狼并未理睬，伸出左手抓住马鬃，右手揪着偷树人的腰带。

"哼，你这个笨蛋，还有什么花招都使出来吧！"他厉声喝道。

"能把斧子捡起来吗？"偷树人哀求着说。

"当然，怎么能把斧子丢掉呢？"护林人一边说着，一面捡起斧子。我们就一起走了，我走在最后。

……天上又掉下来疏疏落落的雨点，不一小会又下起了滂沱大雨，我们顶风冒雨，费了九牛二虎之力才回到了小屋里。孤狼把那匹抓回来的瘦马放到院子中间，把偷树的人带到了屋子里，把捆着他的腰带松了松，叫他坐在屋角里。那个小女孩本来正在炉子旁边睡觉，被进来的人给吓醒了。她惊恐地跳了起来，胆怯地望着我们，一声也没敢吭。我在板凳上坐了下来。

"哎呀，这雨太大了，"护林人说道，"现在可没办法走，等一会再说吧，您是不是躺下来休息一会儿？"

"不必了，谢谢。"

"因为您在这儿，我才没把他关到贮藏室里去，"他指了指那个庄稼汉，"可是那个门闩……"

"就让他待在这儿吧，不要惩治他了。"我打断孤狼的话说道。

那个庄稼汉愁眉苦脸地望着我。我心中暗暗发誓，不管怎样，我也要想办法放了这个可怜的人。他老老实实地坐在板凳上。在灯光的辉映之下，我尚能看清楚他那张憔悴不堪的脸，皱纹纵横，黄眉毛向下耷拉着，一双眼睛流露出惶恐不安的神情，全身瘦得十分可怜。

……小女孩躺在地板上，就在这个庄稼汉的脚边儿，又睡着了。孤狼坐在桌旁，两手托着脑袋，蟋蟀在屋角里叫了起来……雨瓣里啪啦地敲打着屋顶，又顺着窗子哗啦哗啦地流下来……三个人谁也没吭声。

"弗马·库兹米奇，"偷树的人忽然开口说话，声音沙哑，又有些颤抖，"啊，弗马·库兹米奇。"

"要干什么？"

"求你开恩，放了我吧。"

孤狼不予搭理。

"放了我吧……饿得实在走投无路啊……放了我吧！"

"你们这号人我还不清楚！"护林人语调阴冷地驳斥道，"你们村里的人全是一路货，除了贼，就是小偷。"

"放了我吧，"那个庄稼汉一再哀求，"管家……把我一家人坑苦了，都逼上了绝路，我没说假话……放了我吧！"

"逼上绝路！……无论如何，也不该偷东西呀！"

"放了我吧，弗马·库兹米奇，……请你手下留情，不要断送了我的性命。你也很清楚，你的东家一定会打死我的，真的！"

孤狼扭过头去，根本不看他。那个人全身痉挛地颤抖着，犹如热病发作了一样。就连脑袋也颤抖个不停，呼吸也急促不匀了。

"放了我吧，"他既灰心又绝望地苦苦哀求，"放了我吧，发发慈悲吧，放了我吧！我赔钱还不行吗？真的，发发慈悲吧。饿得实在太难受了……孩子们饿得嗷嗷直哭，你知道，我被逼得无路可走了。"

"那你也不该当贼呀！"

"就把我那匹马，"庄稼汉继续恳求，"就把那匹马作赔吧，……我只有这头牲口了……放了我吧！"

"绝对不放！别再啰嗦了。这事儿我也做不了主：要是放了你，东家非得责罚我不可，再说也不能放纵你们呀。"

"放了我吧！我穷得实在没有别的法子可想了，弗马·库兹米奇，我穷得实在没有别的法子可想了，……放了我吧！"

"别来这一套，我早就看透你们了！"

"放了我吧！"

"哼，我才不跟你白费口舌呢！给我老老实实坐在那儿，不然的话我可不客气了……你可要知趣儿！你没看到老爷在这儿休息吗！"

那个可怜的人无可奈何地低下了头……孤狼打了个呵欠，把头伏在桌子上。雨还是下个不停。我耐心地等待着，看这件事究竟如何收场。

庄稼汉猛然间挺直了身子，两只眼睛喷着怒火，脸涨得通红通红的。"哼，好哇，你干脆把我吃了吧，不怕噎死，你就来吃吧！"他眯着眼睛，撇着嘴，发怒地诅咒着，"好哇，来吧，你这个十恶不赦的催命鬼，刽子手！来喝基督的血吧！来喝吧！……"

护林人转过身去。

"我对你把话都说尽了，你这不通情理的坏蛋，吸血鬼，你听进去了没有?!"

"你喝醉了吧，怎么出口伤人呢？"护林人吃惊地责问道，"怎么，你是不是发疯了！"

"我喝醉了又怎么样，……又没花你的钱，你这十恶不赦的凶手，你是野兽，野兽，野兽！"

"你再敢撒野……我可要收拾你了！……"

"我豁出去了！反正不就是一个死吗；没有马，叫我怎么活呀？你干脆杀了我吧，反正都是个死。饿死，被你杀死，还不都是一个样。全都死光了吧！全都死光了！……可是你呀，你就等着瞧吧，迟早你会遭报应的！不得好死！"

孤狼噌的一下站了起来。

"打吧，你打吧，"庄稼汉发狂地叫着，"打吧，来，来，你就打吧……"小女孩惊恐地跳了起来，两眼直勾勾地死盯着他。"打吧，打吧！"

"你给我住口！"护林人大喝一声，并且向前跨出两步。

"算了，算了，弗马，别和他一般见识，"我大声地解劝道，"你就饶了他，……让他走吧。"

"我非说不可！"那个倒霉蛋儿仍然骂不绝口，"反正就是一个死，有什么大不了的！你这杀人凶手，你这恶棍，野兽，你这个挨千刀的，你不得好死！……你就等着瞧吧，你张狂不了几天了！会有人找你算账的，你就等着遭报应吧！"

孤狼突然抓住他的肩膀。……我立刻冲过去解救那个庄稼汉。

"请您住手，老爷！"护林人冲我喊道。

我可不怕他这一套，而且已经伸出救援之手。可是出乎意料的事令我非常惊奇：没想到他一下子把捆着那个人的腰带给解开了，揪着他的领子，把帽子扯到他的眼睛上，打开屋门，猛地把他推出屋去。

"牵上你的马赶紧滚蛋吧!"望着他的背影大声吼道,"你给我小心点,下次我可绝不……"

他回到屋里,不知在屋角里折腾什么。

"喂,孤狼,"我最后夸赞地说,"你真叫我惊叹,没想到你还这么仗义,我看得出来,你真是个有情有义的大好人。"

"唉,甭夸了,老爷,"他非常懊丧地打断我的话说道,"只求您别说出去,就算开恩了。还是让我送您走吧,"接着又说道,"您可知道,这种牛毛细雨没个停,不必等了……"

院子里传来了那个庄稼汉的马车走动的响声。

"听,他走了,"他低声说道,"下次我可不会轻饶他……"

半个小时之后,他一直把我送出树林,然后分手道别。

1848

# 彼得·彼得罗维奇·卡拉塔耶夫

　　大约五六年前秋季里的一天，我在从莫斯科前往图拉的途中，由于租不到驿马，在驿站的屋子里差不多滞留了一整天。我这一次是打猎归来，因为粗心大意而考虑不周，便把自己的三匹马先打发回去了。驿站长是上了年纪之人，脸色阴沉沉的，头发散乱，都快要盖到鼻子上了，一双眼睛小小的，好像没睡醒似的。不论我如何诉苦，如何恳求，他都是半死不活地发着牢骚，气势汹汹地把门摔得砰啪直响，仿佛在诅咒自己这倒霉的差事。再不就是走到台阶上去骂手下的车夫出气，车夫们根本不管他这一套，依旧捧着沉重的马轭慢腾腾地在泥泞中磨蹭着，或者坐在板凳上哈欠连天地搔痒痒，把自己上司的咒骂和吼叫当作耳边风。我一遍又一遍地喝茶消遣打发时间，已经喝了三四次了，几次想睡觉，但是又总是睡不着，把墙上和窗子上的题词全都看过了，实在烦死人了。我正怀着冷漠而绝望的心情望着我的马车那竖起来的辕子，忽然传来一阵马铃声，便看到一辆套着三匹马的中型马车停到了台阶前，那三匹马已经累得汗水淋漓、精疲力竭了。来客跳下车来，大声地喊道："赶快换马！"然后走进了房间。就在他听过驿站长说"没有马"之后，脸上出现那种惊疑而失望的表情的时刻，我已经把这位新同伴从头到脚地打量了一遍，而且是怀着一个等得烦躁无奈而又充满极为好奇的心情观察的。来人看起来大约三十岁，由于生过天花，他的脸上留下了难以消除的痕迹，那张脸枯黄焦瘦，带有一种令人不快的铜色。满头青黑色的长发，脑袋后面的长发一卷一卷地吊到衣领上，两颊上部是神气活现的鬓发；一双小眼睛还带着肿眼泡，显得呆滞无神；上嘴唇稀稀疏疏胡髭向上翘着。他的穿着打扮像一个赶马市的形骸放浪而又横行无羁的地主；身上穿着一件沾满油垢的花上衣，脖子上吊着一条褪了色的雪青色绸领带，套着一件带铜纽扣的背心，下身穿着一条大喇叭口裤腿的灰色裤子，裤脚下刚刚露出脏兮兮的靴子尖儿。他身上散发着令人讨厌的烟味和酒气。在他那勉强露出袖子的又红又粗的指头上，戴着一个又一个的银戒指和图拉戒指。这样的人物在俄罗斯到处可见，成千上万，不足为奇。说句心里话，同这号人物结识和交往，简直毫无一点儿情趣可言。然而，尽管我对此人抱有成见，或不屑一顾，但却不能不注意他脸上所表现出的那种亲切和善而又真诚热烈的神情。

"看，这位先生已经在这儿等了一个多小时了。"驿站长指着我说道。

我心想："这个家伙在拿我开心呢——何止一个多小时了！"

"那或许，这位先生不那么着急吧。"新来的人说道。

"这我们可就不知道了。"驿站长阴阳怪气地答道。

"难道真的一点儿办法都没有？真的一匹马都弄不到？"

"毫无办法。一匹马也弄不到。"

"唉，那您吩咐一声，叫人给我烧茶炊吧。有什么办法呢，只好等了。"

此人在板凳上坐了下来，把帽子丢在桌子上，用手拢了拢头发。

"您喝过茶了吗？"他问我。

"喝过了。"

"请赏光，再陪我喝两杯怎么样？"

盛情难却，我只好同意了。那个又高又大的棕红色茶炊已经是第四次摆到桌子上了。我拿出来一瓶罗姆酒①。我把我这个同伴看成一个领地不多的贵族，果然不出所料，没有弄错。他的姓氏和名字叫彼得·彼得罗维奇·卡拉塔耶夫。

我们闲聊了起来。他来了还不到半个小时，就开始真诚坦率地向我说起他平生的经历了。

"我现在是到莫斯科去，"他在喝第四杯茶时，对我说，"现在，我在乡下已经没有什么事情可干了。"

"为什么没事情可干了呢？"

"实在是没事儿可干了。家业败落了，说老实话，庄稼人也都让我给搞破产了。年景不好，遇到灾荒，不仅歉收，还碰上了一桩又一桩的倒霉事儿……"他心灰意冷地向旁边望了一眼，接着说道，"说实在的，我算一个什么样的当家人！"

"到底儿为什么呀？"

"没用啊，"他打断我的话，说道，"哪有像我这号的当家人！"他把头转向一边，不停地吸着烟，接着说，"您看看我，或许以为我是一个……可是，说实在的，我只受过中等教育，财产又不多，请您见谅，我是个直爽的人，而且……"

他还没有把话说完，就摆了摆手，看样子不打算再说下去了。我便开始劝慰他，说他不该这么想，并告知他我很高兴与他相遇和聊天，等等。后来又向他指出，经管产业似乎并不需要很高深的教育。

"我有同感，"他回答道，"我赞成您的意见。不过总还是需要一种特殊的管理方法和权力！有的人随心所欲地欺压庄稼人，反倒无所谓！可是我……请问，您是从彼得堡来的还是从莫斯科来的？"

"我是从彼得堡来的。"

他从鼻孔里喷出了一股很长的烟雾。

"我是到莫斯科去找差事。"

"您打算找个什么样的差事呢？"

"我现在还不清楚，到了莫斯科再说吧。说心里话，我怕担任公职，因为一担任公职就身不由己了——就要负责任。我一直住在乡下，

---

① 罗姆酒，一种用甘蔗制的烈性酒。

您知道，已经住惯了……可是实在别无他法……太穷了！唉，真是穷得受不了啦。"

"这么说您以后就住在京城了。"

"住在京城里……唉，我也不知道，京城里有什么好的。那就住住看吧，也许，京城里很好……可是，我觉得没有什么比乡下再好的了。"

"莫非您在乡下就再也住不下去了吗？"

他长长地叹了一口气。

"不能住下去了。村子现在几乎不属于我了。"

"那是怎么搞的呢？"

"那儿有一个好心肠的人———一个邻居……掌管了……一张票据……"

可怜的彼得•彼得罗维奇抬起手来摸摸脸，想了一下，又摇了摇头。

"唉，还有什么好说的呢？"他稍微停顿了一小会儿，又接着说，"可是，说实在的，我怨不得别人，全怪我自己不好。我就爱瞎折腾！……见他妈的鬼，总是瞎折腾！……"

"您在乡下过得愉快吗？"我问他。

"先生，"他盯着我的眼睛，一板一眼地回答道，"我有十二对猎狗，说老实话，这样的猎狗可是不多见的。（他拖着长音说出最后一句话）逮起兔子来，十拿九稳。对付那些珍贵的兽类，更是厉害得很，像蛇一样的狠毒，毫不留情。再有我那些快马良驹，也是值得夸耀一番的。可叹的是，这都是从前的往事了，没有什么再可以夸口的。我也经常背着枪去打猎。我有一条叫康捷斯卡的猎犬，发现猎物时那种伺机待逮的姿势好看极了，它的嗅觉灵敏得很。有时我一边向沼泽地走去，一面吆喝一声："快追！"如果他不想去找，你就是带上一打狗去找，什么也甭想找到！如果它去找了，那就非要找到，否则死不罢休！……但是在家里又非常懂礼貌，很通人性。如果你用左手给它面包，并且说："犹太佬吃过的，"它就不吃。如果用右手拿给它，说道："这是小姐吃的，"它就叼过去吃了。我还有一条小狗，也好得很出奇，我本来打算把它带到莫斯科去，可是我的一位朋友把这条狗和一支猎枪一并要了去。他对我说：老兄，你到莫斯科去还要这些玩意儿干吗。老兄，你到了那里完全是另外一码事儿，用不着了。于是，我就把那条小狗和枪都送给了他。这样一来，不瞒您说，我就把所有其他的东西全都留在那儿了。"

"其实您到了莫斯科照样也可以打猎呀。"

"不打了，还打什么呀？也没有那个劲儿头了。以前不知道节制自己，现在只好忍受了。那么请您指教，在莫斯科生活开销怎么样，很大吗？是否很贵？"

"不，开销不太大。"

"不太大吗？请问莫斯科有茨冈人吗？"

"什么样的茨冈人？"

"就是在集市上东游西逛的那些人。"

"有的，在莫斯科……"

"哦，太好了。我很喜欢茨冈人，真见鬼了，我就是喜欢……"

彼得·彼得罗维奇的眼睛流露豪爽而欢快的神情。但是他忽然在板凳坐不安稳了，仿佛有什么心事似地转来转去的，接着就陷入沉思，并且把空杯向我递过来，说道：

"请把您的罗姆酒倒给我一些，好吗？"

"可是茶已经喝光了。"

"没关系，光喝酒就行，不用茶……唉！"

彼得·彼得罗维奇用两只手托住头，把胳膊撑在桌子上。我沉默不语地望着他，在等待着喝醉酒的人最爱发出的那种哀伤的叹息之声了，以至激动得流出来的眼泪。没料到，待我抬起头来看他时，他脸上却出现了一种非常难过的表情，使我大吃了一惊。

"您怎么了？"

"没什么……我突然想起了往事，一段不一般的风流韵事……很想说给您听一听，但是我有些难为情，不知是否合适……"

"哪儿的话，您怎能这么说呢！"

"啊，那就好，"他叹息了一声，说了下去，"世上往往有这样的新奇之事，……比如说，我也亲身经历过。如果您感兴趣的话，我就讲给您听一听。可是，我实在不知道……"

"那您就讲一讲吧，亲爱的彼得·彼得罗维奇。"

"这件事或许有点……啊，是这么回事……"他开始说起来，"但是，我实在不知道……"

"好了，不必说了，快讲吧，亲爱的彼得·彼得罗维奇。"

"好，那我就讲了。我经历了这样一件事儿。当时我住在乡下……忽然喜欢上了一个姑娘，啊，多好的一个姑娘啊……长得很漂亮，又聪明伶俐，而且心肠特别善良！她的名字叫马特廖娜。可是，她是一个平民百姓家的姑娘，您明白吗，她是个农奴，就是说一个奴仆。而且不是我家的，是别人家的，——糟就糟在这里。哦，我就爱上了她——真的，的确是一件新鲜事儿，——而且她也爱上了我。因此，马特廖娜就一再恳求我，请求我去找她的女主人为她赎身。而且我自己也在考虑这件事儿……但是，她的女主人可是个不好惹的老太婆，财大气粗又蛮不讲理，住在离我家大约十五六俄里的地方。我终于拿定了主意，有这么一天，我吩咐给我套上一辆三套马的马车——我的辕马是一匹溜蹄马，特种亚细亚马，因此把它叫做兰布尔道斯——我穿了一身考究的服装，坐上马车就去拜访马特廖娜的女主人。我到了那里一看：房子高大而气派，配有厢房，还有花园……马特廖娜在大路的拐弯处等我，本想和我说说知心话，但是只是吻了吻我的手，就匆忙地走开了。于是我走进了前室，问道：'主人在家吗？……'一个大高个子的仆人说：'请问尊姓大名，怎样通报？'我说：'伙计，你就通报说，地主卡拉塔耶夫求见，有事要跟主人谈一谈。'仆人进去了。我就在那儿等着，心里在琢磨：不会有什么问题吧？也许，这个鬼老太婆会敲竹杠——漫天要价，越有钱的人越贪心。说不定一开口就要五六百个卢布。那个仆人终于回来了，说道：'请进。'我跟着走进客厅。在安乐椅上坐着一个身材瘦小的、脸色发黄的老太婆，一双眼睛直眨巴。'您有何贵干？'起初，我认为我应该说几句'有缘结识，不胜荣幸'之类的话语。'您搞错了，我不是这里的女主人，我是她的亲戚。……您有何贵干呢？'我便对她说，我要和女主人谈点事儿……'马利娅·伊里尼奇娜今天不会客：她的身体欠佳……您究竟有何贵干？'我心想，没有办法，只好把我的事情对她说说吧。老太婆听我说完之后，便问：'马特廖娜，哪个马特廖娜？''马特廖娜·费多罗娃，就是库里克的女儿。''啊，是费多尔·库里克的女儿呀……那您是怎样认识她的呢？''偶然相识的。''她知道您的心意吗？''知道。'老太婆沉默了片刻，忽然说道：'这个贱货，看我怎样收拾她！……'说心里话，我听了非常吃惊。'这是为什么？何必难为她呢！……我心甘情愿为她赎身，您说个钱数吧。'这个老妖婆怪声怪气地咕噜起来，'您别把这个当法宝：我们可不稀罕您的钱！……瞧好吧，看我怎么整治她，我要……我要整整她的傻气。'老太婆发狠得直咳嗽。'怎么，她在我这儿还嫌不好吗？……哼，这个小妖精，上帝原谅我口上无德！'这一下子我可真发火了。'你为什么要狠心地整这个可怜的姑娘呢？她有什么过错？'老太婆在胸前画了个十字，恶狠狠地说：'哎呀，我的上帝，耶稣基督！难道我就不能处置我的奴仆了吗？''她又不是你的奴仆！''这是马利娅·伊里尼奇娜的事。先生，用不着您操心！我要叫马特廖娜看看我的厉害，叫她知道她是谁家的奴仆！'说实话，当时我差一点儿冲过去教训教训这个可恶老妖婆了，可是一想起马特廖娜，才强忍下这口恶气，把双手放了下来。而且心里又焦急又胆怯起来，焦急和胆怯得无法形容。实在无奈，只得央求起这个老妖婆：'随您的便，要多少钱都可以。''您要她干什么呀？''我喜欢她，老妈妈，请您发发慈悲，为我想一想吧……请允许我吻吻您的手。'我真的吻了这个老妖怪的手！老妖婆说道：'那好吧，就让我去和马利娅·伊里尼奇娜说说，看她怎样吩咐了。您过两三天再来听消息吧。'我惶惑不安地告辞回家了。我逐渐感觉到：这件事办得太鲁莽了，不应该让她们知道我对马特廖娜的痴情，这样反而会害了她，等到我后悔已经来不及了，真是悔之晚矣！焦急地挨过两三天之后，我又到马特廖娜女主人那里去了。仆人把我领进了书房。屋里养了许多鲜花，陈设极为奢华，女主人坐在一把特别讲究的安乐椅上，把头靠在一个软垫上。上次见到的那个老妖婆也坐那儿，身旁侍立着一位身穿绿色连衣裙的姑娘，一头淡黄色的秀发，嘴巴有点歪斜，大概是女主人的贴身侍女。女主人用很重的鼻音说道：'请坐。'我便坐了下来。她就询问起我来：年龄几何，在哪里供职，到她家来有何事。说话时的样子很傲慢、神气活现的。我只好一一作答。这个老太婆从桌子上拿起一块手帕来，在自己面前挥动着，然后指着自己说：'卡捷琳娜·卡尔波芙娜已经把您的意思向我转告过了，报告过了。'接着说，'可是我立过一条家规：不放任何一个仆人去伺候别人。这种事有失体面，不合体统，而且对大户人家是很不相宜的，因为这种事有伤风化。这件事我已经处置好了，您就无须费心劳神了。''算了吧，说什么费心劳神，……您是不是很需要马特廖娜·费多罗娃呢？''不，'她说道，'我不需要她。''那您为什么又不肯把她让给我呢？''因为我不愿意。不愿意就是不愿意，有什么好说的，我已经处置过了：把她打发到草原村庄里去了。'我一听，好似沉雷击顶一样。老太婆用法语和那个穿绿衣服的姑娘嘀咕了两句话，那个姑娘便走了出去。老太婆又说：'我是一个循规蹈矩之人，而且身体柔弱，经不起烦扰。您还年轻力壮，我已经是一个风烛残年之人了，所以我有资格对您良言规劝。您最好还是找个差事做，娶妻生子，成家立业，应该找一个门当户对的。有钱的未婚女子不多，但是小家碧玉，品德贤淑的姑娘还是不难找到的。'我望着这个老太婆，完全没弄清楚她在胡诌瞎扯些什么，只听到她在说成家立业，我的耳朵里一直萦绕着'草原村庄'这几个字儿。还成家立业呢！……见她的鬼去吧……"

卡拉塔耶夫说到这儿突然不说了，停了一会儿，看了看我，问道：

"您结婚了吗？"

"没有。"

"哦，当然，这是可想而知的。我忍不住了，就说道：'老妈妈，您胡扯些什么呀？现在还说什么结婚呀？我只想问问您，您肯不肯把马特廖娜姑娘让给我？'老太婆叹息了一声，说道，'哎呀，你真是太烦人了！哎呀，叫他快走吧！哎呀！快走……'她那个亲戚跑到她的身边，冲着我大声申斥起来。可是那个老太婆仍然在唉声叹气地哼哼唧唧：'我怎么这么倒霉呀？……如此看来，我在家里都做不了主啦？哎呀，哎呀呀！'我抓起了帽子，像发了疯一般跑了出来。"

"或许，"卡拉塔耶夫又继续说道，"您会责备我，干吗要如此热烈地爱上一个出身下层的姑娘。我也不想为自己辩白……反正已经是这么一回事了！您相信吗，我不论白天黑夜都被搞得心神不宁……我真的非常痛苦！我想，我为什么要害这个不幸的姑娘！我一想起来，她穿着粗布衣衫去放鹅，想到她在主人威逼之下遭受凌辱，忍受着穿

涂柏油靴子的鲁莽庄稼汉出身的村长的辱骂和折磨，就焦急得浑身直
冒冷汗。我实在忍受不住了，打听到她被发配的那个村子，终于不顾
一切地骑上马闯到那儿去。一路上心急如焚，到了第二天傍晚才赶到
那儿。他们显然想不到我会做出这样的惊人之举，所以根本就没有下
令采取什么防范措施。我佯装是个乡邻，直接找到村长家里。我走进
院子一看：马特廖娜正巧在那儿，她坐在台阶上，用手托着头。一看
到我，她本来想叫喊，我赶紧打个手势叫她不要出声，并且往后院那
边的田野一指，示意给她。我走进屋去，和村长闲扯了几句，胡编了
一套瞎话把他蒙住了。然后就找了个机会走出来去找马特廖娜。这个
可怜的姑娘又惊又喜，一下子搂住了我的脖子。我的心上人马特廖娜
瘦多了，脸色也很苍白。于是，我就对她说：'不要紧，马特廖娜，
不要紧，快别哭。'然而，我自己也泪流满面……后来我自己也觉得
有些难为情了，就对她说道：'马特廖娜，光哭是没用的，眼泪是冲
不走痛苦的。我们必须采取坚决的行动：你要跟着我一起逃跑，非这
么干不可。'马特廖娜一下子惊呆了……'那怎么能行啊！那我就完
了，他们非得要我的命不可！''你真傻，谁能找到你呢？''他们准能
找得到，准能找得到。谢谢你的一片苦心，彼得·彼得罗维奇，我今
生今世也忘不了你的恩德和情义，你还是丢下我别管了，看来，我是
命该如此，只有认命了！''哎，马特廖娜，'马特廖娜很刚烈坚强
……她有一颗高尚的心灵，金子一般的心灵！'你留在这儿不会得到
好的出路的！反正没日子过的，逃跑也许能跳出火坑！比如说，村长
的拳头你还没挨够吗？啊？'马特廖娜的脸唰地一下子红了，嘴唇也
直颤抖，'但是，我家里的人都会因为我而活不成了。''怎么，他们
会把你家里的人……都流放吗？''他们会这么干的。准会把我哥哥流
放。''那你的父亲呢？''啊，不会把他流放，因为此地只有他这么一
个顶呱呱的裁缝。''那就好了。你哥哥即使遭到流放，也不会就完
了。'您信不信，我费了好多口舌才说服了她。但是她又想起来，说
这件事将来会给我招来麻烦，……我劝她说：'你就不要想这么多了，
不必多管了……'我终于还是把她带走了……但不是这一次，而是另
外一次：在一天夜里，我坐着马车来到这儿，就想办法把她带走了。"
　　"您还是把她带走了？"

"带走了……真的，我就让她住在我的家里。我的房子不那么大，仆人也没几个。但是，我坦白地告诉您，我的仆人个个对我都很尊敬，个个都很忠实可靠。不管别人出多少钱或者要弄什么样的阴谋诡计，他们都不会出卖我。我就无忧无虑地逍遥度日。可爱的马特廖娜经过一番的休息和调养之后，身体也健康复原了。我们俩如胶似漆地相爱，更加难分难舍了……她真是一个千载难逢的好姑娘啊！她还多才多艺！不知是怎么学来的，不仅能歌善舞，还会弹六弦琴……我不让左邻右舍的人看到她，怕人多嘴杂走漏了风声！可是我有一个好朋友，可以说是莫逆之交，名叫戈尔诺斯塔耶夫·潘捷列伊，您是否认识他？他非常敬慕马特廖娜，就像对待贵夫人一般地吻她的手。我告诉您，戈尔诺斯塔耶夫可是和我不一样，人家是个学识渊博的人，普希金的著作他全都看过。有时他同马特廖娜和我一起聊天，我们都听得着迷，出神。他还教会了马特廖娜写字，他这个人真怪！我尽量地把她打扮得漂漂亮亮的——穿戴起来简直比一个省长太太还讲究。我给她订做了一件毛皮镶边儿的大红色丝绒外套……她穿在身上又合体又神气！这件外套是莫斯科一家时装店的女店主亲手制作的，样式是最时髦的，还带褶襞的。但是这个马特廖娜真怪！她有时坐在那儿沉思起来想心事，一连几个钟头不声不响，眼睛盯着地板，连眉毛都不动一动。于是我也坐在那儿，目不转睛地看着她，而且真是百看不厌，怎么看都看不够，仿佛是第一次才看到她一样。……她嫣然一笑，我们不由自主地欢跃起来，就好似有人在给我挠痒痒。有时她又突然朗声大笑，跳起舞来，说说笑笑地玩起来。那么热情地拥抱我，抱得紧紧的，真是把我弄得神魂颠倒，如醉如痴了。我经常一天到晚地冥思苦想：我该如何使她更快活，更开心呢？信不信由您，我每次送给她心爱的礼物，只是为了看看我这个心肝宝贝儿开心，快乐，甚至欢天喜地得脸蛋都通红的，看着她试穿给她买的新装的高兴劲儿，看着她穿上新装又是如何兴高采烈地来拥抱我，来吻我，我真是开心极了。不知怎样打听到的，她父亲库里克得知她在我这儿，老头儿便跑来看我们，而且哭得好厉害呀！……但是那是因为高兴才哭的。您以为如何？我们尽量地安慰他、感谢他，还给了他一些钱。我的亲爱的马特廖娜后来还亲自把一张五卢布的钞票放到他的手里，老人竟然扑通一声跪倒在

121

地给她磕了一个头——您说这个老头儿奇怪不奇怪！我们俩就像度蜜月一样地在一起过了将近半年的时间。我多么希望能今生今世都跟她在一起啊，可叹好景不长，我的命运偏偏跟我作对！"

彼得·彼得罗维奇说到这儿又不说了，而且显得十分难过的样子。

"究竟出了什么事儿呀？"我满怀同情而又关切地问道。

他气急败坏而又无可奈何地摆了摆手，说道：

"全完了，全都怪我，是我把她害了。我的马特廖娜非常喜欢乘雪橇出去兜风和游玩，而且常常是自己亲自驾雪橇。她一高兴，便像心血来潮一般地穿上外套，戴上托尔若克式的绣花手套，驾上雪橇就飞走了，而且一路之上兴高采烈地唱着、喊着。我们俩总是傍晚或夜间才出去，您知道，这是为了避免碰到什么人。有一次，我们选了一个非常好的日子，天气严寒凛冽，晴朗无云，又没有风……我们便驾着雪橇出发了。马特廖娜拿着缰绳驾驭。我就一声不响地看着，看她要把雪橇赶到什么地方去。我心里琢磨，莫非她要到库库耶夫村去，也就是说要到她的女主人的村子里去？果然不出我的所料，她真是要到库库耶夫村去。我吓了一大跳，赶紧对她说道：'你疯了，傻丫头，你要到哪里去？'她转过头来看了看我，笑着说：'让我去冒一次险吧。'我心想：'好，就闯他一次，豁出去了！……'从女主人的宅院旁边跑去。我的溜蹄辕马一直跑得很平稳，两匹拉套的马，告诉您，完全像旋风一样飞驰着……过一小会儿，就看到了库库耶夫的礼拜堂了。这时，忽然看到一辆老式的绿色轿车沿着大路慢腾腾地驶过来，一名仆人站在车后的脚镫上……啊，正是女主人，正是女主人坐的车！我真的吓了一跳，有些胆怯了，谁知我的马特廖娜拿着缰绳猛抽几下马背，我们的雪橇就像离弦的箭一样朝着轿车冲了过去！那辆轿车的车夫看到一挂雪橇迎面飞奔而来，一下子慌了手脚，本想躲开，但是转得太急了，轿车猛然间翻倒在雪堆里。轿车车窗也摔碎了，女主人没命地吼叫起来：'唉哟，唉哟，唉哟！唉哟哟，唉哟哟，唉哟哟！'那个女侍伴失声地尖叫：'停车！停车！'于是，我们便乘机溜之大吉。我们一边飞驰着，我心里一边想：'糟了！我实在不应该让马特廖娜到库库耶夫村来。'您猜怎么样？那个老妖婆竟然认出了马特廖娜，也认出了我。这个老妖婆就控制了我，她说：她的逃亡的女仆藏在了贵族卡拉塔耶夫家里，而且还送了一大笔金钱贿赂，买通关系。没过几天，县警察局局长来找我了。警察局长斯捷潘·谢尔盖伊奇·库佐夫金是我的一个熟人，表面上看起来是个好人，也就是说，实际上是个坏种。他一来就如此这般地说了一大堆，说彼得·彼得罗维奇，你怎么能干出这种事情啊？……这件事非同小可，是很严重的事情，法律对此种事情是有明文规定的。我就对他说："是的……关于这件事，我们是要仔细谈一谈的，不过，您一路上风尘仆仆的，太辛苦了，是不是先吃点东西再说呢？'他同意了先吃点儿东西，但是他却说："吃是吃，这件事还是要公事公办的，彼得·彼得罗维奇，你自己好好斟酌斟酌吧。'我赶紧答道："那是自然，应该公事公办。那是自然，……不过，我听说，您有一匹铁青色小马，想不想来换我那匹兰布尔道斯名马呢？……至于说那个姑娘马特廖娜·费多罗娃，根本就不在我这里。''嗯，'他说，'彼得·彼得罗维奇，那个姑娘确实是在您这里，你可要清楚，我们又不是住在瑞士……至于要用我的马换兰布尔道斯倒是可以。或者，我就先把兰布尔道斯带走也可以。'这家伙是个老滑头，这一次我费了好大劲儿总算把他应付过去了。但是，那个老妖婆死活不答应，比上一次闹得更凶了：她声称，就是花上一万卢布也在所不惜，非要讨个公道。您猜一猜，这个老妖婆才奇怪呢！第一次看到我，顿时就异想天开，非要我娶她身边那个穿绿色连衣裙的女侍伴，——此事我后来才知道，因此这个老妖精才那么生气。唉，这些太太真是什么鬼主意都想得出来！……大概是闲得太无聊了吧。我的情况可是越来越糟：我不惜倾家荡产也要干到底，决不把马特廖娜交出去，而且把她藏了起来。……可是这也不是长久之计啊！他们老是死死地缠着我，就像兔子被猎狗追踪一样。为此我整天不得安宁，不仅负债累累，而且身体也被拖得日渐衰弱不堪。……有一天夜里，我正在床上辗转反侧，一直在想："天哪！我干吗要受这份罪呢？既然我不想抛弃和背叛马特廖娜，那我究竟应该怎么办呢？……唉，不能，决不能！'此时，马特廖娜跑进我的房间。那时我已经把她藏到一个农庄里，离我家两俄里远。她一进来，使我大吃一惊，我便焦急地问道："怎么回事，是不是你在那儿被他们发现了？''没有，彼得·彼得罗维奇，'她说，'在布勃诺沃村没有任何人来打扰我。不过，这件事能这样长久的拖下去吗？我的心乱极了，痛苦极了，彼得·彼得罗维奇。我很心疼你，我的亲爱的。我今生今世也忘不了你对我的恩德，忘不了你对我的深情厚爱，但是，不能这样拖下去了，会把你拖垮的，会把你拖累死的，彼得·彼得罗维奇，我实在太不忍心了，我是来和你告别的。''你怎么了，怎么了？你发疯了吧？什么告别，告别什么呀！''是这样的，我想好了……我要去自首！''你疯了，你这个傻丫头！胡说些什么呀！那我就把你锁到阁楼里。……你是不是想毁了我？是不是想要我的命？你说呀！'这个傻姑娘不吭声了，眼睛呆呆地望着地板。'喂，你说话呀，说呀！''我不想再拖累你了，已经够你受的了，彼得·彼得罗维奇！'唉，看样子，她已经铁了心，已经没办法再说服她了……'可是你知道吗，傻丫头，你这是自己往火坑里跳哇！……你疯了……你知道吗，是跳火坑……你真……疯了……'"

彼得·彼得罗维奇非常伤心地呜咽起来。

"您猜怎么样？"他用拳头往桌子上猛地砸了一下，接着说了下去，同时紧皱着双眉，可是眼泪还是从他那灼人的面颊上像小河一样地奔流下来，"马特廖娜这个傻姑娘真的去自首了，真的去自首……'

"马准备好了！"驿站长走进房间，郑重其事地通知道。

我们两个人都一起应声站了起来。

"马特廖娜后来怎么样啊？"

卡拉塔耶夫只是摆摆手，没有作答。


自从我与卡拉塔耶夫那次邂逅相逢之后，过了一年，我因偶然机会再次来到了莫斯科。有一天在午餐之前，我来到了猎人市场后面的一家咖啡厅——这是莫斯科一家有特殊风味的咖啡厅。在台球室里，在烟雾弥漫之中，隐隐约约地可以看到一张张通红通红的面孔，一撮撮小胡子、蓬松散乱的头发，一件件老式的匈牙利外衣和最时髦的斯拉夫外衣，几个穿着朴素常礼服的瘦削的老头在那儿看俄罗斯报纸。侍仆们端着茶盘，脚步轻快地在绿色地毯上走着，来来往往不停地穿梭着。商人们都怀着忐忑不安的心情喝着茶，显得既紧张又难受。忽然从台球室里走出来一个人，头发有些散乱，脚步也有些踉跄和不稳。他把两只手插在裤兜里，垂着头，不动声色而又茫然地环顾了一下四周。

"哎呀，哎呀，哎呀呀！彼得·彼得罗维奇！……您近来可好！"

彼得·彼得罗维奇出乎意料的高兴，差一点扑上来搂我的脖子。他拉住了我，微微地摇晃着身子，把我拉进了一个小单间。

"就在这儿吧，"他说道，亲亲热热地拉着我坐到一把安乐椅上，"您坐在这儿会舒适一些。茶房，拿啤酒来！不，拿香槟来！哎呀，真是实在想不到，实在想不到……来了很久了吗？准备住多久？这真是有缘千里来相会，天缘巧合啊……"

"是的，您该记得……"

"怎么会不记得，怎么会不记得，"他打断我的话抢着说，"是过去的事儿……过去的事了……"

"啊，那您如今在此做些什么事情呢？亲爱的彼得·彼得罗维奇。"

"这不是，就是这样混日子呢，在这里日子很好混，这里的人都殷勤好客。我在这儿过得很安宁。"

他长出了一口气，抬起眼睛望着天花板。

"您担任什么公职呢？"

"不，没担任公职，可是我打算过段时间就去任职。不过去当差又有什么意思呢？……广交朋友才是最重要的。我在这儿结识了许多好人啊！……"

一个童仆用一个托盘端着一瓶香槟酒走了进来。

"看，这也是一个好人……是不是，瓦夏，你是好人吧？为你的健康干杯！"

那个童仆站了一会儿，很有礼貌地摇了摇头，笑了笑，就走出去了。

"的确，这里的人都很好，"彼得·彼得罗维奇接着又说，"都有人情味，都有美好的心灵……您想不想结识结识？都是一些很出色的朋友……他们也都会很高兴地与您结识的。我告诉您……鲍布罗夫去世了，真叫人伤心。"

"是哪一个鲍布罗夫？"

"就是那个谢尔盖·鲍布罗夫。他可是个大好人，他曾经关照过我这个没有知识的乡下人。戈尔诺斯塔耶夫·潘捷列伊也离开了人世。
都死了，一个个都死了！"

"您一直都待在莫斯科吗？没有回到您的村子去看看吗？"

"回到村子去看看……我的村子已经被卖掉了。"

"卖掉了！"

"是拍卖的……可惜您没买！"

"那么以后您靠什么度日呢，彼得·彼得罗维奇？"

"我不会饿死的，靠上帝保佑！我没钱不要紧，朋友们会有钱的。
钱算什么？钱只不过是粪土！黄金也是粪土！"

他眯起眼睛，把手伸进衣兜，摸索了一会儿，掏出两枚十五戈比
和一枚十戈比的硬币，放在手掌上给我看。

"这是什么？是粪土！（把钱扔到地板上。）唉，您最好还是告诉
我，您看过波列扎耶夫的诗吗？"

"看过。"

"看到过莫恰洛夫①扮演的哈姆莱特吗？"

"我没看到过，没看到过……（卡拉塔耶夫的脸顿时煞白，眼睛
也惶惑不安地来回直转。他把脸扭过去，嘴唇轻轻地颤抖了一下。）
啊，莫恰洛夫，莫恰洛夫！'死了——睡着了。'"他用低沉沉的声音
说道。

> 不能再忍受了；假如一梦可以解千愁，
> 消除心灵的创痛，血肉之躯所遭受的磨难，
> 从此可以跳出人生的苦海，那才是
> 求之不得的归宿。死去吧——在梦中长眠……②

"睡着了，睡着了！"彼得·彼得罗维奇喃喃自语地重复了几遍。

"请问，"我正想问他，但是他又慷慨激昂地念了下去：

---

① 莫恰洛夫（1800—1848），俄国当时著名的悲剧演员。

② 见莎士比亚的悲剧《哈姆莱特》第三幕第一场。诗句系译者根据俄文转
译，以下诗句均译自俄文。

有哪个人甘愿忍受尘世的鞭刑和嘲弄，
受权势者的欺压，对傲慢者俯首听命，
忍受爱情被践踏的痛苦，法律的推搪，
官吏的残暴，忍气吞声还要受小人的欺凌，
只要他敢于举起锋利的匕首引颈自刎，
就可以了却这苦不堪言的残生？……
啊，女神哪，在你祈祷的时候，
千万不要忘记替我忏悔我的罪行。①

于是，他把头无力地低垂到桌子上。他开始结结巴巴地胡乱说起来。

"再过一个月！"他重新又打起精神来念道：

就这么短短的一个月之前，
她哭得死去活来，像个泪人一样，
就连给我那可怜的父亲送葬时，
穿的那双鞋子依然还闪光发亮，
啊，上帝呀！就是一只没有理性的牲畜，
也不会如此之快就忘记了哀伤……②

他把那杯香槟酒举到了唇边，但是却没有喝，又继续念道：

为了赫古芭？只为赫古芭？
那么赫古芭和他有什么相干？
或者他与赫古芭又有什么关系？
他却要为赫古芭哭地嚎天？……
可是我，整天只知道垂头丧气，
活像个愁眉苦脸傻瓜和笨蛋……

---

① 见《哈姆莱特》第一幕第二场。
② 见《哈姆莱特》第二幕第二场。

> 我是一个懦夫吗？谁骂我是恶棍？
> 谁曾当面斥责过我说谎欺骗？……
> 妈的！我活该挨骂，自作自受，
> 因为我是个胆小如鼠的无能之辈，
> 是一个只知逆来顺受的蠢货、笨蛋……①

卡拉塔耶夫的酒杯从手中掉到地上，他拼命地揪扯自己的头发。我仿佛已经看透了他的心思。

"唉，算了，"他最后说道，"何必旧事重提呢……不是吗？（他不自然地笑起来。）来，为您的健康干杯！"

"您打算在莫斯科长住下去吗？"我问他。

"我要死在莫斯科！"

"卡拉塔耶夫！"隔壁房间有人在叫他，"卡拉塔耶夫，你在哪儿？快到我这儿来，亲爱的人啊！"

"有人在喊我呢，"他说着，很费劲儿地站了起来，"再见吧！如果有空儿，请到我那儿去聊聊，我住在×××。"

但是因为意外情况，我第二天必须离开莫斯科，就没有再和彼得·彼得罗维奇·卡拉塔耶夫会面。

1847

---

① 见《哈姆莱特》第二幕第二场。

辑二　散文诗

**致读者**

  我亲爱的读者，请你千万不要憋足劲一口气读完这些散文诗：也许，你会感到枯燥乏味——接着，书就从你的手中掉落。你倒是可以随意分开来读：今天读这一篇，明天读另一篇——兴许其中的某一篇会唤起你心灵的共鸣。

# 乡村

六月的最后一天；漫漫一千俄里之内，都是俄罗斯大地——我的故乡。

茫茫长空匀净地碧悠悠；只有一片白云——仿佛是在轻轻飘浮，又似乎是在袅袅融散。微风敛迹，天气暖洋洋的……空气——就像刚刚挤出、还冒着丝丝热气的牛奶一样新鲜！

云雀在悠扬地歌唱；大嗉囊鸽子在咕咕叫唤；燕子在静悄悄地飞来掠去；马儿在喷着响鼻，不停地嚼着草；狗儿一声不吠地站在那里，温顺地轻摇着尾巴。

空气中弥漫着烟火味和青草味——其中还夹杂着一丝焦油味，一丝皮革味。大麻地里的大麻枝繁叶茂，郁郁青青，散发出一阵阵香烘烘、醉陶陶的气味。

一条坡度平缓的深深峡谷。两边的坡上长着几排爆竹柳，一棵棵树冠似盖，枝叶婆娑，下面的树干却都已龟裂了。一条小溪从谷底潺潺流过；波光粼粼，似乎可见水底的小石子在微微颤动。远处，天地合一的地方，一条大河就像连接天地的一道蓝莹莹的花边。

沿着峡谷——一面坡上是一个个整洁的小粮仓和一间间双门紧闭的小库房；另一面则是五六家木板铺顶的松木农舍。每一家的屋顶上都高高竖着一根挂着椋鸟笼的竿子；每一家的小门廊上都钉着一匹鬃毛直竖的小铁马。凹凸不平的窗玻璃闪射出霓虹的七彩。护窗板上信

131

手涂画着一个个插满鲜花的带把高水罐。每一间农舍前都端端正正地摆着一条完好无损的小长凳；一只猫像线团那样蜷缩在墙根附近的土台上，警觉地竖起透明的耳朵在细听；高高的门槛里面，每一个穿堂都暗幽幽、凉丝丝的。

我铺开一件披衣，躺在峡谷边沿；四周到处是整堆整堆刚刚割下的干草，清香扑鼻，让人心醉神迷。聪明的主人们把干草摊开在自己屋前：让它在太阳地里再晒干一点，然后收进草棚里！睡在这干草堆上，那真是美滋滋的！

孩子们那头发卷曲的小脑袋，从每一个干草堆里纷纷钻出来；羽毛蓬松的母鸡在干草里翻寻小蚊蚋和小昆虫；一只白嘴唇的小狗崽在乱蓬蓬的草堆里翻来滚去地自在嬉耍。

几个长着亚麻色头发的小伙子，穿着干干净净、下摆上低低束着腰带的衬衣，蹬着笨重的镶边皮靴，胸脯靠在一辆卸了马的大车上，在伶牙俐齿地相互取笑。

一个脸庞圆圆的少妇，从窗口探出头来张望；她笑盈盈的，不知是小伙子们的说笑让她忍俊不禁，还是乱草堆里孩子们的嬉闹使她笑逐颜开。

另一个少妇正用一双健壮有力的手，从井里提上来一只湿淋淋的大水桶……水桶在绳子上轻轻颤动、微微摇晃，溢下一长串火红色的闪亮水珠。

一个年老的主妇站在我面前，她身穿一件崭新的家织方格呢裙子，脚蹬一双新崭崭的厚靴子。

空心大珠子串成的一条项链，在她那黑黝黝、瘦筋筋的脖子上绕了三圈；斑斑白发上系着一条带红点的黄头巾；头巾一直奅拉到她那双黯淡失神的眼睛上。

然而，老人的眼睛却和蔼殷勤地微笑着；皱纹密布的脸上也堆满了笑容。嗨，这老人也许有七十岁了吧……不过，就是现在也依然看得出来：她当年是一个美人儿！

她把那被太阳晒得黝黑的右手五指大大张开，托着一罐直接从地窖里取出来的、未脱脂的冷牛奶；罐壁上凝着一层珍珠似的小小水珠。老人家把左手掌心里那一大块余温犹存的面包递给我，说："吃吧，随便吃点儿呀，过路的客人！"

一只公鸡突然咯咯地大叫起来，还起劲地不停扑扇着翅膀；作为回应，一头关在栏里的小牛犊慢慢悠悠地拖长调子"哞"了一声。

"啊，这燕麦长得多好呀！"我那马车夫的声音传了过来。

哦，自由自在的俄罗斯乡村生活，是多么富庶、安宁、丰饶啊！哦，它是多么的宁静和美满！

我不禁想到：皇城①圣索菲亚大教堂圆顶上的十字架，还有我们城里人费尽心血所追求的一切，在这里又算得了什么呢？

1878 年 2 月

---

① 指君士坦丁堡，是东罗马帝国（又名拜占庭帝国）的首都，即今土耳其的伊斯坦布尔。城内圣索菲亚大教堂原为拜占庭帝国东正教的宫廷教堂，1453 年被土耳其人占领后改为伊斯兰教清真寺。此处指 1878 年的俄土战争，当年 1 月，俄军占领阿德里安堡后又准备进军君士坦丁堡。

# 对话

无论是少女峰还是黑鹰峰，
都还没有印上人类的足迹①。

阿尔卑斯山的群峰……连绵起伏的重峦叠嶂……崇山峻岭的最中心。

---

① 少女峰和黑鹰峰是瑞士阿尔卑斯山的两个著名高峰。少女峰海拔4158米，在瑞士南部伯尔尼州和瓦莱州交界处，如白衣少女亭亭玉立于云雾中，故名。黑鹰峰海拔4274米，是阿尔卑斯山的最高峰，山上有冰川。关于这句题词的来源，有三种说法。一说源于拜伦的著名诗剧《曼弗雷德》，第一幕第一场写到黑鹰峰，称它为"群山之王"，"坐在岩石的宝座上，穿着云袍，戴一顶白雪的王冠"；第一幕第二场、第二幕第三场的故事都发生在少女峰上，并提到"在凡人的脚从来没有践踏过的白雪上"。一说源于俄国著名作家和历史学家尼古拉·卡拉姆津（1766—1826）的《俄国旅行家书简》，在1789年8月29日的书简里这样写道："银亮的月光照耀在少女峰的峰顶，它是阿尔卑斯山的最高峰之一，千百年来都是雪盖冰封。两座白雪皑皑的山峰，就像少女的乳房，这是它的王冠。任何凡人的东西都不曾触及过它们；就连风暴也无法搅扰它的宁静；只有明媚的阳光和柔丽的月光亲吻着它们温柔的圆顶；永恒的静谧笼罩着它们的四周——这里是凡俗之人的止境。"一说还受到俄国诗人莱蒙托夫的诗《争辩》、法国作家塞南古的小说《奥贝曼》、缪塞的诗《致少女峰》、意大利作家莱奥帕尔迪的对话体散文《赫拉克勒斯与阿特拉斯》《宅神与守护神》等的影响。

绵绵群山上面，是蓝云云、亮晶晶、静凝凝的天空。凉风刺骨，酷寒难耐；硬邦邦的积雪闪闪发光；冰封雪盖、狂风劲吹的峭崖上，一块块险峻威严的巨石破冰而出，直插云霄。

两座极天际地的大山，两位摩天巨人，巍然耸立在天宇的两旁：少女峰和黑鹰峰。

少女峰对邻居说：

"你能讲点什么新闻吗？你看得比我清楚些。你那下边有些什么？"

几千年过去了——俯仰之间。黑鹰峰用雷鸣般的隆隆声回答：
"绵绵不断的浓云遮住了大地……你等一会儿吧！"

又是几千年过去了——俯仰之间。
"唔，现在呢？"少女峰问。
"现在，我看见了。下面那儿一切依旧：五光十色，支离破碎。海水是碧溶溶的，森林是黑郁郁的，密簇簇的石堆是灰扑扑的。石堆附近，依旧有许多小虫子在蠕动不休，你知道，这就是那些两足动物，无论是你，还是我，他们都还没有一次能亵渎咱们的身体呢。"

"那是人吗？"
"对，是人。"

几千年过去了——俯仰之间。
"唔，那么现在呢？"少女峰问道。
"小虫子看上去似乎少了一些，"黑鹰峰用雷鸣般的隆隆声回答，"下面现在看起来清晰多了，水面变得窄溜溜的，森林也变得稀疏疏的。"

又是几千年过去了——俯仰之间。
"你看见什么了？"少女峰说。
"我们旁边，紧靠我们跟前，似乎干净、明亮多了，"黑鹰峰回答，"哦，可是在那边，远远的山谷里还有一些斑斑点点，还有什么东西在爬来爬去。"

"那么，现在呢？"少女峰问道，又过了几千年——俯仰之间。

"现在好了，"黑鹰峰回答，"到处都清清爽爽，无论你往哪里看，全都是白茫茫的一片……到处都是我们的雪，万古不变的冰天雪地。一切都凝固了。现在好了，安安静静了。"

"好啊，"少女峰轻声说，"不过，我们俩也唠叨够了，老头儿。现在也该打个盹儿了。"

"是打盹的时候了。"

两座极天际地的大山睡着了；亮悠悠、绿汪汪的天空，在永远沉寂的大地上空，也睡着了。

1878 年 2 月

# 老太婆

我行走在广阔的田野里，形单影只。

突然，我似乎感到背后有小心翼翼、蹑手蹑脚的脚步声……有人在跟踪我。

我回头一望——看见一个矮小、驼背的老太婆，全身裹在一件破烂不堪的灰衣衫里。只有她的一张脸从破衣烂衫中显露出来：黄蜡蜡的面孔皱纹密布，鼻子尖尖的，满嘴的牙齿都脱光了。

我走到她身边……她停住脚步。

"你是谁？你需要些什么？你是要饭的吗？你在等人施舍吗？"

老太婆没有回答。我低下头细看她，只见她的一双眼睛蒙着一层白微微的云翳，或是像某些鸟类眼睛里特有的那种薄膜：它们就是用它来保护自己的眼睛，抵挡太强光线的照射。

不过，老太婆眼里的这层薄膜却是固定不动的，它把眼珠遮得严严实实的……因此，我断定，她是个瞎子。

"你是想要施舍吗？"我又问了一次，"你为什么跟着我呢？"可是老太婆仍旧不答话，只是稍稍蜷缩了一下身子。

我转身离开她，继续走自己的路。

于是，我又听到背后传来那种蹑手蹑脚、不紧不慢、仿佛偷偷摸摸的脚步声。

"又是这个女人！"我心想，"她为何缠着我不放呢？"但我马上又想到："也许，她是因为双目失明而迷了路，这时听到我的脚步声，就跟在身后走，以便跟我一起走出这地方，到有人家的地方去。对啊，对啊；就是这么回事。"

然而，一种怪异的不安渐渐左右了我的思绪：我开始感到，这个老太婆不只是跟在我身后走，而且还在控制着我的方向，她把我时而往左推，时而向右送，而我身不由己地任凭她摆布。

然而，我还是继续往前走……可是突然间，就在我前方的路上，冒出了一个黑洞洞、宽绰绰的东西……似乎是个什么坑……"坟墓！"我脑子里电光一闪，"原来她是要把我往这里推啊！"

我陡然向后转过身子……老太婆又站在我面前……只是她居然看得见了！她用一双圆睁睁、恶狠狠、阴森森的大眼睛瞪着我……一双兀鹫的眼睛……我凑过去细看她的面孔，她的眼睛……又是那层黯淡无光的薄膜，又是那张双目失明、神情呆滞的脸庞……

"啊呀！"我思量着……"这个老太婆——就是我的命运呀。这是人无法逃脱的命运啊！"

"无法逃脱！无法逃脱！这不是太荒唐了吗？……应该试它一试。"于是，我拔腿奔向一旁，朝另一个方向飞跑。

我大步流星地往前走……然而，轻轻巧巧的脚步声一如既往地在我身后沙沙地响着，很近，很近……于是，在前方又出现了那个黑洞洞的坑。

我又转身跑向另一个方向……可是身后又响起了同样的沙沙声，前面又出现了那个让人毛骨悚然的同样的黑窟窿。

我像一只被追捕的兔子没命地东奔西突，但无论跑向哪里……结果都是一样，完全一样！

"停一下！"我沉思着，"让我来骗一骗她。我任何地方都不去了！"于是我猛地一屁股坐到地上。

老太婆站在我后面，离我两步远。我听不见她的声音，但我感觉到她就在那里。

突然，我看见：远处那个黑洞洞的窟窿竟然飘浮起来，正主动向我飞爬过来。

上帝啊！我回头一看……老太婆正直逼逼地盯着我——并且歪着

牙齿脱尽了的嘴在狞笑……

　　"你逃脱不了!"

1878 年 2 月

# 狗

房间里就我们俩：我的狗和我。屋外，狂风怒号，暴雨如注，摇天撼地。

狗儿蹲坐在我的面前——直端端地望着我的眼睛。

于是我也望着它的眼睛。

它似乎想对我说些什么。它默然无言，它不会说话，它不了解自己——然而，我却了解它。

我知道，此时此刻，无论是它的心里还是我的心里，都有同样的一种感觉，我们之间毫无二致。我们两者一模一样；我们两个心里都有同一星闪烁不定的火花在燃烧，在发亮。

死神飞扑过来，向这星火花拍动它那一双奇寒彻骨、硕大无朋的翅膀……

于是一切都灰飞烟灭！

以后谁会去弄清楚，我们每一个的心里燃起的究竟是一星怎样的火花？

不！这绝不是兽与人在互相交换目光……

这是两双同样的眼睛在彼此凝视。

在其中的每一双眼睛里，不论是兽的或者是人的——两个相同的生命正在怯生生地互相靠近。

1878 年 2 月

140

# 对手

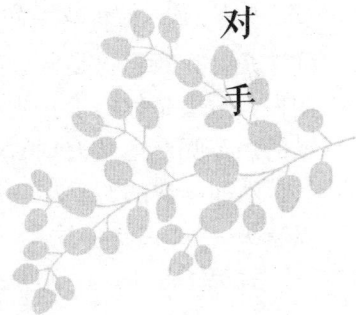

我曾经有过一个同学——一个对手；不是在学业上分出高低，也不是在工作上一决胜负，更不是在爱情上击败对方；而是无论在任何问题上，我们都各执己见，因此，每次见面，我们都会相互没完没了地争论不休。

我们争论一切问题：艺术、宗教、科学、尘世、阴间——关于阴间的生活尤其是争论的焦点。

他是一个虔信宗教、满怀激情的人。有一次，他对我说：

"什么东西你都要嘲笑一番；不过，假如我死得比你早，那我一定会从阴间来找你……咱们瞧瞧，那时候你还能笑得出来吗?"

结果，他果然英年早逝，先我而去；然而，一晃几年过去了——我早已忘记了他的约言，他的恫吓。

一天深夜，我躺在床上——辗转难眠，也不想入眠。

房间里说黑不黑，说亮不亮；我开始凝望着那灰蒙蒙的一片朦朦胧胧。

突然，我似乎感到，在两扇窗户之间站着我的对手——而且正无声无息、悲悲戚戚地一上一下点着头。

我并未惊慌失措——甚至没感到惊讶……只是微微抬起身子，用一只胳膊肘支撑着，开始更聚精会神地凝视这突如其来的幽灵。

他继续一上一下地点着头。

"怎么啦？"我终于低声说道，"你是洋洋自得呢？还是后悔莫及？你这是什么意思：是警告我呢，还是责备我？……要么，你是想让我明白，过去是你错了？或者我们俩都错了？你体验到了些什么？是地狱的痛苦呢？还是天堂的欢乐？你哪怕说一句话也好啊！"

然而，我的对手却一声不吭——只是照旧悲悲戚戚、恭恭敬敬地点着头—— 一上一下。

我笑了起来……他失去了踪影。

1878 年 2 月

乞
丐

我走在大街上……一个乞丐——一个年老体衰的老头迎面把我拦住。

一双红肿肿、泪汪汪的眼睛，两片青乌乌的嘴唇，一身烂兮兮的粗糙衣服，几处脏乎乎的伤口……唉，贫穷把这个不幸的生命噬咬得遍体鳞伤，丑陋不堪！

他向我伸出一只红惨惨、肿乎乎、脏兮兮的手……他呻吟着，含含糊糊地乞求施舍。

我开始搜寻身上所有的口袋……既没有钱包，也没有怀表，连手绢也没有一块……我身上什么东西都没带。

而乞丐仍在等待着……他伸出的那只手软沓沓地晃动着、颤抖着。

我张皇失措，窘困不堪，于是紧紧握住这只脏兮兮、抖颤颤的手……

"请别见怪，兄弟；我身上什么也没带，兄弟。"

乞丐用他那双红肿肿的眼睛凝望着我；他咧开青乌乌的嘴唇微微一笑——接着便同样握住我凉冰冰的手指。

"没关系，兄弟，"他喃喃地说，"就这样也该感谢你啊。这也是一种施舍啊，兄弟。"

我恍然大悟，我也得到了这位老哥的施舍。

1878 年 2 月

143

## 「你会听到蠢货的指责……」①

我们伟大的歌手，你总是说出真理；这一回，你又说出了真理。

"你会听到蠢货的指责、群氓的嘲笑"……谁不曾领教过前者和后者？

这一切都是可以——而且必须忍受的；要是有谁精明强干——那就让他一笑置之吧。

然而有一些打击却让人痛心入骨，它们直接伤害到你的心灵②……一个人尽力而为，做了他力所能及的一切；他孜孜不倦、津津有味、踏踏实实地工作着……而那些正人君子们却视如敝屣，掉头而去；一听到他的名字，那一张张一本正经的面孔便勃然变色，七窍生烟。

"躲远点！滚开！"年轻的正人君子们高声吼叫着，"我们既不需

---

① 这首散文诗的标题出自普希金的《致诗人》（1830）一诗。该诗第一节为："诗人！切莫看重时人的癖好，/狂热捧场的片刻喧闹即将平静；/你会听到蠢货的指责、群氓的嘲笑，/但是，你要镇静，你要沉着、坚定。"（丘琴译，详见《普希金文集》第二卷，人民文学出版社，1995年，第254页。）

② 这首散文诗反映的是作者的长篇小说《处女地》（1877）出版后，社会各阶层的敌对态度。屠格涅夫的长篇小说以善于迅速反映时代的新动向新思想著称，但也因此招来不理解者的许多恶意的批评。他曾说过，因为《父与子》，人们用棍子打他，因为《处女地》，则会用大棒子揍他了。

144

要你，也不需要你的工作；你玷污了我们的住处——你不了解更不理解我们……你是我们的敌人！"

面对这种情形，这个人该怎么办呢？照旧工作，不要试图替自己辩护——甚至也不要奢望得到稍许公正一些的评价。

以前，庄稼汉曾经诅咒一个旅行者，他给他们带来土豆，以作为穷人的日常食品——面包的代用品。他们从奉献给他们的双手中把这珍贵的礼物打落在地，扔进烂泥里，再狠狠踩它几脚①。

而今，他们以土豆为主食——却连恩人的名字都不知道。

算啦！他的名字，对他们又有什么作用？他虽然默默无名，却救了他们，使他们免受饥火烧肠之苦。

我们竭尽全力而奋斗的只是一件事：让我们带来的东西成为真正有益的食物。

从你所爱的人嘴里传出的不公正的指责让你心如刀割……不过，就是这也是可以忍受的……

"打我吧！但是得听我把话说完！"② 雅典的首领对斯巴达的首领说。

"打我吧——但愿你身体健康，饱食暖衣！"我们应该这样说。

1878 年 2 月

---

① 据记载，1584 年，土豆从美洲传入欧洲（最先到爱尔兰，然后到英国、瑞士），18 世纪中叶（1756—1763）进入俄国，但受到抵制，19 世纪初以后才渐渐为人们接受。

② 公元前 480 年，在波斯希腊战争中，为抗击波斯舰队，雅典统帅泰米斯托克利与斯巴达首领欧里比亚德发生分歧，后者拿起棍子要打他，他说了这句话。最后，这场战争按照他的筹划在萨拉米海峡获胜。

## 一个志得意满的人

在京城的一条大街上，一个年纪轻轻的人连蹦带跳地飞跑着。他欢天喜地，生龙活虎；两眼光彩熠熠，嘴角挂着得意的微笑，激动的脸上红光焕发，眉飞色舞……他浑身上上下下——都洋溢着洋洋得意和欣喜若狂。

他这是怎么啦？是得到了一笔遗产？是加了官进了爵？是匆匆赶去与情人幽会？或者他只是吃了一顿美味可口的早餐——因此感到有一种身强力壮、精力过人的感觉在四肢澎湃激荡？噢，波兰国王斯坦尼斯拉夫啊，莫不是你叫人把你那漂亮的八角形十字勋章挂到了他的脖子上①？

都不是。是他杜撰了一个谎言中伤一个熟人，并且精心安排，巧加扩散，又从另一位熟人的嘴里听到了这一谎言——而且连他自己也信以为真了。

哦，此时此刻，这个可爱的、前程万里的年轻人，是多么志得意满，甚至多么善良啊！

1878 年 2 月

---

① 此处指圣斯坦尼斯拉夫三级勋章，是亲俄的波兰末代国王（1874—1795年在位）斯坦尼斯拉夫·奥古斯特·波尼亚托夫斯基（1732—1798）为纪念 11世纪被国王杀害的克拉科夫主教斯坦尼斯拉夫（约 1030—1079）而设立的。

"假如您想痛快淋漓地把您的敌人整得心乱如麻，甚至使他创巨痛深，"一个诡计多端的老家伙对我说，"那么，您就用自己身上存在的那些缺点和恶习去责难他。您疾言厉色……对他痛加指摘！

"首先——这将使别人认为，您本人并无这些恶习。

"其次——您的疾言厉色甚至也可能出于一片真诚……您还可以利用您本人良心上的自责。

"譬如说，如果您是个背叛之徒——那您就指责您的敌人，说他缺乏信仰！

"如果您本人是个天生的奴才——那您就责骂他是个奴才……文明的奴才，欧洲的奴才，社会主义的奴才！"

"甚至可以说：没有奴性的奴才！"我补了一句。

"也可以这样说嘛。"诡计多端者应声答道。

1878 年 2 月

世界的末日

## （一个梦）

我觉得好像来到了俄罗斯某地一个偏僻的荒野，置身于一所蓬门荜户的农舍里。

屋子很大，屋顶很低，有三个窗户，四壁刷了一层白粉，没有一件家具。房屋前面是一片光秃秃的平野；它缓缓向下低斜，一直延伸到远方；灰苍苍的单调天空，仿如一顶帐幕，笼罩在原野上。

我并非独自一人，有十来个人跟我一同在屋子里。他们都是些平民百姓，穿着也很朴素；他们前前后后、左左右右地走来走去，一声不吭，显得神秘兮兮的。他们互相回避——却又一刻不停地交换着惊恐不安的目光。

没有一个人知道：他为什么会落到这间屋子里，同他在一起的又是些什么人？每个人都是一副惴惴不安、垂头丧气的神态……大家一个接一个轮流走到窗前，聚精会神地四处张望，仿佛在等待窗外的什么东西。

然后，大家又开始前前后后、左左右右地走来走去。我们中间，有一个个子不高的小男孩在转来转去；他不时用尖细、单调的声音哭喊着："爹啊，我怕呀！"这尖叫声让我打心底里感到难受——于是，我也害怕起来……害怕什么呢？自己却全然不知。我只是感到：一场很大、很大的灾难正在渐渐临近。

而小男孩偶尔还会尖叫着哭喊一声。唉，要是能离开这里多好啊！多么窒闷哪！多么难受哪！多么忧郁哪！……然而，没有任何可能离开这里。

这天空——就像一件白色殓衣。而且连一丝风都没有……难道连空气都死了吗？

突然，小男孩连蹦带跳飞跑到窗前，用原来那种惨凄凄的声音大喊道：

"你们看！你们看！地塌下去了！"

"怎么？塌下去了?!"

一点不假：屋子前面原先是一片平野，可是现在，屋子却兀立在一座摩天高山的险峰顶上了！地平线松塌了，直往下陷，就在屋子脚下，一堵几乎直立的、仿佛被劈开的黑突突峭壁正在下沉。

我们大家一窝蜂挤到窗前……恐惧使我们浑身冰冷，魂飞魄散。

"看呀，它来了……它来了！"我身边的一个人低声说。

只见远处果然有什么东西，沿着整条地平线在移动，一些不大的、圆溜溜的小山丘开始一起一落。

"这是——大海！"就在同一瞬间，我们大家都不约而同地这样想。"它马上会把我们全都吞没……只是它怎么会漫涨起来，涌升上来，淹没这峭壁呢？"

可是，它却在不断漫涨，漫涨成一片汪洋……这早已不是一个个四分五散的小山丘在远处起伏奔涌了……一片铺天盖地、汹涌澎湃的巨浪吞没了整个苍穹。

巨浪飞扑过来，朝我们飞扑过来！仿如寒飕飕的龙卷风那样席卷而来，翻卷出昏天黑地的漫漫一片黑暗。周围的一切都在瑟瑟颤栗——而在那边，在这飞卷而来的一片汪洋中，既有噼噼啪啪的断裂声，又有轰轰隆隆的倒塌声，还有成千上万个喉咙里发出的凄凄厉厉的哭号声……

啊！这是多么可怕的咆哮和哭号声啊！这是大地因为害怕而发出

的怒吼……

　　大地的末日来到了！万物的末日来到了！

　　小男孩又一次尖叫着哭喊了一声……我试图抓住同伴，然而我们全都被那黑墨墨、冷冰冰、轰隆隆的巨浪所压倒、掩埋、吞没、卷走了！

　　黑暗……永恒的黑暗！

　　我几乎喘不过气来，于是就醒来了。

1878 年 3 月

# 玛莎

那是许多年以前的事了，当时我住在彼得堡，每次雇了出租马车后，都要跟马车夫聊上一阵子。

我特别喜欢同那些夜间赶车的车夫们闲谈，他们都是近郊的穷苦农民，驾着一辆漆成红褐色的小雪橇，套上一匹瘦骨嶙峋的驽马，来到京城——满心希望以此养家糊口，同时还能攒几个钱向主人交租。

于是，有一次，我就雇了一个这样的马车夫……这是一个二十岁左右的小伙子，身材高大，体格匀称，那模样真是帅呆了，蓝汪汪的眼睛，红刚刚的脸颊，淡褐色的卷发，从那顶压到眉毛上的打补丁的帽子下，一圈圈钻出来。而那件破烂不堪的粗呢上衣，紧紧绷绷地套在他那大力士般宽阔强壮的双肩上！

可是，马车夫那没有胡须、眉清目秀的俊脸，看上去却愁云密布，郁郁寡欢。

我跟他闲聊起来。他的声音里，也透露出哀伤。

"怎么啦，老弟？"我问他，"你为什么闷闷不乐呢？莫非有什么伤心事？"

小伙子没有立刻回答我。

"有啊，老爷，有啊，"他终于开口了，"而且是一件伤心透顶的事啊。我妻子死了。"

"你爱她……爱你的妻子吗？"

小伙子没有回过头来看我；只是稍稍把头低下去一点。

"我爱她，老爷。已经快八个月了……可我老是忘不了。我心里痛啊……真是的！她怎么就会死呢？年纪那么轻！身体那么棒！才一天工夫，霍乱就要了她的命。"

"她对你一定很好吧？"

"那还用说，老爷，"这个可怜的人深深叹了一口气，"我和她一块儿过得别提多和睦了！她死的时候，我不在家。我在这儿刚一得到消息，说是她已经给埋了——我就风风火火地赶回村子，赶回家去。回到家里——都早已是下半夜了。我跨进自家的小木屋，站在屋子当中，就这样轻轻轻轻地呼唤着：'玛莎！啊，玛莎呀！'只听到蟋蟀在唧唧地叫。这时我就哭了起来，一屁股坐在木屋的地板上——还用手掌使劲地啪啪拍打着地面！我喊着：'你这永远填不满的大肚汉……你把她吞掉了……那就把我也吞掉吧！啊呀，玛莎呀！'"

"玛莎呀！"突然，他又如泣如诉地低唤一声。接着，他一边握住手中的缰绳，一边抬起手来用手套擦去眼里的泪水，又把它摘下来，往旁边一扔，耸一耸肩——就再也没吭一声了。

从雪橇上下来时，我多给了他十五戈比。他双手捧着帽子，向我深深地鞠了一躬——随后便踏着细碎的步子，沿着皑皑白雪覆盖的空荡荡的街道，迎着一月寒碜碜、白蒙蒙的浓雾，踉踉跄跄地慢慢远去了。

1878 年 4 月

# 傻瓜

从前，有一个傻瓜。

很长一段时间里，他过得舒舒服服，无忧无虑。可是慢慢地他开始听到一些流言蜚语，说普天下都认为他是一个浑浑噩噩、庸庸碌碌的人。

傻瓜顿时感到无地自容，开始忧心忡忡地寻思：怎样才能消除这些可恶的风言风语。

终于，一个突如其来的妙计，让他那榆木脑袋如梦初醒……于是，他毫不犹豫，马上付诸行动。

他在街上偶然遇到一位熟人——而且，那熟人向他提起一位闻名遐迩的画家，赞不绝口……

"拉倒吧！"傻瓜大声叫道，"这个画家早已成为历史，无人问津了……您连这一点也不知道？我真没想到你竟会这样孤陋寡闻……您呀——真是一个落伍者。"

熟人瞠目结舌——于是，立即认同了傻瓜的见解。

"我今天读了一本妙不可言的书！"另一位熟人告诉他。

"拉倒吧！"傻瓜大声叫道，"您怎么不感到羞愧呢？这本书分文不值，大家早已弃之如敝屣了。您连这一点都不知道？您呀——真是一个落伍者。"

于是，这个熟人也瞠目结舌——而且，也认同了傻瓜的见解。

"我的朋友N·N·可真是一个超群出众的人啊!"第三个熟人对傻瓜说,"他是一个货真价实的高尚人物!"

"拉倒吧!"傻瓜大声叫道,"N·N·——是个赫赫有名的卑鄙小人!他把所有的亲戚洗劫一空。这件事谁不知道?您呀——真是一个落伍者。"

第三个熟人也瞠目结舌——于是,也认同了傻瓜的见解,并且,与自己的朋友分道扬镳了。

无论是谁,只要他在傻瓜面前称道什么人,赞扬什么事——他总是旧调重弹,一律加以贬斥。

不过,有时候,他还会补上一句责备的话:

"难道您还在迷信权威?"

"一个专横跋扈的人!一个丧心病狂的人!"熟人们开始对傻瓜议论纷纷,"不过,他的脑瓜子是多么聪明啊!"

"还伶牙俐齿,巧舌如簧呢!"另一些人补充道,"噢,他真是个天才啊!"

最后,一家报纸的出版商约请傻瓜主持该报的评论专栏。

于是,傻瓜开始对一切人和一切事都指手画脚,横加指责,手法风格一如旧惯,连感叹的语气也一成不变。

曾几何时,他大声疾呼反对权威——而今,他自己也成了权威——年轻人既对他顶礼膜拜,同时又对他侧目而视。

而他们,这些可怜的年轻人,又能怎么样呢?尽管一般说来,不应该顶礼膜拜……然而,这个时候,你当心点儿!如果不顶礼膜拜——你就会掉进落伍者的行列中!

只有在胆小的人们中间,傻瓜才能如鱼得水,怡然自得。

1878 年 4 月

在巴格达，有谁不知道伟大的伽法尔①，这宇宙的太阳神呢？

很多年以前，伽法尔还是翩翩少年的时候，有一天，他在巴格达郊外漫步。

忽然，一声嘶哑的号叫传入耳中，有人在绝望地大呼救命。

伽法尔在同龄人中素以多谋善断、胆大心细而名震一时；但他极富慈爱悲悯情怀——而且对自己的力量满怀信心。

他朝呼救的地方飞奔，看见一个头童齿豁的老头儿被两个强盗紧按在城墙边，他们正在抢他的钱财。

伽法尔拔出马刀，向两个强盗扑去：一个在他的刀下一命呜呼，另一个则逃之夭夭。

获救的老头儿跪倒在自己的救命恩人面前，吻了吻他的衣角，高声说道：

"见义勇为的年轻人啊，你这种助人为乐的豪侠行为绝不会没有报答的。表面上看，我——是个一无所有的叫花子，但这只不过是外表而已。我这个人其实非同寻常。明天清早你到大市场来，我会在喷水池边等你——那时候你就会知道我所言不虚了。"

---

① 巴格达是古代伊斯兰教国王哈里发王朝的首都（现为伊拉克首都）。伽法尔是伊斯兰教的太阳神。

155

伽法尔寻思："看外表，这个人的的确确是个乞丐；然而——大千世界无奇不有。为何不试一试呢？"于是，他回答道：

"好的，老爹，我一定来。"

老头儿望了望他的眼睛——便走了。

第二天早晨，东方欲晓的时候，伽法尔便起身去市场。老头儿一只胳膊靠在喷水池的大理石盘上，早已在等他了。

他一言不发地抓住伽法尔的一只手，把他带进一个四面围着高墙的小花园里。

在这个花园的正中，绿茸茸的草地上，长着一棵形状奇特非凡的树。

它像柏树，不过，它的叶子是蓝莹莹的。

三个果子——三只苹果——悬挂在朝上弯曲的细枝上：一只中等大小，椭圆形，乳白色；另一只很大，圆溜溜，红艳艳；第三只很小，皱巴巴，黄惨惨。

整棵树都在轻轻地瑟瑟作响，虽然没有一丝风。它简直就是一棵玻璃树，声音细袅袅、凄惨惨的，似乎感觉到伽法尔正在走向它身边。

"年轻人！"老头儿开口了，"这三颗果子中你可以随意摘取一个，不过你得明白：摘下白的吃了——你会智珠在握，超群绝伦；摘下红的吃了——你会富甲天下，一如犹太人洛希尔德①；摘下黄的吃了——你会博得老太太们的欢心。你打定主意吧！……别耽误时间！一个小时后，果子就会变得干瘪瘪的，连这棵树也会沉入哑然无语的地心深处！"

伽法尔低下头去——沉思起来。

"现在该怎么办呢？"他低声说道，似乎在和自己商量，"变得聪明盖世——也许就不想脚踏实地地过日子了；变得富甲天下——那么所有的人都会嫉妒你；我最好还是摘下第三个果子——皱巴巴的苹果吃了吧！"

他果真这样做了。而老头儿张开牙齿脱尽的嘴大笑起来，并且说：

———————————

① 洛希尔德（1743—1812），欧洲最著名的银行家，世界知名的大富翁。曾在德国的法兰克福城开设兑换所，后发展成一个拥有许多分支的财政寡头家族。

"哦，绝顶聪明的年轻人！你作出了最好的选择！白苹果对你有什么用呢？你早就比所罗门①还聪明了。红苹果你也不需要……即便没有它，你也会金玉满堂②的。只不过你这金玉满堂，是任何人都不会嫉妒的。"

"请您告诉我，老人家，"伽法尔心潮澎湃，问道，"神灵庇佑的哈里发③的那位尊贵的母亲住在哪里？"

老头儿深深地鞠躬到地——并且为年轻人指明了道路。

在巴格达，有谁不知道伟大的、赫赫有名的伽法尔，这宇宙的太阳神？

1878 年 4 月

---

① 所罗门，公元前约 960—935 年以色列和犹太联合王国的国王，以聪明智慧著称。

② "金玉满堂"在中文中有两重意思：一指财富极多，一指富有才学。这一段中，老头儿的话正好包含这两种意思。

③ 哈里发是伊斯兰国家国王的称呼。

# 两首四行诗

很久以前，有一座城市，城里的居民们爱诗如命，如果一连几个星期没有不同凡响的新作——他们就会把这种诗歌创作方面的歉收，看作社会的灾难。

那时，他们就会穿上自己最破烂不堪的衣裳，把灰撒到头上①——成群结队地聚集在每一个广场上，痛哭流涕，并且愁肠百结地抱怨缪斯抛弃了他们。

就在一个类似的倒霉日子里，青年诗人尤尼乌斯出现在广场上肠断魂销的稠人广众中间。

他健步如飞，登上专门搭建的一个高台——然后，做了个手势，示意他想朗诵诗歌。

卫士们立刻挥动权杖。

"肃静！注意了！"他们声若洪钟地大叫——于是人群慢慢安静下来，等待着朗诵。

"朋友们！伙伴们！"尤尼乌斯开始朗诵，他的声音虽然洪亮，然而不十分坚定：

　　　朋友们！伙伴们！爱好诗歌的人们！

---

① 大家一起往头上撒灰是古代犹太人的一种习俗，借此表示共同的悲痛。

158

所有和谐与优美的崇拜者们！

别让瞬间阴郁的悲伤搅得心烦意乱！

期盼的时刻即将来临……光明必定驱散黑暗！

尤尼乌斯朗诵完了……然而，回答他的，却是从广场的四面八方响起的一阵阵吵吵嚷嚷、声声口哨和哈哈大笑。

每一张望着他的面孔都腾炽着怒火，每一双眼睛都逼射出怨恨，每一双手都高高举起，紧攥成拳头，向他示威！

"竟想用这种东西来哗众取宠！"怒气冲冲的声音吼叫起来，"把这个平庸不堪的蹩脚诗人赶下台去！让这傻瓜滚蛋！让这个跳梁小丑吃烂乎乎的苹果、臭烘烘的鸡蛋！拿石头来！把石头拿到这里来！"

尤尼乌斯一个倒栽葱从高台上滚了下来……然而没等他回到家里，就听到一阵阵雷鸣般热烈的鼓掌声、赞叹声和叫喊声。

尤尼乌斯如堕五里雾中，赶忙回到广场上，不过，他极力不让别人发现他（因为激怒一头已经发狂的野兽是危险的）。

那么，他究竟看到了什么呢？

他的竞争对手，青年诗人尤利乌斯，身上披着一件紫红色的厚呢斗篷，飘动的卷发上戴着一顶月桂花冠，站在一面扁平的金色盾牌上，被人们高高地举过肩头，耸立在熙熙攘攘的人群上空……而周围的人群却在狂喊大叫：

"光荣啊！光荣！光荣属于千古流芳的尤利乌斯！在我们垂头丧气的时候，在我们痛心入骨的时候，是他安慰了我们！他送给我们的诗，比蜂蜜还香甜，比锣鼓还响亮，比玫瑰还芬芳，比蓝天还明净！隆重地把他抬起来吧，让神香的轻烟在他那灵思泉涌的头顶萦萦绕绕吧，让棕榈枝节奏分明地轻轻扇动，清凉清凉他的前额吧，让所有的阿拉伯没药在他脚下，弥漫成芳香的云雾吧！光荣啊！"

尤尼乌斯走到一位赞颂者跟前。

"请你告诉我，啊，我的同胞！尤利乌斯究竟朗诵了一首什么诗，竟使你们这样如醉如痴？唉！他刚才朗诵的时候，我不在广场上！如果你还记得的话，请你费神把它们再念一遍！"

"这么好的诗——怎么会记不得呢？"被问者满腔热情地答道，

"你把我当成什么人啦？请听吧——你也欢呼吧，同我们一起欢呼吧！

"'爱好诗歌的人们！'被人们敬若神明的尤利乌斯的诗，是这样开头的……

> 爱好诗歌的人们！伙伴们！朋友们！
> 所有和谐、悦耳与柔美的崇拜者们！
> 别让瞬间沉重的悲伤搅得心烦志懈！
> 期盼的时刻即将来临……白昼必定驱散黑夜！

"怎么样？"

"请原谅！"尤尼乌斯大叫起来，"这可是我的诗啊！当我朗诵这首诗时，尤利乌斯一定就在人群里——他听了之后，稍稍改动了几个地方，就把它们复述了出来——而且，当然啦，诗改得比较糟糕——尽管只改动了几个词！"

"啊哈！现在我认出你是谁了……你是尤尼乌斯，"被他叫住问话的那位公民皱紧眉头反驳他，"你这是嫉贤妒能，要不便是愚不可及！……你只要想上一想，倒霉蛋！尤利乌斯可真是大笔如椽，硬语盘空啊：'白昼必定驱散黑夜！……'可你呢——简直是胡说八道：'光明必定驱散黑暗'？！什么样的光明？！驱散什么样的黑暗？！"

"这难道不是一回事吗……"尤尼乌斯刚一开口……

"你要是再啰嗦一句，"那个公民打断他的话，"我就喊大家来……他们会把你撕成碎片！"

尤尼乌斯因时制宜地保持沉默，而一位两鬓斑白的老者，听见了他和那位公民的谈话，走到可怜的诗人面前，伸出一只手拍拍他的肩膀，说道：

"尤尼乌斯啊！你朗诵的是自己的诗——可惜时机不对；而那一位朗诵的不是自己的诗——但却适逢其会。所以，他一举成名——而你只能以于心无愧安慰安慰自己的良心了。"

然而，正当黄钟毁弃的尤尼乌斯以无愧于心安慰自己良心的时候——说实话，这种安慰虽然竭尽全力，效果却微乎其微——远处，在雷鸣般的鼓掌声和浪涛般的欢呼声中，在普照万物的太阳那金灿灿的光辉里，尤利乌斯神气活现，傲然挺立，仿若一位凯旋的皇帝，气宇轩昂、从容不迫地昂首挺胸缓缓前行，身上的紫红色厚呢斗篷熠熠闪光，头上的桂冠在神香那波翻浪涌般的阵阵烟雾中忽隐忽现……长长的棕榈枝依次向他鞠躬，仿佛要用它们轻悠悠的上扬和软款款的下落——来表达为他心醉神迷的同胞们心中那源源不断、汹涌澎湃的崇拜之情！

1878 年 4 月

# 麻雀

我打猎回来，走在花园的林荫小路上。猎狗在我前面跑着。

突然，它放慢了脚步，开始轻轻悄悄地往前走，仿佛嗅到了前面有什么野物。

我顺着林荫小路往前望去，于是看见一只小麻雀，嘴角黄嫩嫩的，头上长着细细的茸毛。它是从鸟窝里掉下来的（大风吹得林荫小路上的白桦树剧烈地左摇右晃），一动也不动地蹲着，软弱无力地撑开一双羽毛未丰的小翅膀。

我的猎狗正慢慢逼近它。忽然，一只黑胸脯的老麻雀，从附近的一棵树上，像块石头似的直冲下来，正好落在猎狗的嘴前——它全身羽毛倒竖，完全改变了形状，绝望而凄厉地尖叫着，接连两次朝着猎狗那锐牙利齿的血盆大口飞扑过去。

它俯冲下来救护幼鸟，它用自己的身躯遮挡住自己的孩子……然而，它整个小小的身躯由于恐惧而瑟瑟颤抖，细小的声音变得狂野而嘶哑。它兀立不动，它准备牺牲自己！

对它来说，猎狗简直是个硕大无朋的怪物！然而，它仍然不愿稳坐在高高的、安然无恙的树枝上……一种比它的意志更强大的力量，使它从树枝上飞扑下来。

我的特列佐尔①茫然站住，开始后退……显而易见，就连它也承认了这种力量。

　　我赶忙唤回窘态十足的猎狗——满怀敬意地走开了。

　　是啊，请别见笑。我崇敬那只英勇的小鸟，崇敬它那奋不顾身的爱的激情。

　　在我看来，爱比死亡和对死亡的恐惧更强大。只是因为它，只是因为爱，生命才得以保存和发展。

1878 年 4 月

---

　　① 特列佐尔是猎狗的名字。

# 骷髅

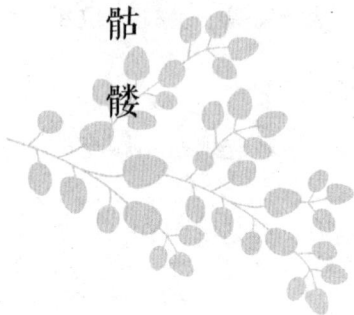

一间富丽堂皇、灯火辉煌的大厅，绅士淑女，济济一堂。

每一个人都神采奕奕，谈笑风生……大家七嘴八舌，正绘声绘色地谈论一位名噪一时的女歌手。大家交口称誉她貌若天仙，歌声妙不可言，必定万古流芳……噢，昨天她最后那一段颤音唱得真让人拍案叫绝！

然而，突然间——仿佛魔术师的魔杖一挥——所有人头上和脸上的那层细嫩嫩的皮肤全都脱身飞去，霎时间，每一个人都变成了死人般白森森的骷髅，牙床和颧骨裸露在外，像锡一般闪烁着蓝幽幽的磷光。

我毛骨悚然地观望着，这些牙床和颧骨怎样轻轻移动、微微颤抖——这些疙瘩状的骨球怎样在灯光和烛光下转来转去，隐隐发光，它们中另一些更小的球儿——毫无意义的眼球怎样来回滚动。

我不敢伸手摸一摸自己的脸，也不敢往镜子里瞧一瞧自己。

而骷髅依然如故地在不停转动……一条条灵巧的不烂之舌，仿若一块块小小的红碎布，在龇露的牙齿后面拔来报往，它们一如既往叽叽喳喳、喋喋不休称赞着那位必定万古流芳的……对！必定万古流芳的女歌手，她最后唱出的那一段颤音是多么匪夷所思，多么无与伦比！

1878 年 4 月

164

干体力活的人和干脑力活的人

（对话）

干体力活的人：你钻到我们这儿来干什么？你想要什么？我们不是一条道上的人……滚开吧！

干脑力活的人：我们是一家人，弟兄们！

干体力活的人：怎么可能呢！我们是一家人！亏你想得出来！你就看看我这双手吧。你看见了吗，它们有多脏，上面又是大粪味儿，又是柏油味儿——而你的那一双手却白白净净的。它们到底会散发出什么气味呢？

干脑力活的人：（伸去自己的一双手）你闻闻看。

干体力活的人：（闻了闻那双手）真是怪事一桩！好像有一股铁腥味儿。

干脑力活的人：正是铁腥味儿。整整六年，我这双手都戴着手铐。

干体力活的人：那么，这到底是为了什么呢？

干脑力活的人：这是因为，我十分关心你们的利益，想要解放你们——这些默默无闻、目不识丁的人们，我挺身反对压迫你们的人，奋起造反……唔，于是他们便把我关进了牢房。

干体力活的人：关进了牢房？你又何苦去造反呢！

两年以后。

同一个干体力活的人：（向另一个）喂，彼特拉！……你还记得吗，前年夏天有那么一个干脑力活的人和你谈过话吗？

另一个干体力活的人：记得啊……怎么啦？

第一个干体力活的人：我告诉你吧，今天他就要被绞死了，已经下了命令了。

第二个干体力活的人：他一直在造反吗？

第一个干体力活的人：一直在造反。

第二个干体力活的人：是的……唔，有这么件事，米特利亚伊兄弟，咱们能不能把那根绳子，那根绞死他的绳子弄到手呢？听说，这东西会使家里人鸿运临头呢！

第一个干体力活的人：这你说得很对。应该试试，彼特拉兄弟。

1878 年 4 月

# 玫瑰

八月底的最后几天……秋天已经来临。

夕阳西沉。既无一声轻雷,也无一道闪电,一阵突如其来的瓢泼大雨,刚刚从我们一望无际的平原上空疾驰而过。

屋子前的花园全身沐浴着红焰焰的晚霞,树上树下万道泉水潺潺竞流,红光闪闪,烟雾蒙蒙。

她坐在客厅的一张桌子旁,透过半开半掩的门望着花园,凝神沉思。

我知道她这时的所思所想;我知道,此时此刻,经过一番短暂而痛苦的斗争,她已不由自主地沉浸在一种再也无法控制的感情之中了。

忽然,她站了起来,急急地走进花园,便无影无踪了。

时钟敲过了一小时……又敲过了一小时,她还没有回来。

这时我站起身来,走到屋外,沿着她刚走过的那条林荫小路——对此,我确信无疑——向前走去。

四周的一切都已变得黑蒙蒙的;夜幕降临了。然而在小路湿乎乎的沙土上,透过迷迷茫茫的夜色,一件圆形的东西发着亮悠悠的红光。

我俯下身子……这是一朵娇嫩欲滴、蓓蕾初放的玫瑰。两个小时前我看见,缀在她胸前的,正是这朵玫瑰。

我小心翼翼地捡起这朵掉在泥泞里的小花,便回到客厅,把它放在她坐的安乐椅旁边的桌子上。

167

瞧，她终于回来了——迈着轻轻巧巧的步子，穿过客厅，在桌子边坐了下来。

她面色苍白然而喜气洋洋；那双睫毛低垂、似乎变小了的眼睛，乐悠悠、羞答答地迅速扫视着四周。

她看见了那朵玫瑰，便一把抓在手里，望一望它那皱巴巴、泥点点的花瓣，又望了望我——于是，那双眼睛突然间木然不动了，绽开了一颗颗晶莹的泪花。

"您哭什么呢？"我问她。

"啊，就哭这朵玫瑰。您看，它变成什么样子了。"

这时，我想出了一句富有深意的警句。

"您的眼泪将会洗净这些污垢。"我意味深长地说。

"眼泪不会清洗，眼泪会熊熊燃烧。"她回答道，接着便转身面向壁炉，把那朵小花扔进渐渐暗淡的火焰里。

"熊熊火焰比滴滴泪珠燃烧得更加纯净。"她英姿飒爽地大声说道——同时，她那双清亮秀美、泪水盈盈的眼睛，豪放不羁、幸福无比地笑了起来。

我明白，她也在火焰中熊熊燃烧起来了。

1878 年 4 月

她躺在泥泞地里一堆臭烘烘、潮乎乎的麦秸上，在仓促改作战地流动医院的一间破草棚的屋檐下，在保加利亚一个被战火毁坏的小村子里——她染上伤寒已经两个多星期了，很快就要香消玉殒，赍志而没。

她已经不省人事——甚至没有一个医生看她一眼。那些在她还能行走时护理过的伤兵们，接二连三地从自己带菌的麦秸窝里站起来，把盛在破瓦罐碎片上的水，送到她那干裂的嘴唇边，滴上几滴。

她原本年轻美丽，名满整个上流社会，就连达官显宦都关注她的一举一动。女士们暗暗嫉妒她，男人们拼命追求她……有两三个人誓死不二地偷偷爱着她。生活曾经向她展开一片灿烂的微笑，然而，微笑往往比眼泪更糟糕。

一颗温顺、娇柔的心……却有如此舍生忘死的力量，如此渴望献身的精神！帮助那些需要帮助的人……她不知道别的幸福……全然不知——也未曾体验过。别的任何幸福都已擦身而过。然而，她对此早

---

① 尤莉娅·彼得罗芙娜·弗列夫斯卡娅（1841—1878），是屠格涅夫的朋友，他们1873年起开始通信联系。其丈夫弗列夫斯基将军，1858年死于高加索前线。她于1877年5月志愿前往俄土战争前线当护士，1878年1月病逝于保加利亚别拉城的一所军医院里。

已安之若素——她浑身燃烧着不灭的信仰之火，只想一心一意为他人服务。

在她的灵魂深处，在她的心灵最隐秘的地方，秘密地收藏着多少奇珍异宝，从来没有人知道——而今，更是没有人知晓了。

而且，又何必知道呢？牺牲已经做出……事业也已完成。

可是，每当想到甚至没有一个人向她的遗体说一声谢谢，就令人感到痛心入骨——尽管她本人对任何感谢都羞于接受，并且避之唯恐不及。

那就请让我斗胆把这朵迟开的小花，祭献在她的墓前，但愿她那可爱的灵魂不会因此而受到亵渎！

1878 年 9 月

最后一次会晤①

　　我们曾是亲若兄弟、视为知己的朋友……然而，不幸的时刻降临了——我们分道扬镳，仿如仇敌。

　　许多年过去了……一天，我顺道来到他居住的城市，获悉他已重病缠身，危在旦夕——很想见我一面。

　　我立即前去看望他，走进他的房间……我们的目光相遇了。

　　我几乎认不出他来了。上帝啊！疾病竟然把他折磨成这个样子了！

　　他脸上黄干干的，身体瘦筋筋的，头顶光秃秃的，留着稀稀疏疏一小撮花白的胡子，穿着一件故意剪开的衬衣……他已衰弱得连一件最轻薄的外衣的重量都承受不起了。他颤巍巍地向我伸出一只瘦骨嶙峋的手，吃力地喃喃说出了几个含糊不清的字——是问好呢，还是责备，谁知道？骨瘦如柴的胸脯徐徐起伏着——红灼灼的眼睛里，那对缩小的瞳仁上面，滚动着两颗痛苦的小小泪珠。

　　我心如刀割……我坐到他身边的一把椅子上——看着他这副触目

　　① 本篇写的是作者与俄国大诗人涅克拉索夫（1821—1878）的事情。19世纪60年代初，屠格涅夫与时任《现代人》杂志主编的涅克拉索夫因故断交。1877年5月25日，从巴黎回到彼得堡的屠格涅夫探望了病危的诗人，本篇的"最后一次会晤"写的就是这次会面。诗人的妻子齐娜伊塔·尼古拉耶芙娜·涅克拉索娃在1915年写的回忆录《为大家而生活》里，也写到这次会面。

惊心、不成人样的惨相，我不由自主地垂下眼帘，也向他伸出手去。

然而，我似乎觉得，握住我的手的那只手，不是他的手。

我似乎觉得，在我们两人中间，坐着一位长挑挑、静幽幽的白衣女人。她从头到脚裹着一件长长的罩衣。她那深幽幽、白蒙蒙的眼睛从不斜睨旁视；她那白惨惨、冷冰冰的嘴唇从不说一句话……

这个女人把我们两人的手连接起来……她使我们永远和解了。

是的……死神使我们和解了。

1878 年 4 月

# 门
## 槛①

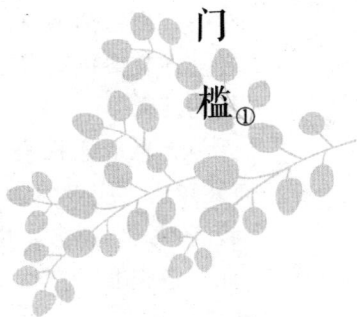

　　我看见一座高大的楼房。

　　正面墙上一扇狭小的门大敞着；门里面——阴森森、暗蒙蒙的。高高的门槛前，站着一位姑娘……一位俄罗斯姑娘。

　　那黑腾腾的浓雾里散发出森森寒气；随着这冷浸浸的寒气，从楼房深处传出一个慢条斯理、低沉暗哑的声音。

　　"哦，你想跨进这道门槛——你可知道，是什么在等着你吗？"

　　"知道。"姑娘回答道。

　　"那可是寒冷、饥饿、憎恨、讥笑、蔑视、屈辱、监狱、疾病甚至死亡啊，你知道吗？"

　　"知道。"

　　"与人世完全隔绝，孤独寂寞呢？"

　　"知道。我早已做好准备。我能忍受一切苦难，一切打击。"

　　"不仅是来自敌人的打击——而且还有来自亲人和朋友的打击呢？"

---

　　① 这首散文诗在作者生前未曾发表。它曾经有一个副标题《梦》，是当时《欧洲通报》编辑斯塔修列维奇未经作者同意所加。这篇作品的创作，受到19世纪70年代俄国发生的"50人审判案""193人审判案"、民粹党女革命家薇拉·扎苏里奇（1851—1919）刺伤彼得堡市长特列波夫等历史事件的影响。

"对……也包括来自他们的打击。"

"好。你甘愿牺牲自己吗？"

"是的。"

"无声无息地牺牲吗？你英年早逝——却没有任何人……甚至没有任何人知道，应该悼念谁!"

"我既不需要感激，也不需要怜悯。我不需要留名后世。"

"你准备犯罪吗？"

姑娘垂下头……

"对于犯罪，我也作了准备。"

那声音停顿了一会，没有接着提问。

"你知道，"那声音终于问了起来，"你将来可能会放弃现在的信仰，可能会发现自己受了骗上了当，枉自牺牲了自己青春妙龄的生命？"

"就是这，我也知道。无论如何我要进去。"

"进来吧!"

姑娘跨进了门槛——于是，一道重坠坠的门帘在她背后落了下来。

"傻瓜!"有人在后面咬牙切齿地骂道。

"圣女!"不知从哪里传来一声回答。

1878 年 5 月

我坐在敞开的窗前……一天清晨，五月一日的凌晨。

朝霞还没燃红东方，但黑漫漫、暖融融的夜已经开始变得白荡荡、凉森森的。

没有晨雾袅袅升起，也没有微风轻轻吹拂，万物都浑然一色，悄然无声……不过，感觉得到，万物苏醒的时刻近在弹指之间——渐渐疏朗的空中，弥漫着凉浸浸、润滋滋的露水味。

突然，一只大鸟穿过洞开的窗户，飞进我的房间，微微拍动翅膀，发出轻轻的沙沙声。

我打了个冷战，定睛望去……那不是一只鸟，那是一个长着翅膀的细小女子，穿着一件长长的紧身连衣裙，下摆是波浪形花纹。

她全身是灰白的珠母色；只有一双小小翅膀的内侧，像盛开的玫瑰花一样，闪耀着娇柔的嫩红；圆圆的小小脑袋上，一个用铃兰花编织的花环，紧束着披散的卷发——而在那美丽饱满的小小前额上，两根孔雀毛就像蝴蝶的两根触须，饶有趣味地晃来晃去。

她在天花板下飞舞了两三圈；小可可的脸上笑吟吟的；那双乌溜溜、亮汪汪的大眼睛也笑吟吟的。

这恣意顽皮的飞翔，就像其乐无穷的游戏，让她的眼睛发出钻石般的璀璨光芒。

她手里拿着草原小花的一枝长茎：俄罗斯人称它为"沙皇的权

杖"——它也的确像一根权杖。

她快如闪电地从我头上飞掠而过，用那朵小花轻轻触了一下我的头顶。

我奋力朝她追去……可她已经风一样轻盈地飞到窗外——然后疾飞而去。

在花园里，在丁香花丛的深处，一只斑鸠用它的第一声咕咕啼鸣向她表示欢迎——而在那边，她失去踪影的地方，乳白色的天空悄悄地燃起了一片红霞。

我认出你了，幻想女神！你驾临寒舍，纯属偶然——你是飞去探访年轻的诗人们的。

哦，诗歌啊！青春啊！女性的纯真之美啊！你们只能在我面前闪耀电光石火般短暂的光辉——在这个早春时节的清晨！

1878 年 5 月

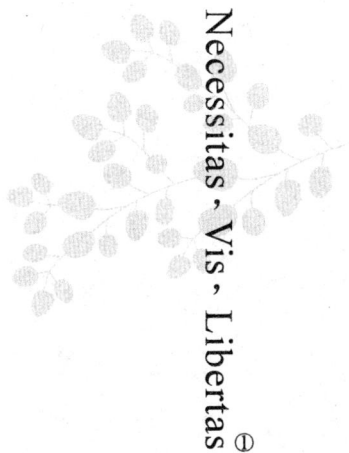

# Necessitas, Vis, Libertas ①

（一幅浅浮雕）

一个高条条、瘦棱棱的老太婆，面色僵硬如泥塑木雕，目光迟钝呆滞，正大步如飞地往前走，并且，伸出一只像棍子一样干剥剥的手，推着自己前面的另一个女人。

这个女人身材魁梧，腰圆体胖，孔武有力，肌肉像赫剌克勒斯②那样发达，细尖尖的脑袋，长在公牛一般圆粗粗的脖子上——而且双目失明——她也推着一个瘦精精的女孩子。

只有这个小姑娘有一双亮晶晶的眼睛；她顽强抵抗，一再转过身来，高举起一双纤细美丽的小手；她那生气勃勃的脸上，露出怒火中烧、无所畏惧的神色……她不愿俯仰由人，不想去她们推她去的地方……然而，她仍然得身不由己地听命于人，并且一步步走向前。

Necessitas, Vis, Libertas.

谁愿意翻译——就让他把这三个词翻译出来吧。

1878 年 5 月

---

① 拉丁语，意为必然、力量、自由。

② 希腊神话中的英雄，又名阿尔客得斯，是著名的大力士，曾立下十二件大功。

# 施舍

一座大城市近郊，宽阔的大路上走着一个病恹恹的老人。

他趔趔趄趄地走着，骨瘦如柴的双腿拖着重沉沉、虚怯怯的步子，步履蹒跚，跌跌撞撞，磕磕绊绊，仿佛两条腿不是自己的；一身衣服就像挂在身上的破布片，没戴帽子的脑袋，低垂在胸前……他已经精疲力竭了。

他在路边的一块石头上坐了下来，向前俯下身子，两只胳膊撑在膝上，双手捂住脸——滴滴泪珠流过弯曲的手指缝，滴进干燥的灰色尘土里。

他在回忆历历往事……

他想起了，他曾经是怎样的铜筋铁骨，富甲一方——又怎样损害了健康，把钱财家产分送给别人，分送给朋友和敌人……而如今，他连一块面包也没有——而且，所有的人都弃他不顾，朋友们更是抢在敌人的前面……难道他竟然沦落到要摧眉折腰地乞求施舍的地步了？他愁肠百结，羞愧万分。

而泪珠仍在一串串地滴呀，滴呀，在灰色的尘土上滴出一片斑斑点点。

突然，他听到有人在叫他的名字，他抬起疲惫不堪的头——看见一个陌生人站在自己面前。

那人神态安详而庄重，不过并不严厉；眼睛并不炯炯发光，但明

178

亮如水；目光洞微察隐，但并不凶恶。

"你把自己的家财分送得干干净净，"那人平心静气地说……"可是，你却并不后悔你以前的善行义举吧？"

"不后悔，"老人长叹一声，答道，"只不过现在我已快要死了。"

"假若世上没有那些向你伸手求怜的乞丐，"陌生人继续说，"那你还能在谁的身上表现你的美德，实施你的善行呢？"

老人哑然无语——他开始沉思。

"既然如此，那么现在你也就别再心高气傲了，可怜的人，"陌生人又开口说道，"去吧，把你的手伸出来吧，你也给别的好心人一个机会，让他们用行动来表现自己的善心吧。"

老人全身猛地一震，不禁抬起眼睛……然而陌生人已经失去了踪影，而远处的大路上走来了一个行人。

老人走到他跟前——并且向他伸出一只手。这个行人冷若冰霜地转过身子，什么东西都没有给。

但是，另一个人接着走过来了——这个人给了老人一点点施舍。

老人便用这几戈比铜币给自己买了一块面包——而且，他还觉得这块乞讨得来的面包香喷喷、甜滋滋的——他心里并没有丝毫羞愧的感觉，相反，他的脸上洋溢着一种宁静的欢乐。

1878 年 5 月

# 昆虫

我梦见，我们二十来个人坐在一个所有窗户都敞开着的大房间里。

我们中间有妇女、儿童、老人……我们大家正在谈论一件众所周知的事情——七嘴八舌，人声鼎沸，根本无法听清说的是什么。

忽然，随着一阵刺耳的啪啪声，房间里飞进了一只大昆虫，足足有两俄寸①长……它飞进来后绕屋子转了一圈，便落在墙上。

它那样子，像只苍蝇，或者黄蜂。身体是灰扑扑的土褐色；扁平、坚硬的翅膀也是同样的颜色；向四方叉开的几只爪子毛蓬蓬的，大兮兮、凸鼓鼓的脑袋，活像一只蜻蜓；无论是这脑袋，还是这爪子——都是红彪彪的，就像鲜血的颜色。

这只稀奇古怪的昆虫上下左右不停地转动着脑袋，挪动着爪子……然后，突然间猛地飞离墙壁，啪啪啪啪地满屋子乱转——接着又落在墙壁上，又开始可怕而讨厌地蠕动，但并不离开原地。

它使我们大家感到深恶痛绝，心慌意乱，甚至惴惴不安……我们当中没有一个人见过任何类似的东西，大家众口同声高喊："把这只怪物赶出去！"大家都远远地使劲挥动着手帕……因为谁也不敢走近它……于是，当这只昆虫又飞起来时——大家都不由自主地躲到一边去了。

① 1俄寸等于4.4厘米。

在我们这一群谈话者中，只有一个正当英年、白白净净的人，大惑不解地扫视着大家。他耸耸肩膀，哑然失笑，他一点都弄不明白，我们到底发生了什么事情，我们为何这样惊慌不安？他本人没有看见任何一只昆虫——也没有听见它翅膀发出的不祥的啪啪声。

忽然，那昆虫似乎盯住了他这个目标，它展翅飞了起来，紧贴在他头上，朝着眼睛上方的前额叮了一口……年轻人轻轻地叫了一声"哎哟"，便倒在地上死去了。

这只可怕的苍蝇立即飞走了……直到这时，我们才恍然大悟，这位不速之客到底是什么东西。

1878 年 5 月

# 菜汤

一个农家寡妇的独生子死了，他刚二十岁，是村子里顶呱呱的干活能手。

女主人，也就是这个村的女地主，听说农妇的不幸遭遇后，就在送葬的那天去看望她。

女东家在农妇的家里见到了她。

农妇站在小屋中间的一张桌子前面，不慌不忙、井然有序地用右手（左手像一根干藤垂在腰间）从一只熏得黑糊糊的瓦罐底里舀着清水似的菜汤，并且一勺一勺喝进肚里。

农妇的那张脸瘦岩岩、黑煨煨的；一双眼睛红通通、肿泡泡的……但她却恭敬、笔直地站着，就像在教堂里一样。

"天哪！"女主人心想，"在这个时候，她竟然还吃得下东西……不过，他们所有的人全都一个样，都是铁石心肠！"

女主人于是想起了，几年前她的那个才九个月的女儿不幸夭折，她心如刀割，拒绝租住彼得堡近郊的一所漂亮别墅避暑，竟在城里度过了整个夏天！

然而，这个农妇却还在继续一勺一勺地喝着清水菜汤。

女主人终于按捺不住了：

"达吉亚娜！"她说，"哎呀呀！我真感到奇怪！难道你不爱自己的儿子？你的胃口怎么还这么好呢？你怎么就喝得下这些菜汤呢！"

"我的瓦夏死了，"农妇低声说道，伤心的眼泪又沿着她那深陷的脸颊刷刷滚落，"就是说，我也活到尽头了：我的脑袋就像被活活地砍掉了一样。可这菜汤不能糟蹋呀，里面可是放了盐的啊。"

　　女主人只好耸一耸肩膀——随后就离开了。对她来说，盐是唾手可得的便宜东西。

1878 年 5 月

# 蔚蓝的王国

啊，蔚蓝的王国！啊，蔚蓝、光明、青春和幸福的王国！我见到你了……在梦里。

我们几个人坐着装饰华丽、精美好看的一叶轻舟。猎猎招展的三角桅旗下面，鼓满了风的白帆，好似天鹅的胸脯。

我不知道，自己的同伴是些什么人，但我身上的每一个器官都感觉到，就像我一样，他们也是如此的年轻、快乐和幸福！

不错，我并不怎么注意他们。我放眼四望，只见蓝色的一片无边无际的大海，海面上铺展着金灿灿的鳞片似的万顷细浪，而头顶也是同样蓝漾漾一片无边无际的天空——就在那里，滚动着一轮和蔼可亲的太阳，它欢天喜地，笑容可掬。

我们中间不时飞出清朗朗、乐悠悠的笑声，这简直就是众神的欢笑！

有时，突然有人说几句连珠妙语，有人吟几行妙不可言、灵思动人的诗……似乎，天空也以阵阵天籁与之应答——就连周围的大海，也深有同感地发出颤鸣……接着，又是令人心醉神迷的宁静。

我们的轻舟，随着软漾漾的波浪轻轻起伏，飞驰向前。并没有风推送它；是我们自己那朝气蓬勃的心驱使它向前。我们想去哪里，它就可心如意地飞驰向哪里，就像一个心有灵犀的活东西。

有时，我们会遇到一些岛屿，这是一些半透明的仙岛，岛上到处是红艳艳、蓝莹莹、绿晶晶的各种珍贵宝石，五光十色，灿烂耀眼。从圆形的海岸边飘来令人心旷神怡的芳香；其中的一些岛屿上，白玫瑰和铃兰落英缤纷，阵阵花雨飘洒到我们身上；另一些岛屿上，一群群七彩夺目的长翼海鸟蓦地腾空飞起。

这些海鸟在我们的头顶盘旋飞舞，铃兰和玫瑰的落英与珍珠般的泡沫融为一体，从我们光滑的船舷外漂流而去。

伴随着花雨和群鸟，飘来一阵阵甜蜜蜜、甜的声音……其中似乎还有女性的声音……于是，四周的一切：蓝漾漾的天空，绿澄澄的大海，头顶哗哗飘动的白帆，船尾潺潺流淌的碧水——这一切都在诉说着爱，诉说着怡然自得、幸福无比的爱！

而她，我们每个人都深爱着的那位女子——她就在这里……虽然不见芳踪丽影，但近在身边。再过一瞬间——瞧吧，她的双眼就会秋波闪闪，她的脸上就会绽开一朵朵微笑……她的手就会拉住你的手——并且把你引进鲜花常开、青春永驻的天堂！

啊，蔚蓝的王国！我见到了你……在梦里。

1878 年 6 月

185

## 两个富翁

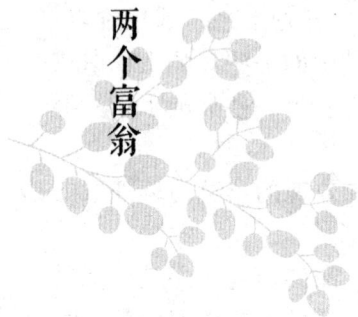

　　每当人们在我面前交口称誉大富翁洛希尔德，说他从自己的巨额收入中拨出成千上万的钱来，教育儿童、治疗病人、周济老人——我总是赞不绝口，并且深受感动。

　　然而，在称赞和感动之余，我不禁想起一个一贫如洗的农民家庭，他们把父母双亡、孤苦伶仃的侄女儿，收养到自己那瓮牖绳枢的小屋里。

　　"要是我们收下卡吉卡，"老太婆说，"那咱们最后几个铜板都得为她花光——就会连盐都没钱买了，汤里也没法放盐了……"

　　"可我们就得收下她……没盐就没盐呗。"那个农夫——她的丈夫——回答道。

　　比起这个农夫来，洛希尔德还差十万八千里呢！

1878 年 7 月

# 老人

　　昏天黑地、沉重难熬的日子来临了……

　　自身的病痛，亲人的疾病，暮年的凄凉与悲苦……你曾经热爱过的一切，你曾无私地为之献身的一切——正在风流云散，灰飞烟灭。眼前，是一条下坡路。

　　究竟怎么办呢？向隅而泣？日坐愁城？你这样做，无论于人于己都毫无助益。

　　那渐趋枯萎的虬曲树干上，枝头的树叶越来越小，也越来越稀——但绿意盈盈，一如从前。

　　你也紧缩起来，躲进自己的内心，沉湎到自己的回忆里吧——在那里，在灵魂幽深的隐秘之处，在凝神沉思的心灵的最底层，你那往日的生活，只有你一个人才能接近的生活，仍将在你的面前散发自己的芬芳，展现清新的绿意和春天的明媚与力量！

　　不过，你可得当心……千万别朝前看啊，可怜的老人！

1878 年 7 月

# 记者

两个朋友围桌对坐，一起喝茶。

街上突然沸喧盈天。有人在如怨如诉地呻吟，有人在疾言厉色地咒骂，有人在幸灾乐祸地哄笑。

"他们在打人呢。"一个朋友朝窗外望了一眼说。

"打的是一般犯人？还是杀人凶手？"另一个问道，"请听我说，无论他是什么人，决不容许未经法庭审判就任意责罚。走吧，咱们去为他讨个公道。"

"不过，他们打的不是杀人凶手。"

"不是杀人凶手？那么是个小偷了？反正一样，咱们去把他从人群里救出来。"

"也不是小偷。"

"不是小偷？那么是个售票员？铁路工人？军需官？俄罗斯学术和文艺的保护者？律师？与人为善的编辑？乐善好施的慈善家？……无论如何，咱们得去帮他一把。"

"不……这个挨打的是个记者。"

"记者？唔，那么你听我说：咱们先喝完这杯茶再说。"

1878 年 7 月

# 两兄弟

那是一个幻影……

两个天使……两个精灵飞临我身边。

我之所以说他们是天使……精灵——是因为两人都赤身裸体，一丝不挂，并且每一个的肩膀后面都长着一对劲鼓鼓的长长翅膀。

两个都是青年。一个——稍显丰满，光滑滑的皮肤，乌油油的卷发。浓密的睫毛下一双褐色的眼睛，满蕴着深情；目光温情脉脉，快快乐乐，充满渴望。面孔如出水芙蓉，清丽可爱，只是稍稍有点儿粗豪，微微带点儿凶悍。鲜红而丰满的嘴唇，轻轻地颤动着。青年微笑着，就像一位大权在握的人那样——充满自信又慵慵懒懒；一顶华丽的花冠，轻轻罩在他那亮油油的头发上，几乎遮住天鹅绒般的双眉。丰满的肩膀上，挂着一张用金箭别住的色彩斑斓的豹皮，轻轻地一直垂到弯成弓形的大腿上。翅膀上的羽毛是醒目的玫瑰红；翅尖则是一片鲜红，仿佛浸染过殷红的鲜血。这对翅膀不时快速扇动，发出银铃一般清脆悦耳的玲玲声，春雨一般柔美动听的沙沙声。

另一个身材瘦削，肤色偏黄。每次呼吸时，肋骨隐约可见。淡黄色的头发，稀疏而粗直；一双圆溜溜的浅灰色大眼睛……目光惊惶不安，而且出奇的明亮。整个脸型是尖尖的；微微张开的小嘴里露出鱼一般尖细的牙齿；短短的鹰钩鼻子；前翘的下巴，上面蒙着一层白茸茸的细毛。两片干瘪瘪的嘴唇，从来不曾挂上过一丝微笑。

那是一张端端正正然而望而生畏、冷酷无情的脸！（其实，那第一个眉目如画的青年——他的脸虽然温柔可爱，但同样没有怜悯之情）第二个人的头上插着几根空瘪瘪的断麦穗，用一根干枯枯的草茎编在一起。腰间缠着一块粗拉拉的灰布；背后的一双翅膀蓝靛靛的，淡然无光，缓缓地威严地扇动着。

两位青年就像是形影不离的双飞蛱蝶。

他们彼此肩膀紧靠着肩膀。第一位软温温的手像一串葡萄似的，搭在第二位瘦巴巴的锁骨上；第二位瘦小的手臂连同细长的五指，像蛇一样贴在第一位那女人一般的胸口上。

这时，我听到一个声音……这声音这样说：

"站在你面前的，是爱情和饥饿——这是一对亲兄弟，它们是一切生命的两大根基。

"所有的生物——都在四处活动，为的是觅食；而觅食，又是为了繁殖。

"爱情和饥饿——它们的目标毫无二致：必须使生命瓜瓞绵绵延续下去，无论是自己的生命，还是他人的生命——毕竟都属于那个宇宙的总生命。"

1878 年 8 月

# 利己主义者

他身上具有一切必需的条件，使他成为家庭的灾星。

他生来身强体壮钱多财广——而且，在自己那漫长的一生中，他自始至终身强体壮，钱多财广，不曾有过一次过失，不曾犯过一次错误，不曾说错一句话，也不曾有过一次失算。

他诚实正直，尽善尽美……并且以意识到自己的诚实正直而得意洋洋，借此压制所有的人：亲人，朋友，熟人。

诚实正直成了他的资本……于是他借此掠取高额利息。

诚实正直使他有权利做一个冷酷无情的人，不去做法律上没规定的任何一件好事；于是，他也就真的变成冷酷无情的人——不做一件好事……因为法律规定的好事——那也便不是什么好事。

他从来不关心任何人，除了他自己——真该奉为楷模啊！假如别人也同样对他这位人中狮子漠不关心，那他就会理直气壮地勃然大怒！

与此同时，他并不认为自己是个利己主义者——而且，他对利己主义者和利己主义，谴责得比谁都严厉，抨击得比谁都猛烈！还用得着说吗！别人的利己主义损害了他自己的利己主义。

他在自己身上看不到一丁点最微小的弱点，因此就无法理解也绝不容忍任何人的弱点。总之，他对任何人和任何事都一无所知，因为他方方面面，上上下下，前前后后，整个儿都被自己纤悉无遗地包裹起来了。

　　他甚至从不知道：宽恕意味着什么？他根本不需要宽恕自己……他又凭什么要宽恕别人呢？

　　面对自己良心的审判，面对自己的上帝——他，这个怪物，这个披着美德外衣的恶魔，举目望天，振振有词、字字清晰地说："对啊，我是一个当之无愧的道德君子！"

　　在行将就木之前，他还会重复这句话——即便到那个时候，他那颗顽石一般的心，那颗毫无瑕疵、毫无裂痕的心，也绝不会有丝毫颤抖。

　　啊，自命不凡、刚愎自用、廉价沽来的美德，比起赤裸裸的恶德败行来，你的丑陋不堪恐怕更叫人憎恶！

1878 年 12 月

有一天，天神心血来潮，想在他那蓝晶晶的宫殿里，举行一次盛大的宴会。

所有的美德都被列为赴宴的嘉宾。仅仅邀请美德……男士一个不邀，单单只请女宾。

嘉宾云集，门庭若市——大大小小的美德女神聚会在一起。小的美德女神们比起大的美德女神们更娇媚迷人，更温柔可爱；不过，所有的宾客似乎都显得心满意足，而且彬彬有礼地相互交谈着，就像至亲好友在娓娓叙谈。

然而，就在这时，天神发现了两位如花似玉的女士，看上去她们彼此还素不相识。

主人便拉着其中一位女士的手，把她引到另一位面前。

"行善女神！"他指着第一位女士说。

"感恩女神！"他又指着第二位女士说。

两位美德女神惊讶得说不出话来；自从世界存在以来——而这个世界早就存在了——她们相互会面，还是破天荒头一回呢！

1878 年 12 月

# 斯芬克斯①

　　一片灰中透黄、表面松散、底层坚实、吱吱作响的沙漠……举目四望，到处都是茫茫无边的沙漠！

　　就在这片渺无人迹的沙漠上，就在这片死灰堆积的海洋上，巍然耸立着埃及斯芬克斯的巨大头像。

　　它们想说些什么呢，这两片噘起的宽阔的厚嘴唇，这两个一动不动地大张着的朝天鼻孔——还有这两只眼睛，这两只在两道弓形的高高眉毛下似睡非睡似醒非醒、半开半闭似看非看的眼睛？

　　而它们确实想说些什么！它们甚至正念念有词——但只有俄狄浦斯一个人能猜透谜底，领悟它们那无声的话语。

　　哦！我也认识这副面容……它已经没有一丝埃及的影子了。白白皙皙的低低前额，高高凸起的颧骨，又短又直的鼻子，洁白的牙齿，

---

　　①　斯芬克斯源自古埃及传说，开罗至今尚存其巨型狮身人面雕像。后传入古希腊。在希腊神话中，斯芬克斯变成女首狮身并长有翅膀的怪物，在生与死搏斗时她就被请出来，传说她抢劫儿童和青年。她曾被天父宙斯之妻天后赫拉派往忒拜城，居住在城外的一个山崖上，向过往的行人出一个谜语："有一物早晨用四条腿走路，中午用两条腿，晚上用三条腿，腿最多的时候，也是它最弱的时候。"猜中者可以安全通过，猜不中者均被杀死。最后，由青年王子俄狄浦斯猜出谜底为"人：孩提时代他手脚并用爬着走，成年以后直立行走，到了晚年拄着拐杖走"，她羞愧得跳下山崖自杀，而俄狄浦斯被忒拜人拥戴为国王。

漂亮的嘴巴，柔软的短髭，卷曲的胡须——还有这双相距颇远的小小眼睛……梳着分头的浓密头发……这就是你呀，卡尔普，西多尔，谢苗，雅罗斯拉夫省、梁赞省的庄稼汉，我的同胞，俄罗斯的亲骨肉！你是不是早已变成斯芬克斯了呢？

莫非你也想说些什么？是啊，你也是——斯芬克斯。

你的眼睛——这一双没有色彩然而深邃的眼睛也在说着……它们的话语也是同样无声的，并且像谜语一样神秘隐晦的。

只是你的俄狄浦斯在哪里呢？

唉！全俄罗斯的斯芬克斯啊，要想成为你的俄狄浦斯，光是戴上一顶穆尔莫尔卡帽①，那是远远不够的！

1878 年 12 月

———————————

① 18 世纪以前俄国贵族男子所戴的一种平顶卷沿皮帽。

# 女神

　　我站在一片美丽的群山面前，群山连绵起伏，像一把扇子伸展开去；从山顶到山麓，到处覆盖着绿生生的幼树林。

　　群山上面，是清湛湛、蓝莹莹的南国天空；太阳当空，金光万道；群山下面，一条条湍急的小溪，在片片绿草丛中时隐时现，淙淙流淌。

　　我不禁想起了一个古老的传说，说的是公元一世纪，有一艘希腊船在爱琴海上航行。

　　时间已到中午……风和日丽，波平浪静。蓦然间，在舵手头上的高空中，有人字字清晰地说道：

　　"当你驶过海岛的时候，你要大喊一声：'大神潘①死啦！'"

---

　　①　潘是希腊神话中的山林之神、畜牧之神，长着人的身子，羊的腿和角，后成为酒神的随从。美国学者查尔斯·米尔斯·盖雷在其《英美文学和艺术中的古典神话》一书中有一段话可解释这首散文诗的主题："潘是山林田野之神，这个名字的意思似乎是'一切'，所以他被认为是宇宙的象征、自然的化身。……后来，潘被认为是所有希腊天神和异教天神的代表。确实，根据早期基督教的传统说法，当天国的主人向牧羊的人们宣布基督诞生的消息时，整个希腊群岛都可以听到深沉的叹息。因为那喻示着潘死了，奥林匹斯众神也被废黜了，有些天神甚至被流徙到了阴冷黑暗的地带。"（北塔译，世纪出版集团上海人民出版社，2005年，第236—237页）屠格涅夫这首散文诗似取材于早期基督教的传说，主题也与此相关甚至相同，表现的是重视人的精神的基督教对重视自然的希腊异教的胜利。

舵手吓得目瞪口呆……魂不附体。然而，当船只从海道旁驶过时，他终于奉令承教，大叫了一声：

"大神潘死啦！"

于是，他的叫喊立即有了回应，海岛沿岸各处（而该岛荒无人烟）响起了号啕大哭声、呻吟声以及拖得长长的哀号声：

"死了！大神潘死啦！"

我想起了这个传说……同时，一个奇怪的念头袭上心头："如果我也大叫一声，那会怎样呢？"

可是，由于我置身在一片盎然生机、融融欢乐之中，我不曾考虑死的问题——于是集中全身力气高喊：

"复活啦！大神潘复活啦！"

于是，立即——真是咄咄怪事——我的叫喊得到了回应，扇子般展开的青翠欲滴的辽阔群山，轰滚着友好的大笑声，飘腾起快乐的说话声和鼓掌声。"他复活啦！潘复活了！"一片青春的声音在喧腾。前面的一切突然都喜笑颜开，比高空的太阳更灿烂，比草丛中淙淙流淌的小溪更欢快。我听见一阵轻飘飘、急乎乎的脚步声，透过绿蓁蓁的密林，隐隐闪现出大理石一般白莹莹的波浪形衣裙，活鲜鲜、红润润的裸露躯体……那是一群女神，一群女神啊，一群森林女神，这些酒神的女祭司正从山顶跑向平原……

她们一下子站满了所有的林间空地。一绺绺鬈发盘绕在她们那美丽无比的头上，匀称优美的素手高举着花环和铃鼓——于是，笑声，响亮动听的奥林匹斯的笑声，便随着她们在山林间飞荡，飘舞……

一位女神飞跑在最前边。她比所有女神更高，更美丽——她肩上挂着箭袋，手里拿着弯弓，飘逸的鬈发上插着一弯银光灿灿的新月……

狄安娜①，这——可是你？

然而，这位女神突然止步不前了……于是，顷刻间，紧跟在她身后的所有女神也都停住了脚步。银铃般的笑声云消雾散了。我看见，

---

① 狄安娜是罗马神话中的月亮和狩猎女神，在希腊神话中叫阿尔忒弥斯，是太阳神阿波罗的孪生姐姐，她终生未嫁，也是纯洁的处女之神。

猛然间一声不吭的女神脸上，罩上了一层死人般的惨白，她的双手绵软无力地垂了下来，她的双脚像石头那样僵硬，不可言状的恐惧使她嘴巴大张，眼睛圆睁，紧瞪着远方……她看见了什么？她紧瞪着哪里？

我转身朝着她紧瞪着的那个方向……

在远远的天边，在低低的地平线上，一个金灿灿的十字架像小小火球闪闪发光，它高高挂在一座基督教教堂的白色钟楼上……女神看见的正是这个十字架。

我听见身后传来一声飘忽不定的长长叹息，好似琴弦绷断时发出的颤音——而当我再度转过身来，女神们早已无影无踪了……辽阔的树林依旧翠意盈盈——只是有好几个地方，透过密森森的枝叶，隐隐可见几片白色的云片在袅袅消散。那到底是女神的衣裙，还是从谷底升上来的雾气——我不得而知。

然而，女神们昙花一现便销声匿迹，使我万般惆怅，惋惜不已！

1878 年 12 月

一个被判终身监禁的犯人越狱逃出，拼命地向前狂奔……追捕者们跟随其踪迹，紧追不放。

他竭尽全力，向前飞跑……追捕者们渐渐被甩在后面。

然而，就在这时，一条河流横挡在他的面前，一条两岸壁陡的河流，一条狭窄——但深不见底的河流……而他却不会游泳！

一块朽烂、薄脆的木板，接通了两岸。逃亡者已经抬起一只脚就要踏上去……可是正在这个时候，发生了这样一件事情：河岸边站着他的刎颈之交和生死仇敌。

仇敌缄口不语，只是交叉着双手冷眼观望，而朋友却在放开喉咙高喊：

"得了吧！你在干什么呀？头脑清醒点，疯子！难道你没有看见，木板已经完全腐烂了吗？你这么重的人一压上去，它马上就断了——那你可真是自取灭亡了！"

"可是，再没有别的渡口呀……而你没听见他们已经追上来了吗？"不幸的逃犯绝望地呻吟着说，说着便踏上了木板。

"我绝不允许！……不，我绝不允许你白白送命！"满腔热忱的朋友高声叫道，接着便把木板从逃亡者脚下抽走了。那个逃亡者立即扑通一声掉进了白浪滚滚的急流——沉入水底去了。

仇敌踌躇满志地哈哈一笑——便悄然离去；而朋友却坐在河岸

上——开始涕泪交集地痛哭他那位可怜的⋯⋯可怜的朋友！

可是，他没有意识到朋友的死自己是有责任的⋯⋯压根儿就没有意识到。

"他没听我的话！没听话呀！"他泣不成声地说。

"不过，话又说回来！"他最后说，"要知道他本该一辈子待在可怕的监狱里饱受折磨的！可现在他至少不再受苦受难了！现在他倒是轻轻松松了！看来，这一切都是命运的安排啊！

"不过，从人道的角度来看，这毕竟还是惨不忍睹的一幕啊！"

于是，这个善良的人继续无从安慰地为自己倒霉的朋友痛哭流涕。

1878 年 12 月

# 基督

我梦见自己变成了一个少年，几乎就是一个孩子，置身于乡村一座低矮的教堂里。古老的圣像前，燃着一支支细细的蜡烛，红丝丝的微光在点点闪烁。

每一朵小小的火焰，都围着一圈彩虹般的光环。教堂里暗幽幽、黑蒙蒙……可是，我的前面却站着很多人。

清一色淡褐的庄稼汉脑袋。它们不时轻轻摇动，缓缓低下去，又慢慢抬起来，就像一片成熟的麦穗，在轻拂的夏风中，悠悠荡起起起伏伏的波浪。

忽然，有一个人从后面走到我身边，跟我并排站着。

我并没有转过头去看他——但我立刻感觉到，这个人——就是基督。

我顿时心潮澎湃，好奇心切，但又心慌意乱。我极力保持镇静……然后，看了看自己身边的那个人。

这张脸，跟所有人的脸一样——是一张与所有人毫无二致的脸庞。两只眼睛稍稍朝上望着，专心致志，神态安详。一双嘴唇闭着，但闭得不是太紧：上唇似乎是在下唇上休憩。颏下一小撮胡子分成两撇。两手交叉放在一起，一动也不动。就连身上的衣服，也和所有的人一模一样。

"这究竟是什么样的基督啊！"我不禁暗暗思量，"一个如此平淡无奇的常鳞凡芥！这绝不可能!"

　　我扭头望向别处。然而，我还没来得及把目光从这个常鳞凡芥身上挪开，就又立刻觉得与我并排而立的正是基督。

　　我又极力控制住自己的情绪……于是，我又看见了那张跟所有人毫无二致的脸，看见了那尽管还不熟悉但平平凡凡的相貌。

　　突然，我感到胸口闷得慌——于是，就醒过来了。直到这个时候，我才明白，正是这样的一张脸——与所有的人一模一样的脸，才是基督的脸啊。

1878 年 12 月

# 岩石

　　你们可曾见过海边那块古老的灰色岩石，在涨潮的时候，在阳光明媚、喜气洋洋的日子里，生龙活虎的浪涛从四面八方向它扑来——拍打它，戏弄它，爱抚它——并且，把珍珠般的亮闪闪的水沫，纷纷洒洒地倾泻到它那长满青苔的头上？

　　岩石依然还是那块岩石——可是，它那暗淡的表面却显出了一些明亮的色彩。

　　这些色彩表明，在地老天荒的时候，这块熔化的花岗岩刚刚开始凝固，它通体的颜色就像熊熊燃烧的一片红赫赫的火焰。

　　我这颗衰老的心也正是这样，不久以前，妙龄女郎的心从四面八方向它汹涌而来——于是，在它们那柔情的抚摸下，我心灵中那早已黯淡无光的颜色重又红光闪闪，再现当年的红艳！

　　海潮消退了……然而，色彩却依旧红艳——尽管寒凛凛的海风使劲吹刮、剥蚀着它们。

1879 年 5 月

# 鸽　子

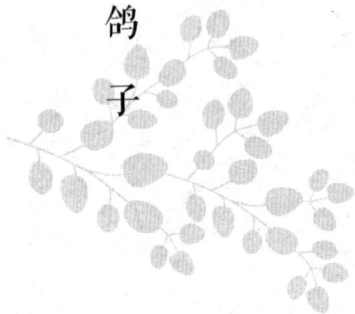

我站在一个坡势平缓的山丘顶上。在我面前——铺展着一大片成熟的黑麦田，就像五色缤纷的海洋，时而是漫漫一片金灿灿，时而是茫茫一片银晃晃。

然而，这片海洋上却没有泛起一丝涟漪；闷沉沉的空气凝滞不动：一场大雷雨已近在咫尺。

在我附近依旧是一片阳光——热辣辣、昏冉冉；然而，在黑麦田那边不太远的地方，蓝沉沉的浓云仿若一个笨重的庞然大物，遮住了整整半个天空。

万物都纷纷匿影藏形……在阴郁不祥的残阳的照耀下，万物都变得疲惫不堪。听不见一只鸟儿的啼叫，也看不见一只鸟儿的踪影；就连麻雀也销声匿迹了。只在附近的某个地方，孤零零的一大片牛蒡叶在顽强地沙沙细语，啪啪作响。

田埂上艾蒿的气味是多么浓烈！我望着那一大堆蓝沉沉的浓云……心里感到忐忑不安。"那就快点儿来吧，快点儿吧！"我心想，"闪烁吧，金蛇啊，轰鸣吧，雷霆啊！飘移吧，翻滚吧，化作滂沱大雨吧，凶恶的乌云，结束这让人痛苦不堪的折磨吧！"

可是，乌云纹丝不动。它依旧压迫着无言的大地……而且，似乎在一个劲地膨胀，变得更黑。

然而，就在乌云清一色的暗蓝色背景上，有个什么东西平平稳稳、从从容容地闪现；煞像一块白手帕或一个小雪球。这是从村子那边飞来的一只白鸽。

它飞呀，飞呀——一直笔直地飞，笔直地飞……随后在树林后面消失了。

过了不多一会——仍旧是一片可怕的寂静……可是，看啊！竟然有两块白手帕在闪闪发光，两个小雪球在往回疾飞：那是两只白鸽，在平平稳稳地飞回家去。

现在，暴风雨终于猛扑过来了——铺天盖地，热闹非凡啊！

我总算勉强赶回到家里。狂风怒号，像个疯子似的到处乱窜；一团团火红色的浓云，好像被撕成了丝丝缕缕的碎片，低压着大地在飞驰；一切都在旋转，混成黑昏昏的一片；瓢泼大雨噼里啪啦地抽打下来了，像垂直的水柱一样摇晃着猛砸到地面上；一道道闪电迸发出绿幽幽的火焰；断断续续的雷声，仿如大炮的轰鸣；空气里弥漫着硫磺的气味……

然而，在屋檐底下，在天窗的边缘上，两只白鸽在紧紧依偎着——一只曾飞出去寻找同伴，另一只则被它领回家，或许，是被它救回家。

两只鸽子都竖起羽毛——它们彼此都感觉到自己的翅膀依偎着对方的翅膀……

它们是多么幸福美满！望着它们，我也感到幸福美满……虽然我茕茕孑立……像往常一样形单影只。

1879 年 5 月

# 明天！明天！

逝去的每一个日子，几乎都是那么空空洞洞，无聊乏味，微不足道！它在自己身后留下的痕迹真是少得可怜！一小时又一小时，时光飞逝，可它竟是如此一无可取，如此愚不可及！

然而，人仍然希望生存下去；他珍爱生命，他寄希望于生命，寄希望于自身，寄希望于未来……啊，他有不计其数的幸福期待于未来！

可是，他究竟凭什么认为，其他的日子，那些未来的日子会与刚刚逝去的这一天截然不同呢？

其实，他并未这样认为。他根本不爱思考——这样反倒做得对极了。

"等到明天吧，明天！"他就这样自我安慰着，一直到这个"明天"把他送进坟墓。

唔，一旦进了坟墓——你就不得不停止思考了。

1879 年 5 月

# 大自然

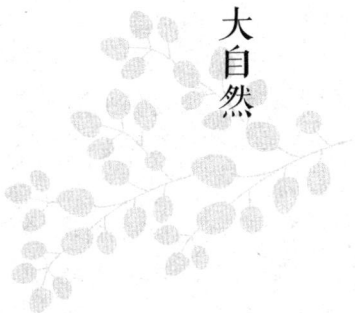

我梦见，我走进一座地下神殿，它气势雄伟，有着许多高大的拱顶。整座神殿里浮漫着那种地下的、匀和的光线。

神殿的正中坐着一位端庄威严的女人，身穿一件绿艳艳的波纹布衣裳。她俯首垂靠在一只上托的手上，似乎正沉浸在深思之中。

我立刻明白了，这个女人——就是大自然本身——一种虔敬的恐惧像一股寒气骤然袭过我的心灵。

我走到这位端坐着的女人面前——并且，毕恭毕敬地鞠躬行礼：

"啊，我们万物的母亲！"我高声说道，"你在沉思什么呢？你可是在思考人类未来的命运？你是不是在思考，人类怎样才能实现尽善尽美和至高幸福？"

女人慢悠悠地转过那双乌灼灼、寒凛凛的眼睛望着我。她的一双嘴唇微微动了一下——于是，便响起了铁器相撞一般的铿锵声音。

"我正在思考的是，怎样增强跳蚤腿部肌肉的力量，好让它更容易逃脱敌人的攻击。进攻和反击的均衡已经被破坏了……应该恢复过来。"

"怎么？"我轻声嘀咕着，"你想的竟是这个问题？难道我们人类不是你喜爱的孩子吗？"

女人微微皱了一下眉头。

"一切造物都是我的孩子，"她说，"因此，我一视同仁地爱护他们，也一视同仁地毁灭他们。"

"然而善良……理性……正义呢……"我又轻声嘀咕道。

"这是人类的话语，"铿锵的声音轰响着，"我既不知道什么是善，也不知道什么是恶……在我看来，理性也并非法则——而且，正义又是什么东西呢？我给了你生命——我又夺回它，交给别的生物，交给蛆虫，还是交给人……对我来说完全一个样……你现在还是先保护自己吧——不要再打扰我！"

我本想反驳几句……然而，周围的大地却发出一声沉闷的呻吟，并且抖动了一下——于是，我就醒来了。

1879 年 8 月

「绞死他！」

　　"这件事发生在 1805 年，"我的一位老熟人开始说，"在奥斯特里茨战役①前不久。我们团驻扎在摩拉维亚②，当时我是团里的一名军官。

　　"那时，严禁我们骚扰和欺压居民；即使这样，他们还是对我们疑神疑鬼，虽然我们也算是盟军。

　　"我有一个勤务兵，过去是我母亲的农奴，名叫叶戈尔。他是一个忠厚老实、温和柔顺的人，我从小就了解他，对他像朋友一样。

　　"可是，有一天，我住的那家屋子里吵骂声和哭号声闹翻了天：女房东丢了两只鸡，而她一口咬定这是我的勤务兵偷的。他竭力辩白，还把我请去作证……'他怎么会偷东西呢，他，叶戈尔·阿夫达莫诺夫！'我请女房东相信叶戈尔的忠诚老实，但她什么话都听不进去。

　　"突然街上传来了匀整的马蹄声：总司令本人带着司令部的人员一起过来了。

　　"他骑着马一步步慢慢走着，他身宽体胖，脸上皮肉松弛，低垂

---

①　奥斯特里茨，今捷克斯拉夫科夫市，1805 年 12 月 2 日，拿破仑率 7.3 万法军在此击败 8.6 万俄奥联军，创造了以少胜多的成功战例，使第三次反法联盟宣告瓦解。

②　摩拉维亚是捷克东部的一个地区，屠格涅夫写作这篇文章时，该地区归奥地利管辖。

着脑袋，两块带穗的肩章直落到胸前。

"女房东一见到他——就立刻冲上前去拦住他，扑通一声跪在他的马前——她披头散发，衣履不整，连头巾都没戴，开始大声控诉我的勤务兵，还用手指着他。

"'将军先生！'她大喊道，'大人啊！请您明断！请您帮帮我！请您救救我！这个大兵抢了我的东西！'

"叶戈尔站在屋门口，身体挺直双手下垂，一只手拿着帽子，甚至挺起胸膛，双脚立正，俨然一个哨兵——可就是一言不发！也许是站在街道当中的这群将官们让他不知所措，也许是这飞来横祸使他呆若木鸡——我的叶戈尔只是站着，一个劲儿眨巴眼睛——而他那张脸就像黏土那样白煞煞的。

"总司令漫不经心、疾首蹙额地瞥了他一眼，气吁吁地哼了一声：

"'嗯？……'

"叶戈尔像个木偶一动不动地站着，还龇着牙齿！从侧面一看：这家伙好像在笑呢。

"这时总司令硬邦邦地丢下一句话：

"'绞死他！'然后，双腿往马的两侧一夹，继续前进——开始依旧一步一步慢慢走着，后来便快步奔跑起来。司令部的全体人员都跟着他飞马而去；只有一位副官在马鞍上转过头来，朝叶戈尔望了一眼。

"不服从命令是不行的……叶戈尔立即被抓了起来，送去绞死。

"这时，他已完全麻木不仁了——只是吃力地叫了两声：

"'老天爷啊！老天爷！'接着又轻声说道，'老天有眼——不是我呀！'

"他伤心欲绝地哭着跟我诀别。我感到绝望至极。

"'叶戈尔！叶戈尔！'我大叫着，'你为什么就一句话也不对将军说呢！'

"'老天有眼，不是我呀。'这个不幸的人抽抽泣泣地又说了一遍。

"女房东本人也吓蒙了。她怎么也没想到会有如此可怕的处置，也情不自禁地放声大哭起来。她开始哀求所有的人，请他们每个人都宽恕她，一口咬定她的两只鸡已经找到，还说她自己愿意把一切都说清楚……

"当然，这一切都已完全无补于事。先生，那是军规啊！铁的纪律啊！女房东的号啕大哭声越来越响了。

　　"叶戈尔已经向神父作了忏悔，并且领了圣餐，他对我说：

　　"'老爷，请您告诉她，叫她别太伤心了……我早已原谅她了。'"

　　我的老熟人把他仆人最后的这几句话重复了一遍，接着又轻轻说道："叶戈鲁什卡，好兄弟，您真是一个大好人啊!"——滴滴泪水沿着他那苍老的面颊刷刷流下。

1879 年 8 月

# 我会想些什么呢?……

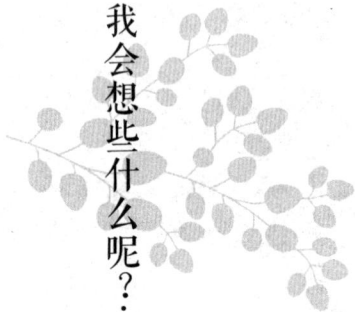

当我即将钟鸣漏尽的时候,我会想些什么呢——如果我那时还能够思考的话?

我是否会想,我没有好好利用自己的一生,昏昏沉沉、浑浑噩噩地虚度了光阴,不懂得享受生命的赠予?

"怎么?马上就要与世长辞了?这么快?不可能!可是我还什么都没来得及做呀……我只是刚刚准备动手啊!"

我是否会回忆过去,让我所度过的为数不多的几个辉煌瞬间一一浮现在脑海里,让那些亲爱的形象和面容历历如在眼前?

我做过的那些蠢事是否会出现在我的记忆里——那姗姗来迟的悔恨是否会使我心之忧矣,视丹如绿?

我是否会想,死后等着我的是什么……而且那里是否真有什么东西在等着我?

不……我觉得,我会尽力不去思考——并且强迫自己信口开河,胡言乱语,为的只是让自己的视线避开前面那片令人毛骨悚然、越来越浓的黑暗。

曾经有一个临死的人当着我的面,一直抱怨别人不给他吃炒过的核桃……只是在那里,只是在他那渐渐暗淡无光的眼睛深处,有个什么东西在扑腾,在抖动,好像一只受了致命重伤的鸟儿在扑腾、抖动折断的翅膀。

1879 年 8 月

"玫瑰花，多么美丽，多么鲜艳……"

很久很久以前，在某个地方，某个时候，我读过一首诗。它很快就被我遗忘了……但是第一行诗却至今依然留在我的记忆里：

玫瑰花，多么美丽，多么鲜艳……①

现在是冬天，严寒给窗玻璃蒙上一层毛茸茸的薄薄霜花；黑魆魆的房间里点着一支蜡烛。我躲在房间的一个角落里坐着；可脑子里却一个劲地回响着：

玫瑰花，多么美丽，多么鲜艳……

于是，我发现自己站在城郊一座俄罗斯房子低矮的窗户前。夏日的黄昏正在静荡荡地消融，融入漫漫黑夜，暖腾腾的空气里弥漫着木樨草和椴树花的芳香；而在窗台上坐着一位少女，她伸直一只手臂托住脸颊，头儿斜靠在一个肩膀上——她静幽幽、直盯盯地望着天空，似乎是在等待第一批星星的出现。她那沉思的眼睛是多么纯真无邪，

---

① 这是俄国诗人伊凡·彼得罗维奇·米亚特列夫（1796—1844）的诗《玫瑰》（1835）的首句。

213

多么热情洋溢，那张开的、似在询问的嘴唇是多么动人，多么天真；那发育还不充分、尚未经受过任何激动的胸脯，呼吸得多么均匀平稳；那青春妙龄的面容，是多么纯洁，多么温柔！我不敢跟她说话——可是，她使我感到多么可亲可爱，我的心跳得多么剧烈！

　　　玫瑰花，多么美丽，多么鲜艳……

　　然而，房间里黑暗越来越浓，越来越浓……结了烛花的蜡烛发出噼噼啪啪的响声，跳荡不定的影子在低矮的天花板上摇来晃去，风雪在屋外狂呼怒吼，轧轧作响——就像老年人乏味的絮语声……

　　　玫瑰花，多么美丽，多么鲜艳……

　　我的眼前又浮现出另外一些景象……我听见了乡村家庭生活欢乐的喧哗。两个长着淡褐色头发的小脑袋紧紧挨在一起，两双亮汪汪的眼睛机敏地望着我，两张红嘟嘟的脸颊因为强忍住笑而微微颤动，两双手亲热地互相勾在一起，两个稚嫩、友好的声音争先恐后，互相打断对方的话；而在稍远的地方，在那间舒适的房间深处，也有一双年轻的手，十指交错，在快速敲击一架老式钢琴的琴键——而兰纳①的圆舞曲都不能压住祖传茶炊的咕嘟咕嘟……

　　　玫瑰花，多么美丽，多么鲜艳……

　　蜡烛渐渐暗淡，正在熄灭……是谁在那边咳嗽，咳得如此嘶哑、低沉？我的老狗，我唯一的伴侣，身子蜷缩成一团，紧靠在我脚边，瑟瑟发抖……我感到冷浸浸的……我快冻僵了……而他们都死了……

---

　　①　约瑟夫·弗朗兹·卡尔·兰纳（1801—1843），奥地利作曲家、指挥家、小提琴家，一生创作有200多首圆舞曲、波尔卡，他的圆舞曲在约翰·施特劳斯（1825—1899）的圆舞曲出现以前，已享有很高的声誉，被称为维也纳圆舞曲的创始人。

死了……

玫瑰花，多么美丽，多么鲜艳……

1879 年 9 月

# 海上之行

我乘坐一艘小轮船从汉堡到伦敦去。乘客就我们两个：我和一只小猴子，一只绢毛猴类的小母猴，这是一位汉堡商人赠送给他英国股东的一件礼物。

猴子被一条细细的锁链拴在甲板上的一条长凳上，烦躁不安地蹿来跳去，像鸟儿似的吱吱哀叫。

每次，当我从它身旁经过，它都会向我伸出自己那只黑惨惨、凉冰冰的小手——并且用它那双愁戚戚的、几乎像人一样的小小眼睛望着我。我拉住它的手——于是，它便不再吱吱哀叫，也不再蹿来跳去了。

海上风平浪静。海面就像一块向四面铺开的铅灰色桌布，纹丝不动。大海看起来似乎并不辽阔；浓雾茫茫，笼罩着海面，遮蔽了桅杆顶端，软溶溶的朦胧粘住了目光，使人感到神疲目眩。在这一片软溶溶的朦胧里，太阳仿若一个红惨惨的晕圈悬挂在空中；而快到傍晚时分，那片软溶溶的朦胧却燃成红彤彤的一片，熠熠闪耀着神秘莫测、奇妙无比的红光。

长条条、直溜溜的波纹，好似厚重的丝绸上的皱褶，一个紧接一个，从船头滚滚奔流而来，不断扩大变宽、卷缩起皱，再扩大变宽，最后平铺开来，轻轻摇晃几下，便失去了踪影。螺旋桨发出单调的哗哗声，翻卷起一团团泡沫四溅的浪花；浪花像牛奶一样白亮亮的，轻轻发出唑唑的响声，碎散成一道道蛇一般的水流——随后又在那边汇合起来，也无影无踪了，被茫茫浓雾吞噬了。

　　船尾的一只小钟连续不断、如怨如诉地丁丁当当着，同猴子的哀叫声一样凄凉。

　　有时，一只海豹浮上海面——尔后又猛一翻身，消失在涟漪频荡的海平面下。

　　而船长，一个沉默寡言的人，脸上晒得黑黝黝的，一副郁郁寡欢的样子，叼着一管短烟斗，气狠狠地朝一平如镜的海面吐着唾沫。

　　我每次问他，他总是以支支吾吾的嘟嘟囔囔加以回答；我无可奈何，只好去找我那惟一的旅伴——猴子。

　　我在它身边坐了下来；它不再吱吱哀叫——而且，再次向我伸出一只手。

　　呆滞滞的浓雾湿蒙蒙地围裹住我们俩，使人昏昏欲睡；我们都沉浸在同样无意识的默想中，像亲人一样并排坐着，互依互靠。

　　现在，我哑然失笑……可是当时我却是别有一番滋味在心头。

　　我们都是同一个母亲的孩子——而且，令我感到极其欣慰的是，这只可怜的小动物竟然如此信任我，安安静静的，并且偎靠着我，就像偎靠着亲人一样。

1879 年 11 月

## H.H.①

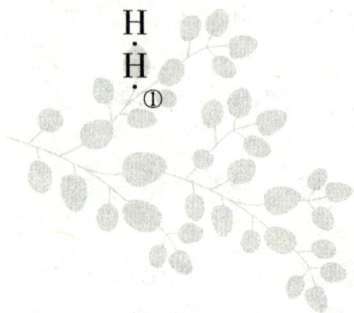

　　你端庄雅静地走在人生的道路上，从不曾珠泪盈盈，也不曾笑生双靥，只有他人冷冰冰的眼光才能激发你的一丝生气。

　　你善良而聪明……你置身于一切事外——你也不需要任何人。

　　你仪态万方——而且，没有人会问：你是否珍惜自己的美丽？你自己冷若冰霜——你也不需要别人的关心。

　　你目光深沉——但并非在深思；在这亮晶晶的目光深处，只有一片空虚。

　　因此，在极乐世界里，在格鲁克②庄严乐曲的旋律伴奏中——一群端庄的幽灵既无忧伤也无欢欣地缓缓飘过。

1879 年 11 月

---

　　① 意即某某人。

　　② 克里斯托夫·维利巴尔德·冯·格鲁克（1714—1787），德国作曲家，欧洲 18 世纪歌剧的改革者之一，主要作品有歌剧《俄耳甫斯与欧律狄克》《帕里斯与海伦》《伊菲革尼亚在阿弗利德》等。此处指其歌剧《俄耳甫斯与欧律狄克》第二幕，故事在阴间极乐世界展开。

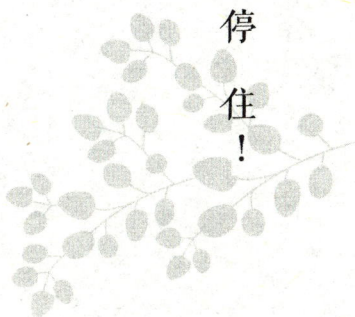

停住！让我现在看到的你这种动人仪态，永远存留在我的记忆里吧！

最后一个灵气四溢的音符脱口飞出——双眼既不熠熠放射光芒，也不炯炯闪耀异彩——它们黯然失色，因为沉醉于幸福之中，沉醉于你成功地表达出来的那种美之中，你似乎伸出你那双庄重而疲乏的手去追寻过的那种美！

是什么样的一种光辉，比阳光更柔和、更明媚，洒遍了你的四肢，洒进了你衣裙的每一个最细小的褶皱里？

是什么样的一位天神，爱抚地轻轻吹拂，使你那披散的鬈发向脑后飘逸？

这就是它——一个公开的秘密，诗歌、生活、爱情的秘密！这就是它，这就是它，这就是永恒！再没有别的永恒——也不需要别的永恒。在这一瞬间，你就是永恒。

这一瞬间终将消逝——于是，你又将成为一撮尘土，一个女人，一个孩子……但这丝毫无损于你！在这一瞬间——你变成崇高本身，你超越于一切昙花一现的速朽事物之上。你的这一瞬间天长地久，永不终结。

停住！而且请让我也加入你的永恒，让你那永恒之光深入我的灵魂！

1879 年 11 月

# 修士

我认识一位修士，他是一位隐士，一位圣徒。他生活的惟一乐趣就是祈祷——而且，由于他全身心地沉浸在这种乐趣之中，长时间长时间地站在教堂冷冰冰的地板上，以致膝盖以下的小腿都浮肿着，两条腿麻木得就像两根木桩。他虽然已感觉不到自己的两条腿，但依然站着——而且照旧祈祷。

我理解他——也许，我还羡慕他——不过，但愿他也能够理解我，不要嗔责我——我实在无法分享他这份快乐。

他已经达到了如此高远的境界，他消灭了自己，消灭了自己那个可恶的我；可是要知道，我不去祈祷，却并不是由于自爱自负。

我的我对于我来说，也许比他的我对于他，更是一个重负，也更令人厌恶。

他找到了忘却自我的诀窍……须知我也在寻找，虽然并不那么持之以恒。

他不撒谎……可是，要知道，我也绝不说假话。

1878 年 11 月

## 我们还要奋战！

有时，一件多么微不足道的小事竟会使人整个儿改弦易辙！

有一次，我思绪万千、心事重重，走在一条大路上。

一连串不祥的预感使我心里憋闷得慌；我不禁忧心忡忡。

我抬起头……在我前方，在两排高高的白杨树中间，大路像箭一般直射远方。

在离我十步远的地方，整整一大窝麻雀正蹦跳着，一只紧跟一只横越它，横越这条大路，它们全身沐浴着金灿灿、亮晃晃的夏日阳光，活泼麻利、欢天喜地、充满自信地跳跃向前！

特别是其中的一只，就这样一直侧着身子，一个劲地向前猛跳，小胸脯挺得高高的，放肆地叽叽喳喳叫着，一派天不怕地不怕的神气！十足的一个征服者！

而与此同时，天空中一只鹞鹰正在高高盘旋，也许，正是这个征服者命定要成为它的一顿美餐。

我瞧着瞧着，不禁大笑起来，顿时感到精神焕发——于是，一切忧思愁绪立刻云消雾散：我重新获得了勇气、胆量和对生活的渴望。

但愿我的鹞鹰也盘旋在我的头顶上……

"我们还要奋战，你就见鬼去吧！"

1879 年 11 月

# 祈
## 祷

　　一个人无论祈祷什么——他祈求的总是奇迹。任何一种祈祷都可以概括为这样一句话："伟大的上帝啊，请您保佑二乘二——别再等于四吧！"

　　只有这样的祈祷，才是真正的祈祷—— 一个人向另一个人的祈祷。向宇宙的灵魂，向最高的存在，向康德、黑格尔那种纯粹的、抽象的上帝祈祷——这既不可能，也不可思议。

　　然而，即便存在一个个性鲜明、生气勃勃的有形上帝，他能做到使二乘二不等于四吗？

　　任何一个信徒都必须义不容辞地回答：能——而且必须义不容辞地使自己对此坚信不疑。

　　可是，如果他的理智起来反对这种海外奇谈呢？

　　这时，莎士比亚就会前来帮他解围："朋友霍拉旭啊，大千世界，无奇不有啊……"① 等等。

　　但是假如有人以真理的名义奋起反驳他呢——那他只需重复一遍

---

　　①　这句话出自莎士比亚四大悲剧之首《哈姆莱特》第一幕第五场。朱生豪的译文为："霍拉旭，天地之间有许多事情，是你们的哲学里所没有梦想到的呢。"

那个著名的问题:"什么是真理?"①

　　因此,还是让我们开怀畅饮,尽情作乐——并且虔诚祈祷吧。

1881 年 6 月

---

　　① 据《圣经·新约》中的《约翰福音》记载,当耶稣被捕时,罗马总督比拉多审问他时,耶稣说:"我是为真理作证而诞生,来到世上的。凡拥护真理的人都听从我的话。"比拉多对他说:"什么是真理?"(详见《牧灵圣经·新约》,第 254 页)

## 俄罗斯语言

在疑虑重重的日子里，在对祖国的命运牵肠挂肚、焦虑不安的日子里——你是我惟一的支柱和依靠，啊，伟大、雄健、真实、自由的俄罗斯语言！如果没有你——目睹故乡发生的一切事情，怎能不回肠九转、心如死灰呢？然而，如果说有幸使用这种语言的不是一个伟大的民族，那真是难以置信！

1882 年 6 月

# 偶遇

## (梦)

我梦见：我走在一片光秃秃的辽阔草原上，遍地布满了棱角突兀的巨石，头顶是黑压压、低沉沉的天空。

一条小路，蛇行穿过巨石之间……我沿着小路往前走，不知道自己去向何方，为何而来……

突然，在我前面细窄的小路上，出现了一个什么东西，仿佛是一片薄薄的云彩……我定睛细看：那片薄云竟变成了一个女子，身材匀称，亭亭玉立，穿着一身雪白的连衣裙，腰间束着一根亮华华的细带子。她脚步灵巧，行走快捷，急匆匆离我而去。

我没有看见她的面容，甚至连她的头发都没有看见：一块波浪形花纹的薄纱头巾遮住了它们；但我整个灵魂已紧随她飞飘而去。我觉得她如花似玉、冰清玉洁、温情脉脉……我一定要追上她，看一看她那张脸……那双眼睛……哦，对啊！我希望看见，并且必须看见那双眼睛。

然而，不管我怎样快步紧赶，她总是走得比我更迅捷——于是，我始终没有追上她。

可是，就在这时，小路当中横亘着一块扁平的巨石……它挡住了她的去路。

女子在巨石面前停住了脚步……于是我抢步上前，浑身瑟瑟发抖，由于喜出望外和望眼欲穿，也多多少少由于惴惴不安。

我什么话都没有说……但她却静幽幽地朝我转过身来……

不过我仍旧没有看见她的眼睛。它们正紧闭着呢。

她的脸是白莹莹的……像她身上的衣裙一样白莹莹的；裸露在外的两只手臂，一动不动地垂着。她从头到脚仿佛变成了一块石头；这个女子的整个身躯，脸上的每一根线条，都煞像一尊大理石雕像。

她缓缓地直挺挺向后仰下去，倒在平溜溜的石板上。

于是我也马上和她并排躺着，仰面朝天，全身挺直，宛如墓石上的雕像。我的一双手祈祷一般叠在胸前，而且，我感到，我也变成了一块石头。

过了不多一会儿……那女子突然站起身来，然后离我而去。

我想飞跑去追她，但我却丝毫不能动弹，叠在胸前的一双手怎么也无法分开，只能眼睁睁望着她远去的背影，心海里升腾起千般懊恼万分惆怅。

这时，她突然回过头来——于是我看见了她神采奕奕、表情丰富的脸上那双亮彩彩、光荡荡的眼睛。她用那双眼睛凝望着我，并且，张口嫣然一笑……不过是无声地。似乎在说："起来，上我这里来！"

可是，我却依然丝毫不能动弹。

这时，她再次嫣然一笑，然后乐悠悠地摇着脑袋，急匆匆地远去了，突然间，她的头上出现了一项用小玫瑰花编成的红艳艳的花冠。

可我还是一动不动、有口难言地躺在我的墓石上。

1878 年 2 月

## 我怜悯……

我怜悯自己，怜悯他人，怜悯所有的人，怜悯走兽，怜悯飞禽……怜悯一切有生命的东西。

我怜悯儿童和老人、不幸者和幸运者……怜悯幸运者远胜于怜悯不幸者。

我怜悯那些无往不胜、踌躇满志的领袖，怜悯那些伟大的艺术家、思想家、诗人。

我怜悯杀人凶手及其受害者，怜悯丑与美，怜悯被压迫者和压迫者。

我该怎样从这弥天漫地的怜悯中解放出来呢？它已搞得我没法生活了……它——还得加上一个寂寞。

啊，寂寞，寂寞，它已与怜悯水乳交融了！至此，一个人的愁苦已无以复加了！

我倒不如去羡慕吧……真的！

于是，我就羡慕——石头。

1878 年 2 月

227

# 诅
## 咒

我读过拜伦的《曼弗雷德》……

当我读到被曼弗雷德毁了的那个女人的阴魂在他头顶念着她那神秘的咒语时——我感到不寒而栗。

请记住这段话:"愿你每夜都无法入眠,愿你那恶毒的心灵永远感觉到我不露形迹无法摆脱的存在,愿你的心灵成为你自己的地狱。"①

然而,此时此刻,我想起了另一件事情……有一次,在俄罗斯,我亲眼见到一场触目惊心的纠纷,这场纠纷发生在两个农民——父亲和儿子之间。

这场纠纷的结果是,儿子使父亲蒙受了无法忍受的侮辱。

"诅咒他,瓦西里伊奇,诅咒这个天打雷劈的!"老头的妻子高声

---

①　拜伦的诗剧《曼弗雷德》中原文似为:"由于你那冷酷的心与阴险的微笑,/由于你那不可测度的欺诈的深渊,/由于你那双好像善良的眼睛,/由于你那被关闭着的灵魂的伪善,/由于你那使人把你的心当作/是人心的那种完美无缺的鬼伎俩,/由于你那幸灾乐祸的本性,/由于你跟该隐的兄弟的情分,/我要求你啊!强迫你自己/成为自己的地狱吧!//在你的头上,我泼下这瓶魔水,/它注定着你要去受这灾难;/不能睡眠,也不能死去,/那就是你未来的命运……"(详见刘让言译《曼弗雷德》,新文艺出版社,1957年,第21—22页。)屠格涅夫要么记忆有误(他青年时代曾全文翻译过《曼弗雷德》,并曾模仿《曼弗雷德》写过一个诗剧),要么对拜伦的原文进行了压缩和加工。

喊道。

"好吧，彼得罗芙娜，"老头瓮声瓮气地答道，同时画了一个大十字："愿他也有那么一天，让他的儿子当着他娘的面朝他老子的白胡子上吐口水吧！"

儿子顿时目瞪口呆，双脚发软，身子摇晃，脸色铁青——接着，便离开了家门。

我觉得，这个诅咒比曼弗雷德所受到的诅咒更加可怕。

1878 年 2 月

## 孪生兄弟

我看见过一对孪生兄弟吵架。他们两人从头到脚就像两滴水一样相像：面部的特征、脸上的表情、头发的颜色乃至身材和体态，都一模一样，但却势若水火，视如寇仇。

他们同样因怒火中烧而浑身抽搐。两张凑得很近而又出奇地相似的脸同样涨得红腾腾的；两双一模一样的眼睛同样凶光闪闪、虎视眈眈地望着对方；同样不堪入耳的恶言秽语，用毫无二致的声音，从同样气歪了的嘴唇里喷吐出来。

我再也无法忍受，抓住其中一个人的手，把他拉到镜子跟前，对他说：

"你最好还是在这里，对着这面镜子骂吧……对你来说，这是没有任何差别的……可是我却不会感到那么毛骨悚然。"

1878 年 2 月

# 鸫鸟（一）

　　我躺在床上——但我无法入睡。忧虑啃啮着我的心；一串串郁郁寡欢、单调得令人厌倦的思绪，缓缓地飘过我的脑海，好似细雨蒙蒙的日子里一团团绵绵不断的云雾，接二连三地徐徐飘过湿漉漉的山顶。

　　唉！那时我正在热恋之中，那是一种无望的、悲伤的爱情，这种爱情只有饱经岁月的风刀霜剑之后才会产生。那时，我的心虽然未曾受到生活的伤害，但却变得……暮气沉沉！不……即便外表上显得年轻，也是毫无助益、全然徒劳的。

　　模糊的窗影，像一个白灰灰的斑块，呈现在我眼前；房间里的所有家具已依稀可见：在这夏日清晨轻烟淡雾般的晨曦中，它们显得更加木呆呆、静凝凝的。我看了看钟：三点差一刻。屋外，也同样是静凝凝的……连同露珠，那整整一片露珠的海洋！

　　而就在这片露珠的海洋中，在花园里，紧挨我窗户下面，一只黑茸茸的鸫鸟已经在悠悠歌唱，吱吱鸣叫，啾啾啼啭——不肯停歇、声音嘹亮、充满自信。悠扬动听的歌声漫进我静幽幽的房间，溢满了整个房间，溢满了我的耳朵，溢满了我那被无聊的失眠和病态的思虑之苦折磨得昏昏沉沉的头脑。

　　它们，这些歌声唱出了永恒——唱出了永恒的全部清新，永恒的全部超然和永恒的全部力量。我从这歌声中听到了大自然本身的声音，一种美妙、本能的声音，这声音从来没有开始之时——也永远没有终结之日。

　　它歌唱着，充满自信地赞颂着，这只黑茸茸的鸫鸟；它知道，过不多久，万古常新的太阳就会照常升起，放射出万道金光；它的歌声中没有任何它自己的、独特的东西；它就是那只黑茸茸的鸫鸟，一千年以前曾礼赞过同一轮太阳，几千年以后仍将礼赞这一轮太阳，那时，我身后的一切遗物，也许早已化作看不见的尘埃，在它那歌声嘹亮、生气勃勃的躯体四周，在它的歌声冲出的气流里飞转。

　　因此，我，一个可怜可笑、深陷情网、富有个性的人，要对你说：谢谢，小鸟儿，谢谢你在这愁眉不展的时刻，突然在我的窗下唱出洪亮、自由的歌声。

　　它并非在安慰我——而且，我也并未寻求安慰……可是我的双眼噙满了泪花，胸中腾起热浪，心中那凝滞不动、死气沉沉的重负顿时有所松动。啊！就连那个生物①——不也同样如此青春焕发、精神抖擞，一如你兴会淋漓的歌声，黎明前的歌手！

　　而当寒凛凛的波涛从四面八方汹涌而来，不是今天——就是明天，将要把我卷入浩瀚无垠的汪洋大海时，还值得忧伤、苦闷和考虑自己吗？

　　眼泪潸潸而下……可我那黑茸茸的可爱鸫鸟，却依旧若无其事地引吭高歌，继续唱着它那超然、幸福、永恒的歌！

　　哦，终于一跃升上天空的太阳，在我那红通通的脸颊上照亮的，是怎样的一种泪珠啊！

　　然而，我依旧笑容满面。

1877 年 7 月 8 日

---

　　①　指作家本人。

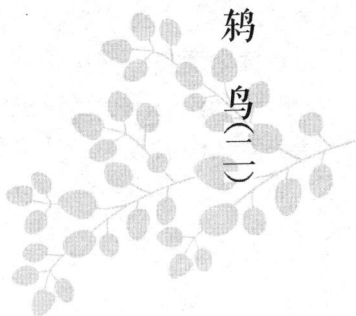

# 鸫鸟(二)

我又躺在床上……我又无法入睡。同样的夏日清晨，从四面八方包围着我；同样在我的窗下，一只黑茸茸的鸫鸟又在歌唱——而那个同样的创伤又在烧灼我的心。

可是，鸟儿的歌声并没有给我带来轻松——我也没有考虑自己的创伤。折磨我的，是不可胜数、裂口大开的别的创伤；亲人们宝贵的鲜血从这些大裂的创伤中，像一股股红溜溜的水流哗哗流淌，无尽无休、毫无意义地流淌，好似一股股雨水从高高的屋顶流泻到泥泞遍地、污秽不堪的街道上。

在那边，在远方，在一座座固若金汤的要塞的高墙下面，我的成千上万的兄弟、同胞死于非命①；成千上万的兄弟被那些庸碌无能的指挥官们投入了死神张开的血盆大口。

他们战死的时候，毫无怨言；葬送他们的人也从未悔悟；他们从不怜惜自己；那些庸碌无能的指挥官们也不懂得怜惜他们。

这里既没有无辜者，也没有有罪者：这就像脱粒机在为一捆捆麦穗脱粒，是空瘪瘪的麦穗呢，还是饱盈盈的麦穗——时间将会证明。

我个人的创伤究竟算得了什么？我个人的痛苦又算得了什么？我

———————————

① 指1877—1878年的俄国与土耳其的战争，俄军曾多次遭受重大伤亡，尤其是在保加利亚境内围攻普列文一役，由于指挥失误，更是伤亡惨重。

甚至不好意思为它哭泣。然而，我的脑袋在发烧，心儿在紧缩——于是我像个罪犯，把头藏到可恶的枕头下面。

　　一滴滴热乎乎、苦滋滋的液体不断涌出，刷刷流过我的脸颊……滑到我的嘴唇上……这是什么？是眼泪……还是鲜血？

1878 年 8 月

　　我到何处安身？我该如何是好？我恰似一只无巢可栖的孤零零的小鸟……它挓挲着羽毛，垂头丧气地站在一根光秃秃、干剥剥的树枝上。留下来吧，实在腻烦……可又能飞往何处呢？

　　于是，它张开自己的翅膀——箭一般飞速直射远方，宛若一只被鹞鹰惊起的鸽子。能否在什么地方找到一个绿荫荫、稳当当的栖身角落，能否在什么地方构筑一个哪怕是临时性的小巢呢？

　　小鸟飞呀，飞呀，聚精会神地注视着下方。

　　它的下面，是一片黄苍苍的荒漠，无声无息，毫无动静，死气沉沉。

　　小鸟急匆匆地加速飞行，飞过了荒漠——仍旧注视着下方，全神贯注而又愁眉不展。

　　它的下面，是一片黄腾腾的汪洋大海，了无生气，像荒漠一样。不错，它在起劲喧哗，澎湃汹涌——但在它那永无休止的隆隆轰鸣声中，在它那千篇一律的澎湃汹涌中，仍然没有生命，也找不到栖身之所。

　　可怜的小鸟已经精疲力竭……翅膀的扇动渐渐无力；它已经飞得忽高忽低。它真想直冲云霄……但在这茫无边际的空虚中又怎能筑巢！

　　它终于收拢了翅膀……然后，长长地哀鸣了一声，便坠入大海。

　　浪涛吞没了它……又滚滚向前，依旧毫无意义地喧嚣着。

　　我究竟该到何方去栖身呢？莫非我也到了——该坠海的时候？

1878 年 1 月

## 高脚大酒杯

我觉得可笑……而且，我对自己感到惊异。

我的忧伤绝非故弄玄虚，我的的确确活得很沉重，我忧心忡忡，日坐愁城。然而，我却极力给我的感情增添一点亮丽的光彩，披上一件华美的外衣，我寻找着形象和比喻；我精心推敲、反复修饰自己的语言，陶醉在音调铿锵、字字珠玑之中。

我，就像一个雕刻家，就像一个首饰匠，成天不停地精雕细刻，千方百计地修饰美化那只高脚大酒杯，而我正是用这只酒杯给自己端上满杯的毒药。

1878 年 1 月

谁
的
过
错
？

　　她向我伸出一只软温温、白生生的手……而我却冷冰冰、凶狠狠地将它一把推开。

　　那张年轻而可爱的脸上露出大惑不解的神情；一双年轻而善良的眼睛带着责备的意味凝望着我；那颗年轻而纯洁的心灵无法理解我的举动。

　　"我错在哪里？"她轻轻启唇，喃喃地说。

　　"你错在哪里？可以说那些住在最金碧辉煌的天堂深处的最光辉灿烂的天使犯了错，也不能说你有过错啊。

　　"然而，你在我面前所犯的过错仍然十分重大。

　　"你想要了解它吗，这个重大的过错，这个你无法理解而我又无力给你说清的过错？

　　"这个过错就是：你——正当青春妙龄；我——已是风烛残年。"

1878 年 1 月

# 爬
# 虫

我看见过一条被砍成两段的爬虫。

它浑身泡在自己喷出的血水和黏液里，却还要抽抽搐搐、颤颤巍巍地抬起头来，吐着信子……它还在威胁……外强中干地威胁。

我读过一个臭名远扬的下流作家①的一篇讽刺小品。

他被自己的口水呛得喘不过气来，瘫倒在自己污言秽语的脓水里，也在抽抽搐搐地装腔作势……他提到什么"界线"② ——他提出用决斗来清洗自己的名誉……自己的名誉!!!

我想起了那条被砍成两段的爬虫，和它那外强中干的信子。

1878 年 5 月

---

① 指俄国作家鲍·米·马尔克维奇（1822—1884），他曾纠集一批人在报纸上恶毒攻击屠格涅夫，屠格涅夫在长篇小说《处女地》中称他为"叛徒的走狗"，因此，他提出要跟屠格涅夫决斗。

② 指决斗时划出的设定双方距离的界线。

作家与批评家

作家坐在自己书房的书桌边。一位批评家①突然进来找他。

"怎么!"他高叫一声,"您还一个劲地信手涂鸦,吟风弄月,在我写了那么多长篇大论、短评小品、札记、通讯,抨击你以后?在那些文章里,我像二二得四那样彰明较著地证明了,您现在没有——过去也从未有过——任何才能,您甚至连本国的语言都忘得一干二净了,胸无点墨一向是您的特点,而现在您已经完全才思枯竭,老朽不堪,变成一个废物啦!"

作家泰然自若地转身面向批评家。

"您写了许许多多的论文和小品文来攻击我,"他回答道,"这是千真万确的;不过,您可知道一篇关于狐狸和小猫的寓言②?狐狸尽管费尽心机——但它终究束手被擒;小猫只会一招:上树……狗就是逮不到它。我也是这样:对于您的全部文章,我只需一个答复——我只消在一本书里让您原形毕露,给您那聪明的脑袋瓜戴上一顶小丑的尖顶帽——那您就会在子孙后代面前大出风头了。"

"在子孙后代面前!"批评家哈哈大笑起来,"好像您的书还能成为必传之作似的!再过四十年,充其量五十年,就谁也不会再读这些

---

① 指评论家、政论家维·彼·布列宁(1841—1926),他曾攻击屠格涅夫的创作尽是法国味,说他"忘记了本国语言"。

② 指法国著名寓言家拉封丹的一则寓言《猫和狐狸》。

书了。"

　　"我赞同您的高见，"作家回答说，"不过，我对此已心满意足了。荷马使他笔下的忒耳西忒斯①流芳千古；而像您老兄这种人，有半个世纪也就谢天谢地了。您甚至连小丑那种不朽都不配得到呢。再见吧，先生……您希望我道出您的大名？恐怕没有这个必要吧……我不明说，大家也都叫得出来呢。"

1878年6月

---

　　①　荷马史诗《伊利亚特》中的一个人物。丑陋无比（瞎了一只眼，瘸了一条腿，山一样的肩膀只有胸脯一半宽，长着畸形的尖脑袋），喜欢夸夸其谈，搬弄是非，吵吵闹闹，心怀嫉妒，爱嘲弄、诽谤、攻击人，曾遭到俄底修斯的鞭打，最后因嘲弄阿喀琉斯悼惜阿玛宗女王，被阿喀琉斯杀死。

和谁争论……

　　和比你聪明的人争论：他定会战胜你……然而，你正好可以从你的失败中吸取对自己有益的东西。

　　和智力相当的人争论：无论哪一方获胜——你至少体会到了斗争的乐趣。

　　和智力极差的人争论……这种争论绝非出于获胜的愿望；但你却可以使他大获裨益。

　　你甚至可以去和傻瓜争论；尽管你得不到荣誉，也没什么好处；但为什么不偶尔寻点开心呢？

　　然而，你千万别和弗拉基米尔·斯塔索夫①争论！

1878 年 6 月

---

　　①　弗·瓦·斯塔索夫（1824—1906），俄国艺术和音乐评论家、艺术史家，彼得堡科学院名誉院士。1869 年与屠格涅夫相识，友谊长达 14 年（至 1883 年屠格涅夫去世），两人经常因艺术观点各异而进行争论。

# "哦，我的青春！哦，我的蓬勃的朝气！"

—— 果戈理①

"哦，我的青春！哦，我的蓬勃的朝气！"我也曾经这样感叹过。

只是当我发出这样的感叹时——我自己还青春年少，朝气蓬勃。

那时我只不过是故作愁态强说愁，并以此自娱自乐——表面上自怜自叹，暗地里却心花怒放。

而今我哑然无语，甚至不再为失去的东西而大放悲声……尽管它们长年累月啃啮着我的心，一声不响地啃啮。

"唉！最好别去想它！"男子汉们劝解道。

1878 年 6 月

---

① 这句话引自果戈理的《死魂灵》第六章，详见满涛、许庆道译《死魂灵》，人民文学出版社，1995 年版，第 135 页。

# 致 ×

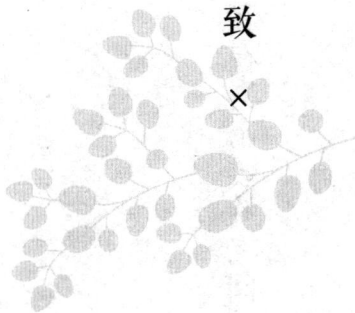

那不是呢喃软语的乳燕，也不是活泼顽皮的家燕，用尖细、结实的嘴，在坚硬的山岩上，为自己啄出一个小窝……

那是你渐渐适应了别人那个冷若冰霜的家庭，并且做到了和他们亲密无间，我的坚忍的小聪明①!

1878 年 7 月

---

① 这首散文诗是作家写给女儿波琳娜的，她从小寄养在屠格涅夫一生深爱的法国女歌唱家波琳娜·维亚尔多家里，直到 1865 年 2 月嫁给法国人加斯东·布吕埃尔。第一行化用了俄罗斯民歌歌词。

我在崇山峻岭之间徜徉……

我在崇山峻岭之间徜徉，
沿着清溪，沿着山谷……
不管我的双眼望向何方，
万物都把同一件事向我讲述：
我曾被爱过，我曾被爱过！
其余的一切全都在记忆中湮没！

头顶的天空放射出万道金光，
树叶沙沙作响，鸟儿啾啾鸣唱……
连乌云也顽皮地排列成行
兴高采烈地飞向他方……
周围的一切都幸福洋溢，
但幸福却并非心灵所希冀。

卷我飞驰，卷我飞驰的是波翻浪腾，
像海涛一样茫茫无边的汪洋！
心灵却氤氲着一片宁静
飘升在欢乐和痛苦之上……
我几乎认不清我自己：

整个世界都与我合而为一！

为什么我不在那时死去？
为什么我俩后来还要活在人世？
急景流年……日复一日——
岁月没有给我们留下任何赠予，
较之那些逝去的愚蠢安闲的日子，
我们应生活得更加幸福更加甜蜜。①

1878 年 11 月

① 这是屠格涅夫散文诗集中惟一具有抒情诗形式的一篇，是作家自己把它编入散文诗集的，大概是因为全文写得颇为散文化的缘故吧。据俄罗斯学者指出，"崇山峻岭"可能指瑞士的风景，与作家青年时代的生活有关，此诗表达了作家的某种怀旧之情。

当
我
不
在
人
世
的
时
候
……

　　当我不在人世的时候，当曾经属于我的一切云消雾散的时候——
哦，你，我惟一的朋友，哦，你，我曾一往情深、柔情似水地爱过的
友人，你，也许比我活得长久——请千万别到我的墓地去……你在那
里无事可做。

　　请别忘了我……但也别在每天的操劳、欢乐和困苦中怀念我……
我不想打扰你的生活，不想扰乱它那平静的水流。

　　不过，在孤身一人的时候，当两颗善良的心灵都那么熟悉的那种
羞羞答答而又毫无来由的忧伤，袭上你心头的时候，请你拿起我们喜
爱的那堆书籍中的一本，找到那几页、那几行、那几句吧——你还记
得吗——我俩常常读了之后，一同默默地洒下甜蜜的潸潸眼泪。

　　请你读完它，闭上双眼，然后把一只手伸给我……把你的一只手
伸给一位魂归天国的朋友。

　　我将无法再用自己的手去握住它——我的手将一动不动地安卧在
九泉之下……但我现在快慰地想到，也许，你会在你的手上感觉到轻
柔的抚摸。

　　于是，我的形象就会浮现在你眼前——随后你那双紧闭的双眼就
将珠泪滚滚，一如我们从前被美所感动而洒下的珠泪。哦，你，我惟

一的朋友啊，哦，你，我曾一往情深、柔情似水地爱过的友人①！

1878 年 12 月

---

　　①　俄罗斯学者认为，这首散文诗是献给作家的红颜知己法国女歌唱家波丽娜·维亚尔多的。

# 沙漏①

时光一天天不留痕迹地流逝了，单调乏味，风驰电赴。

生命星流影集一般向前飞驰——转眼即逝，无声无息，宛如落为瀑布之前的那一段湍急的河流。

它均匀而平稳地散落，仿若骷髅状的死神那只瘦嶙嶙的手中握着的沙漏里的沙流。

当我躺在床上，而黑暗从四面八方将我紧紧围裹的时候——我似乎常常听到生命流逝的这种若有若无、连续不断的沙沙声。

我并不惋惜生命的流逝，也不惋惜那些我本可以完成的事情……我感到不寒而栗。

我仿佛感到：那具僵硬的骷髅就站在我的床边……一只手拿着沙漏，另一只手已举到我的胸口上方……

于是，我的心在胸腔里瑟瑟颤抖，猛烈撞击，仿佛想匆匆忙忙完成它最后的几次搏动。

1878 年 12 月

---

① 西方古代的一种计时器，以瓶盛沙，不停漏出，借以计时，相当于我国古代滴水计时的铜壶滴漏（简称"滴漏"或"漏壶"）。

# 我夜里起来……

我夜里从床上起来……我似乎听到有人在喊我的名字……就在那边，在黑漫漫的窗外。

我把脸贴近窗玻璃，又把耳朵紧贴在上面，凝神注视——也开始等待。

然而，在那边，在窗子外面，只有树木在沙沙作响——声音单调而模糊——还有绵绵不断的黑蒙蒙的云彩，虽然在不停地移动，不断地变幻，却仍然是黑蒙蒙的一片……

天空中没有一颗星星，地面上没有一粒火光。

那边寂寞无聊，痛苦难熬……恰似这里，我的心田。

但是突然远处某个地方传来一个凄凄惨惨的声音，这声音越来越大，越来越近，清脆得就像人的声音——然后，又渐渐减弱，近乎静寂，从旁边飞掠过去。

"别了！别了！别了！"我仿佛听到那近乎静寂的声音在说。

唉！这是我以往的一切，我全部的幸福，曾经珍惜过热爱过的一切，一切——在和我作天长地久、一去不复返的告别！

我向我那飞逝而去的生命躬身行礼——然后躺到床上，好似躺在坟墓里。

唉，如果真躺进坟墓，那该多好！

1879 年 6 月

当
我
孤
身
独
处
的
时
候
……

当我孤身独处的时候，当我长时间茕茕孑立形影相吊的时候——
我会突然开始感觉到，就在这同一个房间里，还有另一个人，坐在我
身旁，或者站在我身后。

当我猛然回头或者突然把目光投向我感到那人所处的地方时，我
当然是什么人也看不到。他近在咫尺的那种感觉烟消云散了……可是
过了不多一会，这种感觉重又跃上心头。

有时我双手抱头——开始思索起他来。

他是谁？他想干什么？对我来说，他并非外人……他了解我——
我也了解他……他似乎是我的至亲好友……然而我俩之间却横亘着一
道深渊。

我既不希冀听到他的一丝声音，也不指望听到他的只言片语……
他就这样沉默无言，恰如他一动不动一样……可是，他又对我说
着……说着某些含糊不清、不知所云——但又非常熟悉的事情。他对
我所有的秘密了如指掌。

我并不怕他……但我和他在一起总感到局促不安，而且不希望有
这样一位对我的内心生活洞幽烛微的见证人……即便如此，我也并不
觉得他是一个独立的、异己的存在。

莫非你是我的同貌人？莫非你是我那昔日的我？然而，这是无可
置疑的：难道我记住的那个我和现在的我之间——不是也横亘着整整

一个深渊吗？

但他的来去并非根据我的指令——他似乎有自己的意志。

兄弟，无论是你，还是我——在令人厌恶的孤独寂寞里，都会愁眉苦脸！

但请等一等……当我死后，我和你——我那昔日的我，和我现在的我——将会水乳交融，合为一体，并且永远飞驰进那一去不复返的幽灵王国。

1879 年 11 月

## 爱之路

所有感情都能引发爱情，导致热恋，所有的感情：憎恨，怜悯，冷漠，崇敬，友谊，畏惧——甚至是蔑视。

是啊，所有的感情……惟有一种是例外：感激。

感激——这是一种债务；每一个诚实的人都会还清自己的债务……然而爱情——它不是金钱。

1881 年 6 月

# 婆罗门 ①

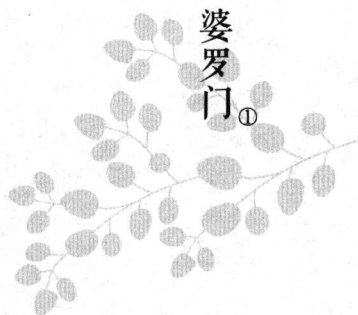

婆罗门低头望着自己的肚脐眼，嘴里不停地念诵一个词："奥姆!"——用这种方法贴近神灵。然而，在人的全身，是否存在某种比这个肚脐眼更少一点神性的东西，是否存在某种比它更能使人联想起人生如朝露的东西呢?

1881 年 6 月

---

① 印度婆罗门教的祭司，印度社会四大种姓（婆罗门、刹帝利、吠舍、首陀罗）中的最高种姓。

# 爱
## 情

　　人们都说：爱情——这是一种最高尚、最圣洁的感情。一个他人的我深深扎根于你的我之中：你扩大了——你也被毁坏了；你只是现在才开始生活（?），可你的我却被扼杀了。但是，即便是这样的一种扼杀，也会使一个有血有肉的人怒形于色……能够复活的只是那些不朽的神……

1881 年 6 月

真理与正义

　　"为什么您如此珍视灵魂的不朽呢？"我问道。

　　"为什么？因为到那时我就会拥有永恒的、颠扑不破的真理……而在我看来，这也就是世界上最大的幸福！"

　　"是拥有真理？"

　　"当然啰。"

　　"对不起；您能否设想下面这样的场景？几个年轻人欢聚一堂，谈笑风生……突然又跑进来他们的一个同伴：他的两眼闪耀着异乎寻常的光芒，兴奋得喘不过气来，几乎连话都没法说。'怎么回事？怎么回事？''我的朋友们，你们听着吧，我发现了一个什么，什么样的真理！人射角等于反射角！还有：两点之间最短的距离为直线！''果真如此！哦，多么幸福啊！'所有的年轻人都大声欢呼起来，并且情不自禁地互相拥抱！您无法设想这样的场景吧？您觉得好笑……问题就在这里：真理不能给人带来幸福……但正义却能够。这是人类的事，我们尘寰中的事……正义和公正！为了正义，就是粉身碎骨，也心甘情愿！全部生活就建筑在对真理的认识上；可是，怎么能'拥有真理'呢？而且又怎样在这中间得到幸福呢？"

1882 年 6 月

# 山鹬

　　我躺在床上，受着长年不愈的不治之症的折磨，心想：为什么该我受这个罪？为什么该我受到惩罚？我，正好是我？这不公平啊，太不公平了！

　　于是，下面的一幕浮现在我的脑海里……

　　整整一窝小山鹬——有二十来只吧——聚集在密密丛丛的麦茬地里。它们彼此紧紧地挨在一起，在松软的泥土里啄来刨去，十分幸福。突然一只猎狗惊吓了它们——它们心有灵犀地一齐腾空而起；一声枪响——其中一只山鹬被打断了一只翅膀，遍体是伤，坠落地面——它艰难地挪动着两只脚爪，钻进了蒿草丛中。

　　当猎狗在搜寻它的时候，这只不幸的山鹬也许同样在想："我们一共有二十只，都跟我一模一样……为什么正好是我，是我被子弹打中，应该去死呢？为什么啊？为什么在我其余的姐妹们面前，该我受这个罪？这太不公平！"

　　你就躺着吧，病恹恹的生物，趁死神还在寻找你的时候。

1882 年 6 月